わかりやすさの罪

武田砂鉄

朝日文庫

本書は「一冊の本」二〇一八年一月号から二〇二〇年一月号掲載（二〇一九年七月号を除く）の同名連載コラムを元に、二〇二〇年七月、小社より刊行されたものです。

本書に登場する人物の名前、肩書き、所属など、また、団体名、媒体名、作品名などは、今回加筆した各章末の「いま思うこと」、巻末の「文庫版によせて　『うまく言葉にできない』社会で」および解説を除き、すべて連載時のものです。

わかりやすさの罪　目次

はじめに

個人に向けられる定番の低評価として、「何を考えているかわからない人」というものがあるが、「何を考えているかわかっている人」なんて面白くないでしょう、といつも思う。何を考えているかわからないからこそ、今、何を考えているのかと尋ねたくなる。こんなことを考えているんだよ、という意見を聞き取り、それが自分の意見と異なっていれば、話し合って歩み寄ったり、結果的に突き放したりする。それが人間という営みの基本形だと思っているのだが、昨今、どうにも、相手と同じであることを「正解」と規定されることが増え、なおかつ、そこにたどり着くまでのスピードが速ければ速いほど優れている、と思い込まされるようになった。

人に同意を促すためには説明が必要。どうして私がこれを好んでいるのか、だとか、話題になっている社会問題について私が反対している理由はこれ、だとか、時間をかけて説明をする。その時、とにかく、手短によろしくね、わかりやすくお願いね、小難しくしないでね、と要求される。わずかな時間でわからせます、と力を尽くさなければ、話を聞いてもらえない。あらゆる場面で、短時間で明確な説明ができる人をもてはやすようになった。テレビをつけても、活字を読んでも、その基本的な態度が、「忙しい皆さんの手を煩わせることはしません、少しだけ時間をください。このことについて、わかりやすく説明してみせます」ばかりだ。

目の前に、わかりにくいものがある。なぜわかりにくいかといえば、パッと見では、その全体像が見えないからである。凝視したり、裏側に回ってみたり、突っ込んでいったり、持ち上げたり、いくつもの作用で、全体像らしきものがようやく見えてくる。でも、そんなにあれこれやってちゃダメ、と言われる。見取り図や取扱説明書を至急用意するように求められる。そうすると、用意する間に、その人が考えていることが削り取られてしまう。

本書の基となる連載を「わかりやすさの罪」とのタイトルで進めている最中に、池上彰が『わかりやすさの罠』（集英社新書）を出した。書籍としては、本書のほうが後に刊行されることになるので、タイトルを改めようかと悩んだのだが、当該の書を開くと、「これまでの職業人生の中で、私はずっと『どうすればわかりやすくなるか』ということを考えてきました」と始まる。真逆だ。自分はこの本を通じて、「どうすれば『わかりやすさ』から逃れることができるのか」ということをずっと考えてみた。罠というか、罪だと思っている。「わかりやすさ」の罪について、わかりやすく書いたつもりだが、結果、わかりにくかったとしても、それは罠でも罪でもなく、そもそもあらゆる物事はそう簡単にわかるものではない、そう思っている。

わかりやすさの罪

1 「どっちですか？」の危うさ

選択肢が嫌いだ

ふとテレビをつけると、「一家の財布は夫が握るべきか、妻が握るべきか」とのアンケート結果が画面下に棒グラフで記されており、「妻が握るべき」が「夫が握るべき」を少しだけ上回っていた。ここから、たぶんこんな話が続くんだろうな、と瞬時に予測した話がそっくりそのまま続いたものだから、安手のメンタリストくらいにはなれるかもしれないと調子づいたあとで、安手のメンタリストって何だよ、と自分で自分に突っ込む。メンタリストなんて押し並べて安手だよ、との不用意な突っ込みも忘れない。アンケート結果をふまえ、このような会話が続いた。

キャスター（女性）「確かに、夫が財布を握ると『俺の稼ぎで食わせてやっているんだから』ってことになりそうですしね」

コメンテーター（男性）「妻から夫に『今月のお小遣いはコレ』って渡すと、妻が家計を仕切っている感じが出ますしね」

キャスター（女性）「はい。では、続いては、こちらのコーナーです」

このようにして、並べられた二択をさらりと甘受してしまうのがとにかく嫌いだ。もちろん、三択も四択も嫌いだ。つまり選択肢が嫌いだ。選択肢を並べられると、どれを選ぶかよりも、なぜその選択肢を投じてきたのかを精査したくなってしまう。「財布を握るべきは夫か妻か」という問いかけに答える前に、「そもそも」と前置きして、いくつもの疑問を投げかけることができる。たとえばこういう風に。

・そもそも、どちらか一方が財布を握る必要があるのだろうか。
・そもそも、夫の稼ぎによってのみ家計が支えられているとの設定は前時代的ではないか。
・そもそも、「一家」の定義を一切の説明無しに共有してしまえるものなのかどうか。家族のあり方を限定してはいないか。
・そもそも、財布を「握る」とはいかなる状態を指すのか。使用用途を決定できる状態なのか、あくまでも管理のみなのか。

放送後、テレビ局のコールセンターに電話をして、この手の質問を矢継ぎ早に並べたら、その日のコールセンターの休憩室で、しょうもないクレーマーの小咄（こばなし）として処理されるに決まっている。コールセンターからの報告書を、余ったロケ弁を搔（か）っ食らいながら斜め読みするADは、「いちいちうるせぇよ」と、残っていたカリカリ梅を嚙み砕きながら苛立つに違いない。

私たちは日頃、「そういうことにしておきましたんで」という前提を簡単に飲み込むことによって、いくつもの議論を放置していく。でも自分は、こうやってシンプルに絞られた上で投じられる選択肢をいちいち疑問に感じることを忘れたくないのである。選択肢は多ければ多いほどいい。少なければ少ないほど疑いが増える。できることならば、選択をしなくてもいい、という選択肢も用意されてほしい。そうやって差し出された選択肢に対しても、なぜその選択肢が選ばれたのか、と問いたくなる。

「どっちでもない」と逃げる

用意された選択肢を疑わなくなると、どういうことが起きるか。たとえばこういうことが起きる。

2017年、明らかなる悪法の共謀罪が成立してしまったが、特定秘密保護法にしろ、安保法制にしろ、共謀罪にしろ、政府が新たな法整備（整備、という言葉は行為をあらかじめ正当化する言葉とも思えるから率先して使いたくはないのだけれど）を主張する度に、メディアは世論調査をとりまくる。法律に反対する新聞ならば、どう思いますか、まだ時期尚早だと思いませんか、だって、ちっとも議論が深まっていないですもんね、との印象を強めるように、社論にあわせた設問を投げかける。賛成する新聞の設問は、その逆を行く。

共謀罪に清々しく賛成する論調だった産經新聞の設問はこうだ。この設問を投げて賛否を問うた。

「2020年の東京オリンピック・パラリンピック開催などを見据え、政府は、従来の『共謀罪』の構成要件をより厳格化し、組織的犯罪集団が重大犯罪を計画し、具体的な準備をした段階で罰する『テロ等準備罪』を設ける法案を国会に提出しました。一方で捜査当局による人権侵害につながるとの指摘もあります。あなたは、この法案に〝賛成ですか、反対ですか〟」（2017年4月15・16日実施）

反対の論調だった朝日新聞の設問はこう。

「政府は、犯罪を実行しなくても、計画の段階で処罰する『共謀罪』の趣旨を盛り込んだ、組織的犯罪処罰法の改正案の成立を目指しています。この法案に賛成ですか。反対ですか」（2017年4月15・16日実施）

ものすごく悪いこと考えている奴を罰するのは当然ではないでしょうか、と匂わせる産經と、実際に悪いことしたわけではないのに相談した段階で罰せられるのって厳しすぎじゃないですか、と匂わせる朝日。賛成か反対、どちらを選んでほしいかという思惑が設問に忍び込んでいる。共謀罪に反対、少なくとも慎重な議論が必要だとの論陣を張っていた朝日新聞は、共謀罪についての各社世論調査の設問を比較した上でこのように書いた。

「報道各社の調査結果をみると、法案への国民の理解が進んでいないこともうかがえる」（２０１７年4月25日朝刊・傍点引用者、以下同様）

見出しには、「進まぬ理解　回答に影響か」とある。

記者や見出しをつける整理部がどこまで意識したかはわからないけれど、ここに選択させることの恐ろしさがある。賛成か反対かという二択に縛られるあまり、いつのまにか「理解できるかどうか」というゴール地点を用意し、反対意見として、まだ理解が進んでいないのでは、と述べてしまう。ちょっと待ってください。いつの間に、君たちは「理解」をゴール地点に置いたのだ。この時点で絶対的に用意されなければならないのは、「理解なんてしなくていいのではないか」との選択肢である。賛成か反対かに選択肢を絞ってしまうことで、「そもそも、こんな法律を提案すること自体が論外だろ」という意見を排除してしまう。「国民の理解が進んでいない」と書いた人は、そのことに気づいていたのだろうか。

テレビのちょっとしたコーナーで「一家の財布は夫が握るべきか、妻が握るべきか」を選ばされ、「そもそも、どちらか一方が財布を握る必要があるのだろうか」などの選択肢があらかじめ剝奪されているのと、全く同じ構図である。提案自体から疑わなければならない場面なのに、用意された選択肢から選ぶことに応じてしまう。

このご時世、「どっちですか？」と問いかけてくる人に対して、「どっちでもないね」と逃げる、「どうして選ばなきゃいけないんだよ」と吹っかける、「答えたくないし」と駄々をこねる行為を、諦めすぎではないかと思う。「犬と猫のどっちが好きですか」と聞かれても、どちらも人がアピールしてくるほどには好きではないので、「どちらも別に好きではない」と正直に答える。あちらはこちらを蔑むような目で見ながら、よっ、偏屈な人、素直になろうぜ、そんなにひねくれててイイことあるのかい、との空気を漂わせてくる。でも、犬も猫も好きではない、と主張するのは偏屈ではなく素直である。そうだなぁ、強いていえば猫かなぁ、のほうが無理がある。強いていえば、との表現が証明してくれるように、力ずくな感じがする。偏見だし、猫に失礼だ。

ウサギのほうが好き、と外すのもいいし、今夜はすき焼きかな、と別方向に逃げるのもいい。すっかり冬の寒さですね、と日常会話で揉み消すのもいい。選択肢を前にした時に、選択する前にすべきことがある。他に選択肢はないのかを考えることだ。そんなに難しいことではない。

「何が言いたいのか分からない」

本書では、「わかりやすさの罪」について記していく。ある日、編集者から手紙が届き、とても丁寧な字で、わかりやすさの罪について書いてほしい、と書かれていた。そう書かれていたので、わかりやすさの罪について書く。こんなにわかりやすい話もない。

世の中のあれこれが「わかりやすさ」に直進することに対する苛立ちは日々感じているのだが、それが現代社会の「罪」なのかどうなのかを検証したことがなかった。検証するのではなく、ただ苛立っていただけだった。先にあげた、お財布の例でも、共謀罪の例でも、議論をわかりやすくする過程のなかで、個々の言動が知らぬ間に制限されたり、平凡になったりしているのであれば、それを「罪」と呼んでみるのは極めて自然なことである。わかりやすさの妄信、あるいは猛進が、私たちの社会にどのような影響を及ぼしているのか、「伝え方が9割」などと言われる今、残りの1割を活用しながら、すぐには伝えず、いつだって遠回りしながら考えていきたいと思う。

ここまで読んでいて、あっ、ちょうど今、言おうと思っていたところ、と言われるかもしれないが、自分の文章は「わかりにくい」と捌(さば)かれることが少なくない。初めて書いた『紋切型社会　言葉で固まる現代を解きほぐす』(朝日出版社)に寄せられた

Amazonレビューの低評価を通読すると、たとえば「投稿者onwh439kkn2」による「何が言いたいのか分からない」とのタイトルの投稿が見つかる。そこにはこのような文面がある。後で言及する際にわかりやすいように、注視すべきところに傍点を振ることにする。

「非論理的な文章であるにもかかわらず、何かを主張しているような文章でもあって、読んでいて非常にストレスが溜まった。主張・根拠を探しながら読んでも、見つけにくかったり、最後まで見つからなかったり。

読後感を比喩的に言うと、道先案内人である筆者に迷路をぐるぐる連れ回されたあげく一緒に迷子になってしまったような徒労感に襲われた。

何かを人に伝えるのが文章の役割であるとすれば、この本の文章はその役割をあまり果たしていないと思う。こういった文章をよしとする向きもあるのかもしれないが、私にはよいと思えない。

深遠な考察を含んだ賢者の思索が論理を超越した文章で表現されており、凡人の私にそれが理解できないだけかもしれないが、できることなら凡人にも分かる明快な文章を書いて欲しいと思う」

別にどのような感想を持たれても構わないので、低い評価を投じてくださって一向に構わない。自著への低評価レビューのリンクを貼り付けて「わかってないよこの人」

と吊るし上げるツイートをする論客の方々もいらっしゃるが、賛同を示してくれやすい自分のフォロワーからの同調をゲットして安堵する様子を晒（さら）すことに抵抗はないのだろうか。というわけで、低レビューを書きやがって、との怒りに基づくのではなく、そこから離れて、「何が言いたいのか分からない」とはどういう事態なのかを考えたい。

まず驚くのは、レビューを書いたOさん（投稿者名の頭の文字からこう名付けておく）が、「非論理的な文章」なのに「何かを主張しているような文章」であることにストレスを感じた、という点である。論理的じゃないのに、何かを主張している感じがストレスになる。つまり、Oさんの中には、主張とは論理的でなければならない、との考えがあるのだろう。果たして、主張とは論理的でなければならないのだろうか。自分が思うに、文章とはまず、教示ではなく提示である。つまり、あなたに教えてあげますよ、ではなく、私はこう考えています、の提示だ。論理的説明と自己主張は緊密であることがベターではあるけれど、絶対ではない。よく意味がわからないけれど主張をしている、であるとか、論理的だけど何の主張も感じられない、も大いにあり得る。Oさんは「何かを人に伝えるのが文章の役割である」としているけれど、自分は、必ずしもそれが確固たる文章の役割だとは思っていない。ここが投稿タイトルの「何が言いたいのか分からない」に繋がってくる部分なのだろうが、「できることなら凡人にも分かる明快な文章を書いて欲しい」は、どうしたって引っかかる。本書の論議で時折顔を出す言い草に違いないが、「どうしてこの私にわかるものを提供してくれないのか」という姿勢は「わかりやすさの罪」の最たるものだ。

どうして私に理解させてくれないのか

こんな私にも理解できる、わかりやすい〇〇を提供してください、という、ひとまずの謙遜から盛大な異議申し立てや要望を投じてくる流れは、この世の中のあちこちに点在している。私の眉間にシワがよっているのはあなたのせいなんだから、というクレーム精神がすくすく育ち、他人の主張に侵食していく。わかりやすいものばかり咀嚼（そしゃく）すれば、噛み砕く力は弱くなる。毎日豆腐を食べている人にせんべいを差し出せば、「いつも豆腐を食べているので、柔らかいものを出してほしい」と言われる。それと同じようなことが言葉を用いる空間で起きている。

自分の本に対するレビューだけを俎上（そじょう）に載せても、怒りだ、妬みだ、言い訳だと繰り返されてしまいかねないので、他のレビューについても引っ張り上げてみる。実はこれは、編集者との最初の打ち合わせの時に「わかりやすさの罪」の例としてあげたものなのだが、中村文則（ふみのり）の小説『教団X』（集英社文庫）にこのようなレビューが見つかる。「投稿者 ichiro-y3」によるコメントのタイトルは「アメトークに騙されました。」で、「政治、宗教、物理学などの断片的蘊蓄（うんちく）が散りばめられていますが、全体的ストーリーと深く関わることがありません。それぞれの専門書を読んだ方がマシ。キャラクター描写が薄すぎて誰が誰だかわからない。読むのが苦痛で挫折しました」といったコメントが綴られる（傍点は当然、引用者による）。

その他にも、「アメトーーク！で見て期待して読んだのに、本当に期待外れでした」「アメ〇ーークの芸人の方、みな絶賛してたけど…謎」「アメトークで紹介されていたので読んでみました。読むのが苦痛で途中で読むのをやめました」などなどのコメントが連なる。テレビ番組『アメトーーク！』（テレビ朝日系）では、「読書芸人」と題した、読書好きの芸人がおススメの本を紹介する企画を何度か実施しており、又吉直樹、若林正恭、光浦靖子、カズレーザーといった芸人たちが出演してきた。彼らが紹介することで版を重ねている本も多く、出版界からも期待されていた。いつもテレビで見ている自分の好きな芸人さんがおススメしているのだから、わかりやすくて面白いに違いないという勝手な確信によって本を手にとり、「ストーリーと深く関わること」がない知識や、「誰が誰だかわからない」と感じさせるキャラクターが登場する小説を読まされたとして、「アメトークに騙されました。」との異議申し立てを行う。

自分がその小説を理解できなかったのであれば、なぜわからなかったのかを主体的に語るべきだとは思うのだが、自分が信頼している芸人や番組が薦めたのに理解できなかったことをただただ嘆いてしまう。それこそ嘆かわしい。なぜならそれは、あなたの感想ではないからである。あの番組で紹介されていたのにどうして自分を満足させてくれないのだ、どうして理解させてくれないのだという感想は、感想ではなく、クレームの域を脱しない。

こんなにも堂々と、複雑に入り組んだものを嫌悪し、ちゃんとほどいてから私の目の前に差し出してください、と要請するのが、当たり前になったのはいつからのことなのだろう。それなりに年を重ねたベテラン編集者が酒を数杯飲み、「かつての教養主義」について思い出話を始めると、その確率6割で「あの頃は、読みもしない世界文学全集を家の本棚に並べ、それなりの教養が備わっていると見栄を張っていたものだけれどね」との懐古を始める。ちっとも面白くない話だが、何度も聞くから、たぶん本当なのだろう。知識や知恵は見栄と近いところにあって、「わからない」「知らない」と口に出す機会をどれだけ減らすかの模索の中で、見栄ってものが培われてきたはず。

わからないことを残す

でももう、そういう見栄は必要とされていない。どうしてわからせてくれないのか、どうして私が知らないことを言うのか。鎮座した自分の目の前を通り過ぎていく情報に対して、フィットするものだけを選ぶようになった。氾濫する情報の中で、人は、氾濫の中に巻き込まれるのを避けるために、動きを止めて、わかるものだけをわかろうとするようになった。この状態を、私は主体的に情報を摂取できている、と言い張るのだ。情報を効率的に届けたいビジネスマンは、濁流の中に飲み込まれる前に、岸へとあがり、戸別訪問しながら、いや、これ、ホントに、あなたのための情報ですよ、と過剰に言挙げするようになった。次々と玄関先に情報がやってくるものだから、顧客が偉そうになった。玄関先まで出向かずに、インターホンでぶっきらぼうに「そういうの間に合ってますんで」と断るようになった。企画書は1枚で、とか、伝え方が9割、とか、シンプルで明確であればあるほど、優良だと即断されるようになった。情報を受け取る人たちに余計な負荷をかけてはならないという営業マインドが、そこに存在していたはずの豊饒な選択肢を奪ってしまった。

ギャグ漫画家・藤岡拓太郎作品集『夏がとまらない』（ナナロク社）は、1ページ漫画が217本も収録された怒濤の力作だが、様々なシチュエーションに置かれた人々が突飛なことを漏らす一言二言が笑わせる。文字に書き起こすと魅力が半減してしまうはずだが、「観覧車で無理やり相乗りしてきた人に言われたこと」と題された2コマ漫画はこうだ。

「あの　昔…算数の文章問題で　あったでしょ　『たかし君は時速4キロで1000メートル先の兄のところへ』…どうのこうの、いうやつ」

「そ、それがなにか…」

「あれ僕なんすよ」

「ど……どういう事…？」

以上。明確なオチはない。こういうものに接すると、心底安心する。この手の漫画は「シュール」と形容されるのかもしれないけれど、シュールではない。これこそが人間の素直な思考ではないのか。選択肢を拡張していく、他者の理解のために自分の思考を譲らない、たとえそれが「ど……どういう事…？」とわかりにくくなろうとも、人の理解なんて揺さぶってしまえばいい。

他者の想像や放任や寛容は、理解し合うことだけではなく、わからないことを残すこと、わからないことを認めることによってもたらされる。「どっちですか？」「こっちです」だけでは、取りこぼす考えがある。あなたの考えていることがちっともわからないという複雑性が、個人も集団も豊かにする。参考書売り場ではないのだから、日々の生活に「わかりやすい」ばかりが並ぶのは窮屈である。わかりやすさに縛られる社会をあれこれ疑いつつ、考察していく。わかりやすいテキストになるかどうかはわからない。ひとまず、そんなものは二の次で構わない。

いま思うこと

「どっちですか?」と問う動きは止まらない。いくつかの選択肢を並べ、「リモコンにあるdボタンを使って投票にご参加ください」と呼びかけるテレビ番組は増殖する一方である。その結果を示しながら議論を始めると思いきや、「先ほどのアンケートですが、このような結果になりました!」と伝えるだけで、次の話題に移行していくこともしばしば。それが「義理チョコの是非」程度の話ならばまだしも、戦争の話でも、政策の話でも用いられてしまうのだから驚きだ。dボタンを使って、テレビ画面の中に訴えかけたいのは、「いつも募ってんだから、それを検証した上で、おまえたちの意見を聞かせろよ」という抗議の1票である。

2
「言葉にできない」

素直すぎる『あいのり』の告白

かつて一世を風靡（ふうび）した恋愛観察バラエティ『あいのり』が、NETFLIXで復活、地上波でも放送されている。ピンク色の「ラブワゴン」に乗り、「見知らぬ男女7人が真実の愛を探す、地球無期限の旅」（ウェブサイトより）を追いかける番組だ。番組が絶大な人気を博した頃には、週刊誌などでヤラセ疑惑が報じられ、かつての出演者が、制作スタッフから特定の誰それと恋愛するように仕向けられていたなどの告発に踏み切ったのだが、そもそも、真実の愛を探す絶対条件は、一挙手一投足をカメラで追いかけ回されない状況だと思ってしまうので、やらせかどうかを問う以前の問題であって、真偽に興味はない。数週間に1回は誰かが誰かに告白をするという頻度が奇跡的に保たれており、自然発生だとしたら奇跡的だが、そうやって定期的に告白する人が奇跡的に出現するのが「真実の愛を探す」世界の真価なのかもしれない。

復活した新シリーズを見ていたら、ミャンマーを旅する一行が、恵まれない子どもたち（この括り方もわかりやすくて危ういのだが）に様々な手術を施す病院を訪れていた。その病院には、ミャンマーのみならず、ラオスやカンボジアなどに出向き、年間2000人以上もの手術を無償で行っている日本人医師がいた。わずか1週間足らずの滞在で、実に150件近い手術に臨むのだという。医師と対話する機会を得た一行は、神妙な面持ちで医師の話を聞く。「僕は僕の人生を豊かにするために生きてる」「とにかく自分のことを好きになって、自分のことを好きになったら、他人を同じくらい大切にする。これを両方やらないといけない」「僕らの人生の中で増やせないのは時間だけやで」「本質的な失敗っていうのは行動しないことをいうんだよね」などと語る様子にすっかり心打たれている。

その医師の言葉は、彼らの目的である「真実の愛を探す」要素を含みつつも、あくまでも医師として感じてきた「生き方」を放ったものだった。しかし、「真実の愛を探す」人たちは、それを恋愛というフィルターでのみ咀嚼（そしゃく）する。これまで自分から積極的に恋愛できなかった女性メンバーが、医師の話をきっかけに、告白を決意するのだった。医師から話を聞き、その翌日、病院で、大やけどを負った子や口唇裂の子を手術する様子を見た後で、私も行動しないと、と告白を決める。

その子どもたちのことよりも恋愛感情を優先するなんてかわいそう、と言いたいわけではない。ただ単に、告白を決めた理由として、真っ先に医師の発言をあげてしまえることに驚くのである。ものすごく直接的。無論、告白した当人は、その他の理由をあれこれ慎重に述べていたのに編集されてしまった、と嘆いている可能性も高いけれど、少なくとも、放送された映像では、医師が行動しないことこそ失敗、と言っていたので私も行動します、という作りになっていた。医師の吐露を、自分の恋愛感情のカンフル剤というか決定打にする素直さにたじろぐ。もし、自分が同じ立場に置かれたならば、この医師が話しているベクトルと真実の愛の探し方のベクトルは異なるのだから、影響を受けたとしても、その影響を薄めにかかるはず。ええ、先生の話を聞いて自分も本気で恋愛しようと思ったんです、と清々しく乗っかることはできない。たとえ、頭の中で直結しても、その直結を明らかにせず、うやむやにする。そのまんまじゃん、と思われたくない。「恵まれない子どもたちを助けている医師が言っていたから、彼は告白を決意した」という見られ方に至らない方法を考える。

Aという悩みを抱えている人がいて、そこにBという発言が転がりこむ。それは特にAに向けてのみ投げられた発言ではない。でもAを抱える当人からしてみれば、そのBがとても響くものだった。BによってAが解決した。あるいは、動き出した。その時には、なぜBがAに作用したのかを説明してもらいたくなるのだが、どうやらそういうことではないらしい。だって、私がBを知った時に、これによってAが解決できると思ったから、と定まっていれば、そこに説明はいらないのだ。説明が欲しいのだが、えっ、説明はいらないでしょ、と言い切られてしまう。

そうやって、外の意見に触発された時、その理由を述べるのではなく、自分のストーリーをどこまでも優先して組み込んでいく手つきにはなかなか慣れない。他人の思考の流れを知りたいのだけれど、思考の結果だけを知らされる。医師の発言が告白のきっかけになったことに対して、違和感はあるけれど、文句などない。言葉に影響を受けて実際に行動を起こすのって、なかなか純粋である。日頃、人から「頑張れ」と言われても、「本当に頑張れって意味で言っているのか」「他に狙いがあるのではないか」を経由し、他の可能性がなさそうだから「頑張れ」なのだな、と時間をかけて頭の中で理解する自分のほうが、言葉への接し方を誤っているのだろうか。誰かの言葉を受け止めるには時間がかかる。ミャンマーで医師の話を聞いても、自分はそれをすぐさま恋愛に転化しないだろう。関連づけられないからである。告白には踏み切れない。

反復で接続する

昨今、AI（人工知能）の議論が盛んになり、時折めくる男性週刊誌では、AIによって失われる仕事は○○で、あと10年もすればこの仕事は失われるぞ、としきりに煽(あお)られている。自分のところにも「ＡＩについてどう思うか」「ＡＩがあちこちに広がる時、人間の個性とはどのように保たれるのか」を聞いてきた新聞記者の方がいて、「らしさ」を作るのは、「反復」のなかで作られる「接続」ではないか、と答えてみた。

瞬時に判断したり、これまでの傾向から最適解を出したりすることに対し、人間はＡＩには敵わなくなるという。自分が好んで聴くヘヴィメタルバンドに「メタリカ」がいるが、彼らは楽曲を作る時に、まず、リフ（短く繰り返されるコード進行）を大量に作り、そのリフのアイディアをストックし、どのように接続するべきかを考えながら、曲を練り上げていく。ＡＩの力を駆使すれば、「メタリカっぽい曲」はいくらでも作れるようになる。しかし、「これからメタリカが作る音楽」をあらかじめ作ってみせることは難しい。なぜならば、それは、彼らにしかわからない、ではなく、彼らにもわからないからである。自分たちの音楽を咀嚼しながら、あらかじめ作っておいた断片的な要素を接続し、自分たちの音楽を増強していく。最終的に完成した音楽は「らしい」ものの延長線上に置かれるのだろうけれど、その「らしさ」への道程には、いくつもの反復と偶発性が含まれている。その接続が個性を生むのだ。

形にならないものを形にするためには、たいそう面倒なプロセスを経る。その行為は、なにもトップミュージシャンに限られたものではなく、私たちが日々暮らしている中で重ねている思考も、押し並べて、大量の反復とその都度の接続によって象られている。そこら辺を歩いているだけで、無限の要素が頭に入ってくる。情報として取り込むか、排除するかを決め、取り込んだ情報の中から更に編纂を重ねていく。編纂し続けることによって、自分の思考というものが浮き上がってくる。自分の考えを述べる時には、述べるまでには至らなかった相当量の発想が頭の中を通過している。それは、メタリカのリフのようにハードディスクに保存されているわけではないから、振り返ることが難しい。言葉にしようがない。もしも、ハードディスクに残すとなれば、相当なデータ量になるだろう。

そう考えると、『あいのり』のメンバーが、「医師の話を聞いて告白に臨んだ」とした自分の理解こそ短絡的なのかもしれない。つまり、医師の話を受け止めた彼女には、その話を咀嚼する時間があり、頭の中にある考えやこれまで経験してきた出来事と接続しながら、これはもう告白しよう、との結論に至った。編集された映像では、医師の話に感化→告白を決意、との流れだけれど、彼女なりの思考の蓄積と編纂があったはずである。彼女がいくら直接的に告白したように見えても、言葉にしていない思考がいくらでもあるのだ。

人が考えていることは、吐き出されぬまま、形にならないまま、大量に堆積している。たとえば、今、これを読んでいるあなたは、2時間前に考えていたことを事細かに覚えているだろうか。覚えている、とも言えるし、覚えていないとも言えるのではないか。その全貌がわからない。思っていることと、言葉にもならずに消えていくことがある。人は、ある一部を言葉として外に放出しているにすぎない。ミャンマーで、医師の話に触発されて愛の告白をした人の、聞いてから告白するまでには相当な量の思考がある。メタリカのリフのようにストックが見えないから、その接続は極めて単調に見えるが、その他に何もないとするべきではないのだ。

言葉にできないものを携えておく

詩人・文月悠光(ふづきゆみ)のこんなツイートが拡散されていた。

「以前、この記事がSNS広告で回ってきて、すごく嫌だったの。『「言葉にできない」ことは、「考えていない」のと同じである』って、言葉に苦手意識のある人を不安にさせる物言いも、『言葉にできる俺ドヤ』感も。言葉や声を持たない存在だって、確かに感受しているものがある」（2017年12月13日）。

「この記事」とは、電通プロモーション・デザイン局に所属する梅田悟司(さとし)が記した『「言葉にできる」は武器になる。』（日本経済新聞出版社）を、自ら紹介する「ウェブ電通報」の記事のこと。「世界は誰かの仕事でできている。」「この国を、支える人を支えたい。」（いずれも「ジョージア」）などのコピーライティングを手がけた「トップコピーライター」（書籍オビより）による本のカバーには、「『言葉にできない』ことは、『考えていない』

のと同じである」とある。

同じじゃないだろ、と即座に反応。「いま注目のコピーライターが独自の手法をわかりやすく開示する、人の心を動かす言葉の法則」（版元の紹介文より）を教える本は、20万部を超えるベストセラーとなった。言わずもがな、「わかりやすく開示する、人の心を動かす言葉」よりも、文月の言う「言葉や声を持たない存在だって、確かに感受しているものがある」との弁に賛同する。

梅田いわく、言葉には2つの種類があり、それは「外に向かう言葉」と「内なる言葉」だという。「言葉を生み出すプロセスには、①意見を育てる、②意見を言葉に変換する、という二段階が存在している」とし、①が「内なる言葉」で、②が「外に向かう言葉」とのこと。スローガンとして1ページ丸ごと使った大きな文字で、「考えているのではない。頭の中で『内なる言葉』を発しているのだ。」とある。理解しがたいが、ひとまず主張を追うと、「頭に浮かぶ『内なる言葉』は、単語や文節といった短い言葉であることが多く、頭の中で勝手に意味や文脈が補完されることで、あたかも一貫性を持っているかのように錯覚してしまう」のだという。だからこそ、その「内なる言葉」を意識することで、「頭の中にある漠然としたものが一気に明確になり、深く考える糸口を見つけることができるようになる」。頭の中にある「漠然」を「明確」な形で外に出すことが言葉の役割だと考えている梅田は、「言葉にできないということとは『言葉にできるほどには、考えられていない』ということと同じである。どんなに熟考できていると思っていても、言葉にできなければ相手には何も伝わらないのだ」と記す。だから、①だけではダメで、②が必要だとする。

そんなことはない。内なる言葉をそのまま外に向けたとしても、それは「言葉にできない」＝「言葉にできるほどには、考えられていない」ではない。そう決めつけるのは、言葉という存在を身勝手に整理しすぎである。言葉を区画整理し、偶発性を排除しながら、手法をわかりやすく開示すると、言葉そのものを統率している気になるのかもしれない。だが、その区画整理自体が、言葉をなかなか乱雑に扱っている。コピーライティングという職業柄、言葉を削ぎ落とす作業を得意としているのだろうけれど、考え終えたものだけが言葉、というわかりやすい把握は、相当多くのものを捨ててしまっている。言葉や声を持たない「漠然」を軽視しすぎている。

梅田は、「内なる言葉」から「外に向かう言葉」へと切り替えられていない例を3つほどあげているが、彼にとって残念な例は、そのまま、私が常日頃、言葉の可能性を語る際の言い分そのもの。あまりに真逆で、笑みすらこぼれてしまう。

「具体的に考えているつもりだったのに、抽象的にしか考えられていなかった。」
「筋道に沿って考えているつもりだったのに、まるで一貫性がなかった。」

「考えを進めているつもりだったのに、ずっと同じことを考えていた。」

人間の思索や言葉の面白さが、この3つの状況に集約されている。自分が企図するところから、たちまち離れていく感覚。具体的だと確信していたのにたちまち抽象に差し戻され、首尾一貫のつもりが早速逸れてしまい、先を目指して考察していたつもりだったのに、一点に留まり続ける。これらこそが言葉を取り扱う醍醐味である。だから、ものを考えるって楽しいのだ。いわゆるコピーライティングに対して、極めて大雑把な苦手意識を持ってきたが、言葉にこめた意図がシンプルになればなるほど、言葉として完成していると決めつける姿勢への苦手意識だったのかと気づく。

どこへ転がるかわからない、広がっていくかわからない、そんな言葉の跳躍力にすがり、期待する姿勢とは真逆だったのか。限られた言葉で作り出される見取り図が、見えない部分を許容してくれるならばまだしも、いや、これが全貌なんですと主張されれば、嫌悪感にも変わってしまう。梅田は繰り返し、「溢れてくる思いがあれば、自ずと言葉は強くなっていく」と主張する。言葉にするということと、言葉にできないものを携えておくこととは混在しているはずだが、溢れてくる思いで言葉の強度を査定する態度は、その混在を認めてはくれない。『あいのり』メンバーだって、言葉にできないものを抱えていたはずなのである。

前章で、わからないことを残す、わからないことを認めることが、他者の想像や放任や寛容の条件となると書いたけれど、言葉を「溢れてくる思い」で査定し、言葉にできないのは、考えていないからだとする考えを簡単に認めたくはない。「『言葉は常に、伝えるべき相手に、伝えるべき内容を理解してもらう』必要がある」との見解も受け付けにくい。

思考を削ぎ落として、誰かに伝わる言葉に加工する技術が巧みなことは認める。でも、サンドウィッチを作るために切り取られた食パンの耳だってパンだ。バターと砂糖で揚げればすこぶる美味しい。言葉が加工される時に言葉を削ぎ落とす。あるいは、言葉に到達しない感情を削ぎ落とす。その廃棄を繰り返すのが、「言葉を鍛える新ルール！」（『「言葉にできる」は武器になる。』カバーコメントより）だとするならば、私は、自分の頭の中を守るために、その新ルールを遠ざけたい。

いま思うこと

様々な人にインタビューする機会があるが、こちらからの問いかけに、いや、それは、そう簡単に言葉にできませんと正直に言葉にしてくれる人がいて、そういう人の言葉は常に信用できるなと思う。むしろ、「言葉にできない」は人を動かす武器になっているのではないか。

3 要約という行為

1冊を3000字にまとめる

「『言葉は常に、伝えるべき相手に、伝えるべき内容を理解してもらう』必要がある」（梅田悟司『「言葉にできる」は武器になる。』）という断言が何を生むかといえば、相手に伝わりやすいように簡略化した文章こそ卓越している、との考え方の強化ではないか。

複雑に絡み合った話題を、いかに要約して伝えるか。何度だって繰り返すが、あらゆる思案とは、複雑に絡み合っている状態だからこそ生まれたものだと思う。だが、このところの風潮といえば、その思案がどのように発生したかなんてどうだっていいようで、とにかく目の前の事象を即座に理解してもらうことが急がれる。そのために、複雑な事象がシンプルに加工される。主張は手短に済まされる。要約が正義になる。

その正義が前提となり、スリムにする精度が繰り返し問われるようになる。いいね、めっちゃシンプルだね、これはマジで届くね、こうやって多くのテキストが、いつのまにか、相手に負荷がかからないように、との配慮によってコンパクトになる。

あらゆる場面において「要するに何が言いたいの？」に応える必要なんてない。「要するに」って、必ずしもコチラの仕事ではなく、オマエの仕事でもある。なぜ、いつもコチラがかいつまんで伝える必要があるのか。それなのに、そこにある面倒を見つけて、ああ、じゃあ、それは、ウチらで解消しますよ、と商売にする人たちが出てくる。たとえば、「複雑多様化する社会の第一線で働くビジネスパーソン」に向けて、「良書」を3000字程度のダイジェストで紹介するという「SERENDIP」（情報工場）というサービスなど、とてもわかりやすい例になる。後に言及するように、光栄なことに自分の本もこの「良書」の候補として選ばれた経験があるのだが、この手の「良」に選ばれることなど、少しも望んではいない。簡略化されるために、長々書く物書きなどいるのだろうか。

そもそも、こういったサービスがなぜ必要だと考えるのか。ビジネスパーソン（一体、ビジネスパーソンって誰？）にとって、『『時間』はとても貴重。1冊の本をじっくり読む機会を作るのが難しいという現状があります。そこで私たちは、厳選した書籍や雑誌からの情報を『3000字のダイジェスト』に加工してお届けします。3000字というのは、Ａ４サイズにして３枚程度。10分もあれば読める量でありながら、かなり具体的な内容や背景、内容の深部にも分け入ることが可能な量だといえます」（ウェブサイトより・傍点引用者）とある。数多く出ている本の要約をこちらで済ませておきます。それをお送りするので、これで読んだのと同じ効果が得られますよ、そのためにはおいくらお支払いくださいね、というビジネス。数万〜十数万字もある１冊の本を読まなくても「内容の深部」に分け入ることができるので、こちらの要約にすがってほしい、というわけだ。人様がそれなりに死にものぐるいで書いた１冊を３０００字にまとめる「加工」について、このような意味を持たせる。

「本当に必要な『情報』とはどういうものでしょうか？　それは植物に例えれば、根から吸い取るべき『養分』です。一般にビジネススキルと言われているものは、地上の幹・枝葉のようなもの。根をはらずに、土に突き刺しただけでは、すぐに枯れてしまいます。根からの『養分』とは、常識・教養、好奇心、ひらめきなどの『人間力』にほかなりません。私たちは書籍や雑誌から『人間力』を育てる養分になる真の情報だけを厳選します」（傍点引用者）

情報が溢れる時代には、必要な情報を嗅ぎ分ける能力がビジネススキルとされる。そして、情報処理の速度や精度が、ビジネスマンとしての通信簿を決める。受け止めなければならない情報はいくらだって流れてくる。そこで、まずは、せめてハズレの情報には触れたくない、という願望が強まる。本など読まずに、的確な要約を提供してくれれば、ハズレに時間を割くことは無くなる。だから、要所だけを教えてくれればそれでいい。そういった怠惰な姿勢に向けたビジネスを、要約者たち（と呼んでみる）は「真の情報だけを厳選」と言い張る。要約者たちは、「養分」の生成がいかなる過程で行われるかを考えたことがあるのだろうか。梅田の「『言葉にできない』ことは、『考えていない』のと同じである」というスローガンを思い出すと、「真の情報」を取り出そうと試みる要約者たちの狙いと、どうしたって親和性を感じる。意味が明確に示されているところ、言葉にできるところを厳選してお届けしよう、というわけだ。こちらからすればまったく余計なお世話だが、これが商売として機能している事実がある。書き手のためではなく、受け手のためのビジネス。思案というのは必ずしも手短に明文化される必要などないのであって、本を通読し、ココがポイントであろうと加工する行為は、その本の「真」を摑むための行為ではない。加工では「真の情報」は摑めない。本は、そして文章は、すぐには摑めないからこそ、連なる意味があるのだ。簡略化される前の、膨大なものを舐めてはいけない。

勝手にまとめられた要約

要約については「出版社または著者の許諾を得て作成しています」とある。勝手にやったのではない、と力強く謳われている。実際に、拙著に対しても、編集者を通じ、このサービスから要約の許諾依頼が来た。著者から許諾を得ることによって、正式なものである、と謳いたいのだろう。こういった要約行為に対して著作権をどう設定するかについて、文化庁の「著作権なるほど質問箱」には、「ダイジェスト（要約）のようにそれを読めば作品のあらましが分かるというようなものは、著作権者の二次的著作物を創作する権利（翻案権、第27条）が働くので、要約の作成について著作権者の了解が必要」とある。

個人的に、なぜ本を書くかといえば、こうして要約されないようにするため、と答えることもできる。編集者からの転送メールには既に加工された、テキストが添付されていたが、「真の情報だけを厳選して要約してみましたけど、どうですか？」という声かけ自体が書き手には不快である。掲載になっても、著者や版元には一切の使用料が払われないという。そんなものを許諾するはずがない。1冊の本から「真の情報」を取り出すという秘技を披露させる許諾を拒否してしまったが、改めて送られてきたものを読み込んでみたい。要約する行為そのものが著者の意向に沿っていない以上、どのように意向に沿っていないかをチェックしたいわけではない。改めて検証する機会を頂戴することに、まさかあちらから抗議を申し立てることもできないだろう。なぜって、その要約の元はこちらのテキストだから、要約者は要約の著作権を主張できない。送られてきた拙著『紋切型社会』（朝日出版社）という本の要約に、まず「要旨」と題して、こんな文章が掲げられていた。

【要旨】ネット上や、さまざまなメディアで踊る言葉、あるいは私たちが特定の場面で使う言葉は、しばしば「紋切型」に陥る。それは人々に安心感を与えるものである反面、コミュニケーションのかたちを固定し、社会を硬直化させるものにもなりかねない。本書では、そんな「紋切型」の言葉や表現を20選び、それぞれについて著者の考えを展開している。自由な批評や多様な言葉の可能性を狭め、社会全体の閉塞感につながる「紋切型」思考への批判が、本書の基本的な視座である。テーマは多岐にわたるが、本ダイジェストでは「禿同。良記事。」「〝泣ける〟と話題のバラード」「誰がハッピーになるのですか？」の3項を取り上げた。本書が初めての著書となる著者は、出版社勤務の後、２０１４年からフリーライターとして多くの雑誌、ウェブ媒体で活躍している。

平凡な要約だが、この本全体で言っていることといえば、言葉というのはどこまでも自由であるべきで、そして、人の動きや思考を仕切り直すために存在すべきであり、「誰からともなく処方箋が示されている言葉に縛り付けられるのではなく、むしろ覆すために、紋切型の言葉をああだこうだ解体してみようと試みた」（「おわりに」より）ものである。皮肉を申し上げれば、「コミュニケーションのかたちを固定し、社会を硬直化させるものにもなりかねない」のように、要約される行為から離れることこそが、本書で提示したかったものだ。思考を柔軟に保つことで、物事に対して常に「基本的な視座」を探し出すのではなく、「ダイジェスト」でものを語るのでもなく、いくら面倒であっても、その都度、正解例を示すだけの慣習から抜け出す必要性を訴えたかった。だから、サブタイトルを「言葉で固まる現代を解きほぐす」としてみた。言葉をスリムにする危うさは、まさしくこういった要約行為が証明している。

「明瞭性」の基準

同様のサービスを展開する「本の要約サイト flier（フライヤー）」というサイトがあるが、知り合いの編集者に対して送られてきた依頼に「本の購買へのハードルを下げる目的」との文言があったそう。編集者はそのことにたいそう苛立っており、それを聞いたこちらも、たいそう苛立つのであった。忙しいビジネスパーソンのために要約するビジネスは、こうやって本を手にすることを「ハードル」とし、だから、自分たちで下げます、と申し出る。一体、誰なんだオマエは。要約によってハードルを下げるならば、本を読む時には再びハードルが上がるのだから、忙しいビジネスパーソンは手に取ってはくれない。要約で済ますだろう。

このサイトの要約には、まったく偉そうなことに本に対する採点が用意されており、その指標は「革新性」「明瞭性」「応用性」の3つ。

「革新性」の基準は、「新しいアイデア、または従来のアイデアに新たな視点を提供できているか」。「明瞭性」の基準は、「用語・図解などの表現や論理構成が読者にわかりやすく提示されているか」。「応用性」の基準は、「日常業務において、読者が書籍の考えや概念を適用することができるか」とある。本を出せば批評される。手厳しい批判も含まれる。当然のことだ。絶賛の声だけが届く本など、絶賛に値しないとさえ思う。争論があってこそ、その本の存在感が位置づけられるのであるから、採点行為は時に有用だが、要約をビジネスにする媒体が、指標を設けて本を採点する行為が解せない。要約によってハードルを下げる媒体が「明瞭性」を計測し、「わかりやすさ」を採点に持ち込んでくる。どういうつもりなのか。

後学のために5点満点の「明瞭性」の基準を並べておくが、

1　難解な専門用語、長く複雑な文章、不明瞭な言い回しで書かれているうえ、非論理的。

2　難解な専門用語、長く複雑な文章、不明瞭な言い回しが多く、脆弱な論理構成となっている。

3　難解な専門用語には適切に注釈が書かれており、明瞭な文章で論理的に構成されている。

4　テーマを理解するのに役立つ用語説明、概念の図解を含み、論理構成は良く推敲されている。

5　テーマの理解を助ける用語説明や図解に富み、首尾一貫した強力な論理構成が展開されている。

である。書き手も版元も、要約することを許容し、その要約で稼がれ、その上で評定までされて、よくぞ黙ったままでいられるものだ。読者にとって、その本が明瞭なテキストであるかどうかを、要約者たちに価値判断されるのは、本の自殺（他殺？）行為であるとすら思う。「首尾一貫した強力な論理構成」と「非論理」が比較されているが、「非論理」のためにも本はある。テキストはある。非論理の連鎖の中に論理を見出すためにも、本はある。「難解」「複雑」「不明瞭」と「論理的」は、座標軸の対極にあるのではなく、混在しているものである。ある時は、難解の皮を剝げば論理的になるし、双方が接触することで論理が増強されることもある。わざわざ書くまでもない。そんなの当然のことである。

考えないと考えなんて浮かばない

私たちは、文章を理解するにあたって、「要約」という手法を迫られることに慣れている。飼い馴らされている。思い返せば、国語のテストでは、文章を理解する技量を要約によって問われていた。長めの文章から接続詞を抽出しつつ、話の展開を読み取り、特に必要な部分を手短に束ねてまとめる、というアレだ。

NHK『テストの花道』で放送された内容が公式サイトに残っていたので、そこから拾ってみるが、「以下の文章を30字以内の一文で要約せよ」とある。なお、この問題文は、大学入試センター試験で出されたものを、番組がオリジナルで高校入試レベルにやさしくしたものだという。

「映画の中では、主人公が静かに語っているシーンがあったかと思うと、次の瞬間には大爆発が起きて場面が急変する、というようなことがよくある。観客は、先ほどの語りの内容を思い出している余裕もなく、流れる映像に心が縛りつけられてしまう。一方、写真では、その枠の外にある見えない光景や、撮影された瞬間の前後の様子を想像することができる。止まっている写真は、見る者の心を解放するわけだ。」（引用者によって改行を調整）

この解答がこう。

「動く映像は心を束縛するが、止まった写真は心を解放する。」

懐かしい。こういう要約行為を学生時代には繰り返していた。前半で映画（映像）のことを、後半で写真のことを語っている。その転換部には「一方、」があるから、前半と後半で比較していることが読み取れる。映像は変化していくので、流れる映像に心が縛りつけられる。その都度考えている余裕がない。一方、写真は止まっているから、見る側が自由に想像することができるので、心が解放される。2つを比較すればこの解答が無難だ。

「動く映像は心を束縛するが、止まった写真は心を解放する。」と言われた時に、「動く映像」について、多くの人が、大爆発の映像を頭に用意するはず。その前段階である「主人公が静かに語っているシーン」を頭に残している人は少ない。だが、「主人公が静かに語っているシーン」をあたかも止まった写真のように見つめて心を解放した、という可能性を探ることもできるのだが、その可能性については言及されない。

たかが国語の問題なのだから、そんなに厳密に考える必要などない、とは思う。だけど、こういった要約行為は、並べられた要素を間引きすることによってのみ導かれるということを忘れてはいけない。「いや、でも、静かに語っているシーンで、心を解放しているんじゃないの？」との問いを残し続けることが、「複雑多様化する社会の第一線で働くビジネスパーソン」が闊歩（かっぽ）する社会で「非論理的」とされてしまう可能性があるのだから、要約という慣習には気をつけなければならない。要約がいつのまにか定則になってしまうことへの警戒が必要である。要約など、要約にすぎないのだ。

複雑なものを整理する働きがあまりにも多い。簡略化に慣れ、簡略化を急げば、簡略化は良きものとしてどんどん持ち上げられる。良きものとして持ち上げすぎる、とはどういうことか。次章以降に記していくことにしたい。ちなみに、こうやって書き記しておくと、あたかも、次章で書くことは既に準備万端、と思われるかもしれないが、何一つ考えてはいない。即断を迫られ続ける「第一線で働くビジネスパーソン」とは違って、「第三線で働くフリーライター」には黙考する時間がいくらだってあるのである。考えないと、考えなんて浮かばないと思うのだ。

いま思うこと

要約サイトをますます見かけるようになった。ChatGPTの技術が伝えられた時、真っ先に「要約してくれる存在」としても期待されていた。夏目漱石『坊っちゃん』の要約をお願いしたら、こんな文章になりました。まだまだ一部不正確ですけど、これからどんどん改善していくのかもしれません、といった展開。

「第三線で働くフリーライター」は、『坊っちゃん』の要約を頼む時って、いつ、誰のための、どんな目的なのだろう、と首をかしげる地点にとどまろうと考えております。

4

「2+3=○」「○+○=5」

ジブリで言ってた

子どもの頃から、人を小さく騙すのが好きで、会話に細かいウソを挟んでは、無意味に動揺させてきた。「さっき、曲がり角のところで舘ひろしが電話してたよ」と言えば「ウソ、マジで！」と振り返るのだが、「まっ、ウソだけどね」と告げる。当然、「どうしてそういうウソをつくのか」と返してくるが、キミの「ウソ、マジで！」が見たかったから、と告げると、この人はそんなことでしか楽しみを得られないのか、と憐れみの眼差しを頂戴する。そんなことでしか楽しみを得られないのだ。

ひと頃ハマったのは、「……って○○が言ってたよ」というもの。たとえば、「キウイを食べる時に半分に切ると、そこから栄養素が逃げちゃうって、高木美保が言ってたよ」と言う。内容も話者も全てウソなのだが、その話を聞いた相手は「え、それホント？」と疑ってくる。信じてもらえない。別の人に「キウイを食べる時に半分に切ると、そこから栄養素が逃げちゃうって、道端ジェシカが言ってたよ」と言う。「へー、知らなかった」と納得している。だが、この時代は、ウソを撒くのに注意が必要。すぐにその場で修正しておかないと、「ライターの武田砂鉄さんから聞いたんだけど、キウイを食べる時に半分に切ると、そこから栄養素が逃げちゃうって、道端ジェシカだかアンジェリカだかが言ってたらしい」とSNSに投稿される可能性すらあるので、すぐさまウソだと告げる。

「まっ、ウソだけどね」を長年続けていると、自分への信頼感は目減りしようとも、人は何に対してなら、そして誰ならば騙されるのかが見えてくる。誰からも頼まれていない調査を続けた結果、日本人の多くは「スタジオジブリ作品」に極めて弱いことがわかった。たとえば「人の弱さは強さの裏返し」というような、意味があるような無いような、どこかで聞いたことのある気がする言葉を用意する。「人の弱さって、強さの裏返しだもんなぁ　みつを」とすれば、ある層には届くかもしれないが、若い世代には通用しない。「人の弱さは強さの裏返しって『風の谷のナウシカ』でそんなシーンがあったでしょ」と言ってみると、人は「うんうん」と頷くことに気づいたのである。ほら、ジブリ作品で、と言われると、無条件に頷くのだ。

もしあなたが今、自己主張を無理やりにでも押し通さなければならない窮地に置かれているとする。上司に、自分の企画を許諾してもらわなければいけない。頑固な親父から結婚の承諾を得なければいけない。こういう時に、何かしらのエピソードやたとえ話をブツけ、最後に「……って、『○○』(ジブリ作品)の中で言ってました」と添えてみる。事態が好転することを約束はできないが、暗転はしないはずである。「えっ、『風の谷のナウシカ』でそんなシーンあったっけ」と言われたら、「失礼しました、『魔女の宅急便』だったかもしれません」と添えてみる。おおよそ、話が前向きな方向に進むのではないか。

スタジオジブリ作品と私たちの関係には、こういった特性がある。

・まったく観たことがない人が極めて少ない。
・かといって全部網羅して観ている人も実は少ない。
・宮崎駿(はやお)のは観てるけど、その他のは実は、という人が多い。
・『平成狸合戦ぽんぽこ』が意外と好き、などと意外性が投じられやすい。
・作品に明確なメッセージがあるわけではなく、観る側に委ねられる部分が常に大きい。

これらをまとめると、「少なからず作品について共有してはいるのだけれど、その共有が、それぞれ完全に合致しているわけではなく、曖昧に浮遊している状態」が見える。

ジブリ作品に詳しすぎる人と話すと、いちいち見解の相違が生じる。こちらの見解を正そうとしてくる。面倒臭い。だが、これだけ国民的な作品でありながら、見解の相違が生じるのって不思議ではある。フーテンの寅さんの人間像や、ゴジラの破壊活動についてでは、よほどの人でないと、議論はブツからない。なんか一言物申したい欲があるし、かといって、全てを知っているわけではないのだから、と慎重にもなる。だからこそ、「ジブリ作品で言ってたよ」というウソは有効なのだ。

「わかる」に頼らない作品作り

ここまでの話は、自分がオオカミ中年と言われないための、長い前置き。

先日、スタジオジブリの鈴木敏夫とラジオで一緒になる機会があり、その予習のために、著書『人生は単なる空騒ぎ　言葉の魔法』（角川書店）を読み進めていたのだが、そこには驚くべきことに、自分がこれまでの連載を通じて書いてきた内容が、そのまま記されていたのである。「……って、『もののけ姫』の中で言ってました」と人を小さく騙してきた自分からすると、「武田は、鈴木さんが記していることを書いていただけではないか」と指摘される、という要らぬ恐怖が芽生える。

書をしたためる鈴木が、その作品を掲載するとともにこれまでのジブリ作品について振り返る1冊に、慶應義塾大学在籍時、2つの原稿を記したとの回顧がある。当時、慶應義塾大学では、医学部が研究費として米軍からの資金を導入していたことが発覚、「米軍資金導入反対闘争」が生じていた。全学バリケード封鎖に発展した闘争で、社会学科の委員長に指名されたのが鈴木だった。その封鎖が解除された後で、委員長だった鈴木は、闘争を総括する小冊子を作ることとなった。

その冊子に記された原稿のテーマが、「二者択一」と「分からないことはそのままにしておく」の2つだった。これには驚く。なんたって、この連載の初回のタイトルは「『どっちですか?』の危うさ」であり、その原稿には「わからないことを残す」との見出しがあり、「他者の想像や放任や寛容は、理解し合うことだけではなく、わからないことを残すこと、わからないことを認めることによってもたらされる」などと偉そうに書かれている。つまり、鈴木とほぼ一緒のことを言っている。これが五輪エンブレムならば、こちらが必死に「オマージュだ」と弁明しても、たちまちパクリと認定、記者会見を開いて謝罪、白紙撤回を余儀なくされるところであった。

鈴木は具体的には何と書いたのか。「二者択一」では、「集団で活動していくとき、ぼくらはしばしば二者択一を要求される。でも、それは簡単なことじゃない。どちらかの選択肢が100対0で正しいなんていうことはまずありえない。そこで、多数決という仕組みが生まれる。けれど、それも完璧とはいえない。仮に多数決の結果が51対49だとしたら、つまりは半分の人が反対しているということ。それでも、リーダーは51の方向にみんなを率いて進んでいかなければいけない。本音をいえば悩ましい」と書いた。

この指摘は、現状の日本を言い当てているかのよう。世論調査をすれば「他の首相よりマシだから」が支持の最たる理由だというのに、自分の振る舞いは全て国民から許可されている、と思い込む宰相が暴走し続ける現在に通じる。「51」を得た人は、常に「49」の声を掬い上げなければならないはずだが、「51」の彼が何をしているかといえば、それを「95」や「98」に見せる作業である。鈴木にとって、二者択一への疑いは「闘争の総括」だった。だが、その総括が今、無に帰する最中にある。

もうひとつの「分からないことはそのままにしておく」では、何を記していたか。そこには、「現在進行形で起きている事柄を捉えようとするとき、分かることと、分からないことが出てくる。もちろん分かろうと努力はするものの、全部は分からない。そのとき、分からないことは捨ててもいいのか？　いや、違う。じつはその中にこそ大切なものが潜んでいたりする」とある。あらま、まさしく、そんなことを書いた記憶がある。どちらかを選ぶな、結論を出すな、という宣言は、ちっとも新しいものではない。学生にとっての大学組織、国民にとっての政治家、こういった強き者からの抑圧を感じる時、その苛立ちとして共通するのは「勝手に決めんじゃねぇよ」である。代替案を示せ、と返されるかもしれないが、まずは、決めんじゃねぇよ、を優先したい。決めんじゃねぇよ、には、そのままにしとけよ、がくっついている。

鈴木が残した2つの文章を否定するように、選ばれた者たちが「わかる」物事だけを、世の中の「わかる」として通用させようとする。ここでようやく初めてちゃんと使えるが、あのジブリの鈴木さんがそうやって言っていたのだ。いつものように信じてもらわないと困る。『風の谷のナウシカ』の当初の企画書には、「観客には何を伝えるのか？」と題し、当時の宮崎駿が口癖にしていた「管理社会の窒息状況の中で、自立の道を閉ざされ、過保護の中で神経症になっている現代の若者たちに、心の解放感を与える」が書かれていた。そのために、「わかる」に頼らない作品作りを続けてきたのである。

「5−1＋3−4＋2−1＋6−8＋3＝5」

15年くらい前になるだろうか、「日本の算数の授業では2＋3＝○と教えるが、イギリスなどでは○＋○＝5と教える」といった内容のCMが頻繁に流れていた（今、調べてみると中央出版のCMだったようだが、実際の動画が見つからず、正式な文言ではない可能性が残る）。このCMの意図は、日本では、このように答えが決まっている教育ばかりしているのに対し、諸外国では、柔軟に想像力を養う教育をしている、このままでいいのか日本の教育は……との問題提起が含まれていたはず。詰め込むだけの教育ではなく、自由に考えさせる教育が必要ではないか、と打ち出していた。その通りではあるのだが、CMを見て、そう簡単に決められるものなのかなぁ、と思ったことはうっすら記憶している。

本来、自由とは「○＋○＝○」のことである。何を入れてもいい。どう答えてもいい。答えなくてもいい。「○＋○＝5」では不自由なのだ。あるいは、「5」になりゃいいんだろ、と凄む強引な力に潰されてしまう。たとえば今、アメリカのトランプ大統領にこの数式を渡せば、「(−1億)＋1億5円＝5」といった子どもじみた数式を差し出してくるかもしれない。誰かが痛んでも、最後に「5」になりゃいいんだろ、という思考だ。わからないままにする、選択肢を認める、という着眼で考えると、「○＋○＝5」のほうが思考の振り幅が残されているようには見える。だって「2＋3＝」は5だからだ。万事に対して要約する行為を否定し、「考えないと、考えなんて浮かばないと思う」と書いた流れからすれば、「2＋3＝○」よりも「○＋○＝5」のほうが考える余白がある。

だがしかし、今の世の中の流れを見ていると、「結論ありきの議論が自由に行われている」という壮大な矛盾がそこかしこに見つかる。結論が決まっているのに自由な議論。選択肢はないのに自由な議論。それって、自由なのかどうか。たとえば、裁量労働制を巡る議論で、政府が持ち出した、議論の下支えとなるデータに不備が見つかり、野党はしきりに問い詰めた。データが不正確である以上、すぐさま法案提出は見直して、イチから議論し直すべきだったに違いないが、政府は「働き方改革国会」と名付けた以上、自分たちのプランをなかなか崩そうとはしなかった。

最近、彼ら周辺のいかなる事象にも共通するのだが、「ありません」と片付けていたものが「あっ、見つかりました」と発掘される。すぐに「あっ、見つかりました」が出るので、そんなものは最初から見つかっているに決まっているのだが、とにかく、答えの「5」は決まっているのだから、忘れたり、謝ったり、とぼけたりしながら、なんとかしてその「5」まで持っていかなければいけないとの意識が強い。このところの政治の動きを数式化すれば、「5－1＋3－4＋2－1＋6－8＋3＝5」みたいな感じだろうか。つまり、最後に「5」になりゃ、プロセスはどうだっていいのである。与野党の攻防が続いているように見えるが、結局は、「5」にすると決めた人たちが、どんなことがあろうとも「5」にしてやるとねじ込む様子を見させられている。

そういう世相に置かれていると考えてみた時、むしろ、「2＋3＝○」のほうに可能性を見出さなければいけないのではないか。つまり、たとえ、与えられた材料が確定していたとしても、簡単に「5」に持っていかせないために、為すべきことがあるのではないか。結論は決まっているから、しばらくの間は自由に喋らせて、最後に黙らせる。これって、本来、かなり侮辱的な手法である。全てを徒労に終わらせようとしているわけだ。それに従わず、混乱させなければいけない。

思考する可能性

前章で、要約の話をした。設問として要約が問われ、その要約で正誤が決められる慣習について書いた。正しい答えが決まっている以上、それは「○＋○＝5」のアプローチである。○をうまいこと選びなさい、内容を網羅せずに、多少取りこぼしたって構わない、という感じ。

東京新聞が「筆洗」（2018年2月10日）で、「『無謬病』が蔓延するこの国」を疑問視するための導入として、英国の名門・オックスフォード大学の入試問題を例示していた。この大学の生物学の入学試験では、「なぜ、しま模様のある動物がこれほど多いのか？」「なぜライオンには、たてがみがあるのか？」といった問いに答えるのだという。

ある卒業生が言う。

「正解できるかどうかが問われるのではないのです。誰も〈これが正解だ〉と断言できぬような問題ばかりですから。教官たちとやりとりを重ねるうちに、自分の当初の考えに間違いがあると思ったら、なぜ誤ったかを、きちんと分析する。そんな姿勢が評価されるのです」

「筆洗」は、こういう考えなど持たない『無謬病』が蔓延するこの国に必要なのは、こういう入試かもしれぬ」と締めくくった。今、「二者択一」が「二者択一の前に議論をさせておきながら実は結論は決まっている」に、「分からないことはそのままにしておく」が「分からないことはそのままにしておきながら、やりたいように進めてしまう」に、それぞれ成長を遂げてしまっている。

「結論ありきの議論が自由に行われている」状態を、ほらどうです、それでも民主主義が壊れるなんて言ってる人たち、ぜんぜん自由なママじゃないですか、なんて茶化してくる。「特定秘密保護法に反対した人たちは『映画が作れなくなる』と批判していましたが、果たして作れなくなった映画があるのでしょうか？　一つもないと思いますよ」（安倍晋三・『正論』2018年3月号）と語る姿など、その象徴だろうか。結論が決まっている。

「2＋3＝○」は素材が決まっている。ここにも「○＋○＝5」が見える。

一見、拘束されている数式のほうに、可能性が残されているのではないか。自分が小学生の頃、「1＋1は、田んぼの田」という逃げ方があった。「一＋一＝」の棒線を全部使えば「田」になるというものである。この考え方は、今を生きる上での可能性を与えてくれるのではないか。外し方に主体性がある。ちなみに、この考え方は、『借りぐらしのアリエッティ』で知った話である。

いま思うこと

「『映画が作れなくなる』と批判していましたが、果たして作れなくなった映画があるのでしょうか？」という発言のインパクトは大きい。無邪気だったのか、それとも、邪気に包まれていたのか、どちらだったのだろうか。当人を、あってはならない形で亡くしてしまったその犯罪自体は許すことは到底できないのだが、その後、政治家としての彼の言動について批判的に言及するだけで「犯人の行動を肯定するのか」といった意見に飛び火してしまうのは困る。「犯人を英雄視するリベラル層」みたいな雑なまとめ方で語る論客まで現れて、わかりやすい語りの危うさがあった。

5 勝手に理解しないで

「おっしゃる通りだと思います」

1年くらい前になるだろうか、こういうことがあった。ある媒体から、なぜ現代社会ではコミュニケーションスキルが過剰に問われるのか、について聞かせてほしいとのインタビュー依頼を受け、思いついたままに話し始めると、話は、就職面接の話に移行した。ああいう場所では、面接する人も面接を受ける人も自分を偽っていて、偽った者同士で合致するポイントを探るという不健全な対話がどこまでも続いている。面接官の「こういう感じで聞いてみるといいらしい」に向かって、「こういう感じで答えておけばいいらしい」がぶつかり、「あいつイイ感じだね」という判断を経て次に進む。それって、コミュニケーションが成立していると言えるのだろうか。いや、でも、コミュニケーションとはいつだって偽りの部分をそれなりに含むのではないか、とも思うんですよね、などと堂々巡りの話を続けていた。編集者はそれなりに満足したような顔をして帰っていった。

しばらくすると編集者からメールで連絡があり、当初、コミュニケーションについての話を聞かせてもらう予定だったが、内容を振り返ってみたところ、就職活動生へのアドバイスとも受け止められる部分が興味深く、就活の記事としてまとめさせてもらいたい、という。パソコンの前で固まってしまう。「専門家でもないのに、就職活動について、学生に向けて我が物顔でアドバイスするような人間にはなりたくないので、そういう話としてまとめられるのは非常に困ります、当初はそういう話ではなかったはずですよね」という内容のクレームを、我ながら謙った文面で送ると、編集者から「武田さんのおっしゃる通りだと思います。就活の記事として盛り込むには無理が生じるかもしれないという違和感を持っていました」というメールが返ってきた。なかなか苛立ったのだけれど、その苛立ちの正体を探らぬまま自分で自分の苛立ちを潰し、当初の予定通りになるならば構いません、と温厚な人間を気取ってしまったのだった。

今更ぶり返すが、一体、あの時の苛立ちとは何だったのだろうか。潰した苛立ちを復元して考え直してみる。つまるところそれは、「勝手に理解しないでよ」に集約されるのではないか。Aについての話をお願いすると聞いていたが、実際に話をしてみると、Aだけではなく、Bの議題に移行したり、Cという人物についての印象を話したりすることになった。そんなことはいくらでもありうる。日本という国の力量を話すのにアメリカの現在の話をする、キャベツの魅力を語るためにレタスの悪口を言う、田中の実力不足を突くために佐藤の成功例を話す、人の会話とはそうやって比較対象を求めて寄り道することが多くある。BやCは、あくまでもAのために用意される。Aの話を捨てて、Bの話をしているわけではない。Bの話が面白かったからといってAではなくBを中心にまとめます、というのは相当おかしい。相当おかしいけれど、大人はそもそも相当おかしなことを言う生き物なのだから、そこで怒ってしまうのは大人げない。「いやいや、Aの話をする予定だったのですから、盛り上がったからといってBの話でまとめるのはやめてください」と申し出ればいい。その後で、「いや、それでもBでいきます」と強固ならば、そこで初めて「アナタおかしい」と憤りを表明すべきではある。今回の場合、そういうまとめ方はやめてください、と言った後で、「武田さんのおっしゃる通りだと思います」と返ってきた。つまり、こちらの意向は受け入れられた。ならばなぜ、こちらは苛立ったのだろうか。

「理解」が増殖する

それは先方が、こちらのことを勝手に理解しているからだ。就活の記事としてまとめるという勝手な判断よりも「武田さんのおっしゃる通り」という理解が解せなかったのだ。

やや感覚的な話になるが、お付き合い願いたい。まず、武田さんの考えを踏まえた上で、確かにそうではないですね、と意見を引き下げている。武田さんのせいで、とは言わないにしても、武田さんのおっしゃる通りなので取り下げるという。この時、武田さんの意見というものが、彼の意見と対置されるものとして存在している。自分はこう思う。その一方で、武田さんはこう思う。それを比較した結果、武田さんのほうが正しいと思ったから自分の意見を取り下げるという。

しかし、私の申し出はそういうことではない。私の意見のほうが正しいと言っているわけではなく、ただただ、あなたの意見を取り下げなさいと言いたいだけである。つまり、そもそも意見を述べたつもりはない。しかし、あちらがこちらの申し出を、ひとつの意見に昇格させることによって、「武田さんのおっしゃる通りだ」との返答が可能になる。

たとえば、中央分離帯に乗り上げたまま暴走している自動車を見たとする。私たちはクラクションを鳴らしながら「危ない！　元の道に戻れ！」と叫ぶ。その時に、ドライバーが「確かにみなさんが言うように危ないですね。おっしゃる通りだと思います」と言って元の道に戻ったら、その場にいた全員が「そういうことじゃないだろ！」

と怒声を浴びせるだろう。みんなに言われたから危険運転を止めるのではなく、そもそもその危険運転は止めるべき行為である。このようにして、なるほどそういう意見もありますかと、（造語だが）「意見化」する行為によって、対置すべき見解として膨張してしまう、昇格してしまうことがあるのではないか。

「すぐさま戻れ」と命じたのに、「戻るという意見、了解です」と言われてしまうと、戻るほうに主導権が握られてしまう。コミュニケーションスキルが過剰に問われる社会の話をする機会を設け、結果的にその話を就活記事として掲載しようとする行為が可能になるのは、こちらが適当に理解されたからである。私たちは今、シェアすることばかりが求められている。同意ばかりしている。リツイートし、「いいね！」を押す。さぁどうだ、これはキミにとってはどういう反応をもたらしたんだい、と問い詰められる。「反応してくれるかどうか」と「どういう反応をしてくれるか」には、当然大きな差がある。まずは「反応してくれるかどうか」、その後に「どういう反応をしてくれるか」という順番である。だが、同意を強要する社会においては、最初の「反応してくれるかどうか」がすっ飛ばされる。反応すべきではない、議論に値しない物事までもが、それなりに値する物事として引っぱり出される。どちらかを選ぶ危うさについては1章に記したが、そこでは、用意された選択肢ばかりを甘受していると、「こんな私にも理解できる、わかりやすい○○を提供してください」ということばかりが生じてしまう、と書いた。

あらゆることがたちまち理解されることにより、意見というものがすぐさま対等なものとして屹立(きつりつ)してはいまいか。そもそも論外の議題なのに、その場で引き下げるべきなのに、いつのまにか論の中に入ってきてしまう。そういった理解が増殖すると、ある物事を時間をかけて思考することが無駄だと思われやすくなる。中央分離帯を暴走する車に対して、「確かにおっしゃる通りで、道に戻るべきですね」という理解が必要だろうか。そんなものは議論すべきことではないのだ。「武田さんのおっしゃる通りだと思います」という理解はとても今っぽい。私が理解したところによればこうだ、そして、私に理解させてくれないものは受け付けない、という2つのパターンが、物事の受け止め方として増殖していく。

生温(なまぬる)い受動性、身勝手な能動性

ネットの中の乱暴な言説で目立つのが「論破」という言葉だ。政治家であろうが、コメンテーターであろうが、街の声であろうが、そこで示された意見に対して、とにかく「論破」という言葉を使いたがる。安倍首相が記事に対して「いいね!」を押したことで知られるウェブサイト「保守速報」の記事を調べてみれば、頻繁に「論破」が使われている。「論破」が含まれる記事のタイトルをいくつか拾ってみると、

「【動画】民進党・杉尾秀哉、国会で菅野完（すがのたもつ）のデマをもとに麻生大臣に質問　即論破されて逃げるw」（２０１８年3月16日）

「元ＴＢＳ・山口敬之『詩織ちゃんは俺が貸したＴシャツを着たよね？　普通レイプ犯のＴシャツ着ないよ？　はい論破』」（２０１７年10月27日）

「【撃陳】民進党の陳さん、森友学園問題で論破され撃沈ｗｗｗｗｗｗｗｗｗｗ」（２０１７年4月2日）

といった具合。あるひとつの言動に対して、本当はこうだろと被せて、一気に打ちのめしたと宣言し、その痛快さを仲間内で褒めそやすのである。「保守速報」の不確実性をいちいち論破したくもないのだが、たとえば2つ目の「論破」を考えてみよう。

元ＴＢＳワシントン支局長山口敬之にレイプされたと主張する伊藤詩織の告発の書『Black Box』（文藝春秋）刊行後に発表した山口の手記（「私を訴えた伊藤詩織さんへ」『月刊 Hanada』２０１７年12月号）に、「あなたはスーツケースから、私のＴシャツのうちの1つを選び、その場で素肌に身に着けました。覚えていないとは言わせません」「結局、私はそのＴシャツを未だに返してもらっていません。そのＴシャツの存在を認めると、自分の主張の辻褄が合わなくなるからですか？」とある。先の「はい論破」記事はそのことを受けて投稿された記事だが、伊藤の『Black Box』を読めば、その「Ｔシャツの存在」について、しっかりと書き記されている。レイプされた後で山口に「ピルを買ってあげる」「パンツくらいお土産にさせてよ」と言われた伊藤はその場で崩れ落ちると、ようやく見つけたブラウスがびしょ濡れになっていた。その上で「なぜ濡れているのか聞くと、山口氏は『これを着て』とTシャツを差し出した。／他に着るものがなく、反射的にそれを身につけた」と書かれている。つまり、「詩織ちゃんは俺が貸したTシャツを着たよね？　普通レイプ犯のTシャツ着ないよ？　はい論破」は、『Black Box』を読みさえすれば、実に簡単に論破できてしまうのである。

　彼らが使う論破は、「議論をして相手の説を言い負かすこと」（大辞林）との意味を持つ論破ではない。なぜなら、議論なんてしちゃいないからである。相手の手の内を掌握した上でひっくり返しているつもりなのだが、掌握せずに、ひっくり返す仕草だけを見せてくる。倉橋耕平『歴史修正主義とサブカルチャー　90年代保守言説のメディア文化』（青弓社）を読むと、なぜ保守論壇が、対話や討論ではなく、「ディベート」という形式にこだわるのかの理由として、このようにある。

「ディベートは、複数の論点から話し合う対話や討論と違い、二項対立図式のコミュニケーションである。それが好まれる理由は、一方に歴史学の通説を設定し、他方に特殊な少数意見を扱うことによって、あたかもマイナーな説を二大通説の一つのように地位を底上げすることができ、同じレベルで議論することができるからだ。すなわち、ディベート論題は設定の時点で、すでに『俗説』『傍流』を格上げするイデオロギー

を発揮していることになる」（傍点原文ママ）

目から鱗だ。彼らが「論破」を好むのは、二大通説の一つのように底上げすることができるからなのか。フェイクニュースの問題点がそこかしこで議論されるけれど、その存在を問題視するのは当然としても、それが量産されるワケとは、こうして二大通説の一つとして持ち上げることがいとも簡単だから、なのではないか。

相手方の議論を潰して論破することと、先の「武田さんのおっしゃる通りだと思います」と返すのは、（もちろん前者のほうが数百倍悪質ではあるが）同じ性格を持っている。今という時代は、こっちが理解できるもんを出してくれという生温い受動性と、こっちはそっちも理解してますから、という身勝手な能動性が、相手に対する最低限の尊厳さえ損なっているのではないかという疑惑が浮上する。

本当の理解とは

人に何かを伝えて説得するのは時間がかかるもので、すぐに論破はできない。河合隼雄『こころの処方箋』（新潮文庫）は、人間のこころを巡る55章にわたるエッセイだが、人間が勝ち負けに急ぎすぎていること、それこそ、論破する快楽を求めすぎていることを諭す。論破などできないし、そもそも理解することはできないのだと知らせる。それは、こころの持ち方としてとてつもなく自由である。

谷川俊太郎が「三つの言葉」と題した文庫版解説を、「河合さんがよく口にされる言葉が三つある。ひとつは『分かりませんなあ』、もうひとつは『難しいですなあ』、そして三つ目は『感激しました』である」と切り出す。河合さんならば何だって答えてくれそうなのに、いざ聞いてみると「分かりませんなあ」「難しいですなあ」と返ってくる。それでも「がっくりくるかというと、それがそうでもないのだから妙だ」。それはなぜなのか。「河合さんの『分かりませんなあ』は、終点ではない。まだ先があると思わせる『分からない』なのだ」「つまり河合さんと私は『分からないこと』において気持ちが通じる」とある。

この本の中では、人と人とはそう簡単に理解し合えるのだろうか、という疑いが随所に盛り込まれている。本章の冒頭から記してきた自分の苛立ちがいくばくか解けたようにも思える。この世の中には、「理解」を操縦しようとする働きが随所に存在する。誰かが誰かを理解することは前進なのだから、それ自体を精査したり咎(とが)めたりするの、まぁそんなにしなくてもいいんじゃないかな、という風土が築かれている。でも、その理解とは本当に理解なのだろうか。人は人をそんなに簡単に理解できるのだろうか。「武田さんのおっしゃる通りだと思います」という返事、そして「論破され撃沈ｗｗｗｗｗｗｗｗ」、これらは、相手の言説をたちまち理解した上で放たれている。私たちは、安直に理解せず、理解という感覚をその都度解体すべきではないのか。ＳＮ

Sを使うと、たちまち自分に対して心地よい言質（げんち）だけを積み上げることができる。そこでは人が急いで理解されている。『こころの処方箋』を読み解くつもりで書き始めたこの章、入り口に辿り着くところで終わってしまった。でも、本当に理解しているんですか、という疑いを提示するだけでも、本来はこれくらいの説明を必要とするものなのだ。

いま思うこと

「論破」という言葉が一般化してしまった。議論を交わした結果ではなく、一方的に「これはこうだよね」と勝手に整理しただけなのに、「勝った」状態を作り出してしまう。時間をかけてじっくり考えている横顔に唾を吐いてきただけなのに、その被害にうろたえる様子を「論破され撃沈」とされてしまうのは、まったく困る。相手を考えた上での発言ではないので、「論破」は、負けを認めたくない人たち、勝ったってことにしたい人たちには、実に便利である。

6 理解が混雑する

電車で倒れてしまった酔客

このところ、移動中には、お笑い芸人ハライチ・岩井勇気によるラジオのフリートークを聞いている。なぁ、これからオモロい話するで、という関西芸人的な振りかぶりがなく（ハライチの二人は埼玉県上尾市原市の出身）、淡々と告げられるエピソードの飛躍が面白い。たとえばこのように。

ある夜、岩井が電車に乗ると、隣の車両で「ドンッ」と鈍い音がした。車内は少しだけ混雑しており、隣の車両の様子を窺い知ることができないのだが、鈍い音から察するに、おそらく酔客が倒れてしまった模様。連れの女性が起こそうとすると、手前にいた男性が「やめろ！　こういう時は起こしちゃダメなんだよ！」と叫び始めた。叫ぶ男性に驚いた女性は動揺し、「やめてください……やめてください……」と繰り返している。男性は、車内の周りの人間にも「誰か呼べ！　車掌呼べ！　緊急停止ボタン押せ！」と叫んでいる。まったく信じられないことに、周囲の客は無視を決め込んでいる。日本人はこういう見知らぬ人の非常時にやたらと冷淡になると聞くが、本当だったのだ。男性は女性を責め始め、「助けたくないのか！　知り合いだろ！」と詰問する。女性が声を震わせながら言う。「違うんです、違うんです……コントラバスです」。

なんと、「ドンッ」と倒れたのは酔客ではなく、彼女のコントラバスだったのである。むしろ、「誰か呼べ！」と叫んだ男性こそ酔客だった。少しは脚色されているのかもしれないが、フリートークを聞く流れの中で、私たちは、この男性の正義感への評価をひっくり返される。夜深くなれば、酔って倒れる客くらい珍しいことではない。そのままで構わないと思う人もいるはずだが、その男性の申し出を邪険に扱う女性や、周囲の客の冷たさを嘆かわしく思うだろう。だがしかし、そもそも人ではなく、コントラバスだったのである。

日頃、私たちは、推察をして、決定する。様子を見て、態度を決める。属性を知って、受け入れる。「一体あんたに、私の何がわかるっていうの！」というブチキレが親密な関係性で機能しやすいのは、人を理解することが親密の証であるからこそ。見知らぬ人から横断歩道で「すみません、バス停はどこですか？」と聞かれて、「一体あんたに、私の何がわかるっていうの！」と返す人はいない。なぜなら、そこでは、私について理解してもらうことが少しも必要とされてないから。尋ねられた私が、別の街からやってきて初めて降り立ったという状況ならば、「一体あんたに、私の何がわかるっていうの！」という返しがあっても間違いではない。いや、そう返すべきではない。そんな私の介入は不要だからだ。

私たちは日々、無数のコミュニケーションを行っている。朝起きて、「おはよう」と言う。「あ、おはよう」と返ってくる。家を出て、駅まで歩き、改札を通ろうとすると、3人くらいが一つの改札に同じタイミングで一斉に向かっている。私は他の2人の特徴を頭の中で抽出し、何となく強面で、何となく急いでそうな人を一番手と決める。動きがゆったりした年配の男性よりは先に改札を通らせてもらう。そこに会話は一切無いけれど、三者協議が一瞬の間で執り行われている。おそらくこうではないか、という推察。そうか、こういう感じか、やっぱりそうなるよね、という確認。人間を一気に理解することはできないので、情報を得たり、接触を積み重ねたりしながら理解していく。一気に詰めてくる人もいれば、いつのまにか近付いていたという人もいる。いずれにせよ、そこにパターンはない。

倒れていた酔客が、実はコントラバスだった、というオチは、私たちが早々と理解することの危うさを教えてくれる。私たちがある物事を確定する時の大半は、ほぼ確定している状態にすぎない。選挙速報で「当確（当選確実）」が出ても、ものすごく稀にその当確が取り下げられることがある。当確は決定ではないはずなのに、私たちは日々の生活であちこちに当確を出す。当確を出しまくって理解を示しまくる。

北朝鮮の子どもの動揺

自分が小学2年生くらいの時の記憶があって、それは自分にとって「誰にも理解されなかった初めての記憶」である。なぜそういう考えに至ったのかはわからないのだが、ある時、自分が生きている世界は、自分のためだけに用意されているのではないか、と思うようになった。それは、全能や独善に酔いしれていたわけではなく、ただ困惑した状態。観念的ではなく、極めて具体的。自分が公園に行き、そこで沢山の子どもが遊んでいるのは、自分のために「賑わっている公園」のシチュエーションが用意されているのだ、と思い込んだ。当時そんな言葉は知らなかったが、ここにいる全員がエキストラ。だから、自分が公園から立ち去れば、友達や知らない子どもたちは遊ぶのを止め、はしゃぐ犬も動くのを止める。帰り際に自分が突然振り返れば、撤収作業をする公園の人々が慌てて平静を装うはず。そう思っていた。家にいる家族も例外ではない。両親と兄は、もっとも優秀なエキストラで、自分の動きをいちいち先読みして、疑念が湧かないように徹底した振る舞いを見せる。

一体なぜ、そんなことを思ったのかは少しも覚えていない。それに、そんなことを考えていたことすらすっかり忘れていた。そのことを唐突に思い出したのは、以前、取材で訪れた北朝鮮・平壌でのこと。芸術方面のエリートを養成する学校を半ば強制的に見学させられたのだが、外国人の訪問に慣れている学生たちは、見学に来ていることを確認して、訪問客にあわせるようにして、一心不乱にバレエを踊ったり、集中して書道に励んだりしている。様々な部屋に通され、こうやって優れた人材を育てているのですと説明される（日本語ペラペラの通訳がついていた）。弦楽器を演奏する部屋では、部屋に入った途端、先生が指揮をして演奏が始まった。訪問客が来る度に披露しているのだろう。数分間の演奏が終わり、では次の部屋へご案内しますと送り出された時、「あれ、ボールペンを置いてきたかも」と思い、一度閉められたドアを開けた。実際はポケットに入っていたから、なぜそれすら確認せずにドアを開けたのかはわからないのだが、勢いよくドアを開けると、予想だにしていなかった学生たちが慌てふためいた。演奏が終わった後にもう一度入ってきた外国人への対応は、用意されていない。気の抜けた状態から必死に取り戻そうとする学生もいれば、こちらをボーッと見つめる学生もいた。さっきまでの一致団結の状態が、再びドアを開けた時には崩れていたのだ。

同行していた人に話すと「彼らも大変だねぇ」と笑っていたが、自分はその瞬間、小学生時代の記憶、自分が動いているところだけで世界は動いている、を蘇らせてしまった。久しぶりに「誰にも理解されなかった初めての記憶」を思い出したのだが、なぜそれを思い出したかはわからない。構図というか、その光景が似ていたからなのだろうが、当然、そこに明確な因果関係は存在しない。このようにして、自分の中の記憶や思案や行動は、誰にでも納得してもらえるような接合だけで膨らんでいくわけではない。極めて自分勝手に繋がっていくものだし、自分ですら、その意味が理解できない状態に陥ることだってあるのだ。「ドンッ」と鈍い音を出して倒れたのがコントラバスと知らされるまで、私たちは、助けようともしない周囲の乗客への不満を募らせる。叫ばれた女性や、倒れている酔客を心配する。口うるさく突っ込む男性に、言いすぎではないかと思いつつも、その行動自体はまっとうだと彼の味方になって見届ける。でもそこに倒れているのは人間ですらなく、コントラバスだったのである。

君たちはどう生きるかというより

人が何を考え、なぜ、その行動を起こしたのかについて、外から完全に解析することはできない。自分の記憶ですらわからないのに、外から分析するほうにわかるはずがない。小学生の自分がなぜ、世界は自分のために動き、突然後ろを振り返れば慌てる人たちがいると思ったのかについて、そして、その記憶が北朝鮮でのエピソードによって思い起こされたことについて、分析することはできない。ホントによくわからない。記憶や理解の点と点は、まったく違うところにあったはずなのに、こうしてしっかりと繋がってしまったのである。

河合隼雄『こころの処方箋』（新潮文庫）が教え諭すことのひとつは、人の心を理解することはできないという、なかなか清々しい諦めである。55章に分かれた1冊は、まず「人の心などわかるはずがない」から始まる。臨床心理学を専門にしていると、他人の心がすぐにわかるのではないかと言われるが、「人の心がいかにわからないかということを、確信をもって知っているところが、専門家の特徴である」という。

カウンセラーの前には、時折、札つきの非行少年がつれてこられる。親や先生は改心を望む。心を改めることが可能だと信じている。あたかも住宅リフォームの番組のごとく、「before」と「after」で比較するような、明確な違いを欲する。散らかった部屋は整頓され、サビは磨かれ発光を取り戻す。それと同じようにして人の心に分け入って、改めてくれると信じている。でもそれは、心の把握の仕方を見誤っている。もっとも大切なことは、「われわれがこの少年の心をすぐに判断したり、分析したりするのではなく、それがこれからどうなるのだろう、と未来の可能性の方に注目して会い続けること」なのだ。それをせずに、原因を早々にあぶり出し、「『わかった』と思って決めつけてしまうほうが、よほど楽なのである」。楽なのはもちろん、分析される少年ではなく、分析を依頼するほうである。

河合のもとに、下着盗みでつかまった中学生の男の子がやってきて、「理解のある親をもつと、子どもはたまりません」と言う。自分も例に漏れなかったが、この頃って「自分でもおさえ切れない不可解な力が湧きあがってくるのを感じる」もの。親に向かって反抗するのは、その湧きあがってくるものを自分では処理できない、理解できないことに対する苛立ちでもあるのだが、この時に、少なくない親が「子どもたちの爆発するのもよくわかる」などと理解したふりをしてしまう。そうやって取り急ぎ、衝突を避けようとする。ぶつかっていこうとしているのに、体をかわし、むしろ背中を押す側にまわろうとする。河合はこう書く。

「理解のある親が悪いのではなく、理解のあるふりをしている親が、子どもにとってはたまらない存在となるのである。理解もしていないのに、どうして理解のあるようなふりをするのだろう。それは自分の生き方に自信がないことや、自分の道を歩んでゆく孤独に耐えられないことをごまかすために、そのような態度をとるのではなかろうか」

これは親子間に特化したエピソードではあるが、前章で記した、そんなに簡単に理解しないでよ、という苛立ちにも応用することができそうだ。「こっちが理解できるもんを出してくれという生温い受動性と、こっちはそっちも理解してますから、という身勝手な能動性」を象徴するような事例である。わかりたい、理解したいという気持ちは、きれいさっぱり素直な感情なのだ、という思い込みを捨てる。人は人のことをそんなに簡単に理解できない。なにせ、自分も自分のことを理解できないのだ。

そこかしこでコミュニケーションが能力として問われる時代にあるが、関西学院大学准教授の貴戸理恵が「コミュニケーションのように『他者や場との関係によって変わってくるはずのもの』を、『能力』として個人のなかに固定的に措定することを『関係性の個人化』と呼んで」いる（『「コミュ障」の社会学』青土社）。他人との関係性でのみ成り立つものを、自分の能力として問われてしまえば、当然、皆が皆、どうしてその能力が私には欠けているのだろうと悩む。無理がある。だって、コミュニケーションは他者との関係性で成り立つのだから、いつだって欠けているはずなのだ。しかし、とにかく無理解を嫌い、意味のわからないものを遠ざける昨今、結果的に個人が理解すべき範囲が拡張され、抱え持つ必要のないものまで持たねばならなくなる。貴戸の言う「関係性の個人化」によって、私たちは、理由のあるもの、有効なものばかりを獲得するようになった。いつも、自分がどのようであるか、いかなる人間であるかを、自分と他者から確認され続ける。明示を求められる。吉野源三郎の『君たちはどう生きるか』が漫画化されて、多くの人に再読されたが、君たちはどう生きるかと他人から生き方を問われるよりも、自分で生き方を抱え持つ癖がついてしまっている。理解が横行し、理解が膨張し、理解と理解がせめぎ合ったり、配慮し合ったりしている。とにかく理解が混雑しているのだ。

終着を出発に切り替える

河合は「相手を理解するのは命がけの仕事だ」とまで言う。日々の会話では、割と簡単に「私のことをあなたは本当に理解していない！」といった愚痴が顔を出す。理解しているかどうかで、感情を、主に愛情を計測する。結果、私たちはあちらこちらで理解したふりをする。その「ふり」がトラブルを招き、「私のことをあなたは本当に理解していない！」が何度だってリフレインする。日々、理解を迫られているから、兎にも角にも理解してみる。理解を取り繕う。そのまま放っておくことがない。コミュニケーション能力とは「理解したふり」のことかもしれず、人と接する度に理解したふりをすれば誰だって疲弊する。「命がけの仕事」だからだ。あなたのことがわかりません、と告げる判断をもう少し気軽に保ち、無理解をあちこちにばら撒いて、世の定則から外れたところに自分を置きたい。

理解のために、理解できないものを排除する、歓迎しない。この姿勢が「わかりやすさ」と抜群の相性を見せてしまうのは窮屈である。河合が鷲田清一と対談した『臨床とことば』（朝日文庫）の中に、偶然と必然についての議論がある。

「これは大江健三郎さんとしゃべったときに言ってたんだけど、今の文学って偶然を嫌うんですね。しかし昔はそうじゃないですよね。どうしようもない偶然が多くて、ふっと気がついたらこいつ金持ちゃったとか、そういう書き方多いでしょう。今そういうのは絶対喜ばれない。きちっと必然的に。変なこと起こっているようでも、必然性がある」「もしリアリティを書いたら、僕らがやったようなことで、それは途方もない偶然の結果を書くことになる」

小説作品に対して、「わかりにくい」という評価を下す安直さについては以前記したが、たちまち理解されまくることによって、そして、わかりやすさが求められすぎることによって、人間の自然状態である偶然が歓迎されなくなる。それこそ、ハライチ・岩井が電車の中で見かけた、コントラバスの救助を呼びかける酔客や、不可思議な世界認識をしていた小学生時代の記憶を北朝鮮の子どもたちを見て思い出した状態は、この世の中でいくらでも発生する偶然の一例である。理解のしすぎは言葉の幅や表現の幅を狭める。偶然を放置しなければ、事象が限られる。河合はこうも言っている。

「何かを言うことは最後通告のように行ない、実はそれが話のはじまりであることに気がつかないことが多いのではなかろうか。黙っているのではなく、もし、ものを言いはじめたのなら、そこから困難な話合いを続行してゆく覚悟が必要と思われる」（『こ

ころの処方箋』新潮文庫・傍点原文ママ）

　話を終わらせるために用いられる言葉が優秀な言葉とされる。話の内容を一発で仕留めるような言葉というのは、インパクトは強いけれど大味である。取りこぼす感情に無配慮である。理解を定めるために言葉があるのではなくて、理解に至らせないために言葉が存在するのではないか。それこそ、『「言葉にできる」は武器になる。』がそうであったように、言葉は、整理するために存在するように思われるけれど、もっともっと攪乱（かくらん）のために存在するべきなのだ。

　人の心をそう簡単に理解してはいけない。そのまま放置することを覚えなければいけない。理解できないことが点在している状態に、寛容にならなければいけない。あまりに理解が混雑している。説明不足をひとまず受け流さなければいけない。知りたければ問えばいい。話の帰結のために言葉を簡単に用意しない。言葉は、そこから始めるためにある。終着を出発に切り替える作業は、理解を急がないことによって導かれるはずである。

いま思うこと

ラジオで時事問題について話していると、「引き続き考えていきたいですね」

というオチになりやすい。いや、それは、オチ、ではないわけであって、その点を不満に思う人もいるかもしれないが、でも、どんな問題だって、引き続き考えていかなければならないのである。ズバリ解決するようではいけないよな、と思いながら話すことが多い。

7 「一気にわかる！」必要性

「あ、まだ、考え中です」

予備校教師の林修（おさむ）が流行らせた「いつやるか？　今でしょ！」というポップな命令形に対して、「いつやるか？　今じゃない！」と取り急ぎ断っておく態度が、今こそ必要である。試験まであと数カ月しかない大学受験を目指すならば、やるなら今でしょ、なのかもしれないが、それ以外のあらゆる場面で、即断せよ、明答せよ、直ちに行動せよとの姿勢ががむしゃらに勇敢だと認可され、ともすれば人間の度量として「今やる」が賞賛を浴びている。「いつやるか？」と問われると、まず、なぜそんなことを聞いてきたのかを説明してください、と要求してしまうタチなので、無条件で「今やる」などと答えることはできない。ましてや、こちらが答える前に「今でしょ！」と付け加えて強制する行為については、「貴君、傲慢ではないか」と伝えることから始めるのが、人として誠実な態度であるように思える。

前章で引用した河合隼雄による一節をもう一回引っ張ろう。

「何かを言うことは最後通告のように行ない、実はそれが話のはじまりであることに気がつかないことが多いのではなかろうか。黙っているのではなく、もし、ものを言いはじめたのなら、そこから困難な話合いを続行してゆく覚悟が必要と思われる」（『こころの処方箋』）

この一節が記されている文章のタイトルは「言いはじめたのなら話合いを続けよう」である。言葉遊びのようだが、このご時世、こちらから「提議」したことがたちまち「定義」に切り替わってしまう。提案が、すぐさま定まってしまう。たちまち定義になってしまうので、あらかじめ明確な意思を持っていなければ発言してはならないかのような雰囲気に包まれてしまい、意見を発することにためらいが生じる。定まった意見だけを提出する場って、言葉が死んでしまいがち。それは、皆さんがどこかで体感してきた（体感している）であろう、何がしかの会議なんてものを思い出してもらえれば実感を伴うはず。あらかじめ定まっている見解だけを晒し合う場って、なかなか活性化しない。物事を処理するスピードが早ければ早いほど「デキる人」と言われ、「ちょっとまだ考え中なんですよ」を未熟と規定して、「だったら、キミは喋るな」と言わんばかりの圧をかけてくる。

少し前に、効率が悪いから電話なんてかけてくるな、と毒突く経営者のインタビューを見かけたのだが、どこまでも効率化が図られていく状態を、今を生きる人間として優れていると規定するのはまったく乱暴。しかし、その乱暴さを携えて闊歩する姿を、人としての価値として売り出しているようなので、折り合えるはずもない。速攻で自我を貫き通すなんて非道では、と申し上げても、それをたちまち妬みに変換して、貫けない人が苦し紛れに物申している、との構図に押し込んでしまう。ビジネスの世界に飛び交う言説を探ると、とにかく「考え中」という状態への軽視が見受けられる。この本なんて、同じ軸や核の周縁を徘徊している状態だし、もしかしたらずっとこのままなのではないかとすら予測しているのだが、「結論はいつでるか？　今じゃない！」と、予備校教師的な問いかけをのらりくらりとかわすのが難しくなってきている。

平均値に幅寄せしていく行為

最初に断っておくが、池上彰が悪いわけではない。悪く言いたいわけでもない。メディアが依然として池上彰に頼り続ける現状を考えていきたいのだが、考える中で、当人への言及が時折厳しくなるかもしれない、というだけである。元号が変わる前、「平成」で括る記事や書籍が相次いだが、それに軽々しく便乗してみるならば、池上彰という話者は、平成を象徴する話者である。池上彰に対する評価として、「そのビビッ

ド な見解に痺れた」というものは少ないはずで、圧倒的に「わかりやすかった」「勉強になった」が多い。メインの書籍タイトルではなく、タイトルの枕詞やサブタイトルにある言葉を抽出してみると「知らないと恥をかく」「一気にわかる！」「社会人として必要な」「知らないではすまされない」「そうだったのか！」「面白いほどわかる」である。この煽り文句に滲んでいる心意気をスローガン化すれば「いつやるか？　今でしょ！」である。とにかくすぐに知識を得なければヤバい、その知識を備蓄すればひとまず社会人として通用するぜ、と打ち出されてきた。

批評家の大澤聡が『教養主義のリハビリテーション』（筑摩選書）のなかで「読者におもねることと、わかりやすく書くこととはちがう。けれど、いまはそのあたりがごちゃまぜにされていますね」と語っているが、まさにこの双方を率先してごちゃまぜにしてきたのが池上彰の話法である。池上彰の名が掲げられた番組では、必ず数名の芸能人がひな壇に並び、「この際だからイチから学びたいんです。池上さん、よろしくお願いします」という表情をしている。坂下千里子や小島瑠璃子などが、目をまん丸くさせながら新たな気づきを得る光景を、もうずっと見せられている。大澤が言う「おもねる」が可視化された状態。国内の政争であっても、中東の紛争であっても、企業の汚職であっても、それらを押し並べて端的に説明してくる池上彰の「わかりやすさ」には「おもねる」が強い。いや、それとも、池上自身は「おもねる」ことなく、周囲がただ（そんな言葉があるのか怪しいのだが）おもねらせているだけ、なのだろうか。

池上彰がブレイクするきっかけとなった著書のひとつである『わかりやすく〈伝える〉技術』（講談社現代新書）を開きながら、池上彰のわかりやすさを探っていきたい。本書は、「私の家の近くの駐車場に、『ここはユニバーサルデザインの駐車場です』という看板が出ています」という一文から始まる。どうやら、その駐車場はあまり使われていない。ユニバーサルデザインとは誰にとっても使い勝手がいいデザインのことであり、この駐車場の看板が意味するところとは、「自動車の運転が不得手で、縦列駐車や車庫入れなどが苦手な人でも駐車しやすいように、ゆったりとしたスペースをとっていますから、どなたでも安心して利用できます。車椅子の人も、自動車のドアをいっぱいに開くスペースがありますよ」であるらしい。それを「ユニバーサルデザイン」と明記してしまう判断。長ったらしい説明を必要とせずに手短に利便性を訴えようとしたのに、裏目に出てしまう。池上は「『わかりやすい説明』というのは、むずかしいものだなあと思う」とする。

ポイントは次の一文だ。ここには様々な争点があるのではないか。

「ひとりよがりの説明に陥らず、相手の立場に立った説明。それこそが必要なのに、生半可（なまはんか）な専門家は、知っている単語を駆使して、関係者しか理解できない説明文を書いてしまいます」

そうそう、その通り、と思いやすい文章である。だが私は、そうそう、その通り、とは思わない。物事を説明する時にまず考えるのは、自分自身がその物事についてどのように考えているかである。当然のことだ。頭の中をまさぐり、そこにある考えを抽出し、できうる限りの整理を試みた上で、相手に投げる。その時点では整理がどうしたって不十分なことが多いので、話を続けていく中で微調整したり、相手の意見と接触させたりすることで、整理しなおしたり、弱点を修正したりする。それが主張ではなく説明であったとしても、そこに主観が介入するのは避けられない。話す、書く、とは押し並べて主観である。

極端に言えば、たとえ既存のテキストを書き写しただけの状態だったとしても、なぜその部分を書き写したのか、なぜ今書き写したのかを問えば、そこには必ず主観が生まれる。「ひとりよがりの説明に陥らず、相手の立場に立った説明」と池上は言う。相手の立場に立つというのは小学生の頃から繰り返し言われてきたことでもあるし、社会問題を考える上で守るべき視座ではある。ただし、こうも思う。説明とは、ひとまずひとりよがりなものなのではないか。先ほど記したように、頭の中で説明を形成するプロセスは、どうしたって個人的なモノだから。脳内に滞留する様々な情報をその都度オリジナルで編纂しつつ、一つの説明を導き出していく。個人の頭は辞書ではないのだから、世の反応や語句説明の平均値に幅寄せしていく行為は、「私」をどこかしらで捨てることを意味する。

接続詞に頼る

相手の立場に立った説明というのは、「私」を剝奪してから生まれる。池上は「政治でも行政でも、あるいは企業であっても、いまほど説明責任（アカウンタビリティ）が求められる時代はありません。『わかりやすく〈伝える〉』というのは、いまやなくてはならない現代人の必須能力です。あなたには、その能力が備わっているでしょうか」と記す。

この能力、社会学者・貴戸理恵が「関係性の個人化」と定義づけて問題視したコミュニケーション能力と同化してしまう。他者と交流する時に、とにかくわかりやすく物事を伝えようとする。相手もそれを求めてくる。それが至らないことによって、塞ぎ込んでしまう。コミュニケーションとは常に相手がいてこそ成立するものなのに、相手に届けられなかった時点で、自分が悪かったのかと重々しく抱え込んでしまう。「わかりやすく〈伝える〉」が恒常化することでそのリスクは増幅する。だが、そのリスクはさほど語られない。

放送や新聞では「ニュース記事の構成は逆三角形」「長い記事やコラムの構成は長方形」で作られることが多いと、池上は言う。逆三角形とは、ニュースバリューが大きなものから書く方法で、「こういうことがありました。（リード）」→「詳しくは、こういうことでした。（本記）」→「それはこういう理由でした（理由・原因）」→「警察などが調べています（見通し）」→「ちなみにこんなこともありました（エピソード）」となる。その一方で、長い記事やコラムは、長方形、シンプルに起→承→転→結になる。日頃、長い記事やコラムを書いている身とすれば、起承転結というわかりやすい括りにも違和感を覚えるけれど、とにかく、この時代に必要なのは逆三角形だとし、わかりやすい話をするために真っ先に大事になるのは、「聞き手に、リードという地図を示す」ことなのだという。とても危うい、と思ってしまう。「整理されたものを地図にして示せばいいのです」というのは、整理する話者も伝えられる相手も見くびっているように思える。

池上はそういったわかりやすい文章を書く上では接続詞をあまり使わないようにしているとする。接続詞を使わなければ読めないような文章は、論理的な流れになっていないから、文を短く切っただけでは使い物にならないのだという。本当にそうだろうか。接続詞というのは思考の変遷の証である。ところが、ところが、ところが、と短い間に何度も続くようであれば悪文である確率が高いが、接続詞を駆使しながら前に進んでいく文章、あるいは会話というものは、むしろ自分の頭の流れに従順であり、私個人は、思考を書き起こす上で、接続詞をとても重視する。

たとえば、自分の親から唐突にかかってくる電話を思い出してみる。たとえば、居酒屋で5、6名が駄弁っている様子をそのまま文字に起こしてみる。そこでは接続詞が乱用されているはずである。その状態が論理的ではないか、といえば、必ずしもそうは言い切れないと思う。むしろその手の場では論理が躍動している。「論理的」は「区画整理されている論理」と意味づけられることが多いが、論理とはひとまず「道筋」のことなのであって、それが単線である必要なんてないのである。池上はエッセイを読んでいて、「話は変わるが」と書いてあるとがっくりするという。確かにがっかりするものの、でも、話って、変わるのである。部屋の窓から咲き誇る桜の木が見えたとしても、目の前の杏仁豆腐を食べはじめたら、その桜なんてどうでもよくなってしまうのが、私たちの論理なのである。それをそのまま書き起こすこと、そのまま伝えることをそう簡単に諦めるべきではないと思う。その時、接続詞に頼ることになる。

ニール・ヤングが自伝の中で、「わたしは自分の思考をほとんどコントロールできない」「人生にスペル・チェックなどというものは存在しない。今日は大風が吹いているが、わたしもその一部だ」(『ニール・ヤング自伝I』奥田祐士訳、白夜書房)と記していたことを都合良く思い出す。彼の詩的な口調に頷く。思考はコントロールできないのだが、理解することと、わかりやすく説明できることはイコールだと池上は言う。

「よく理解していれば、わかりやすく説明できる。わかりやすく説明しようと努力すれば、よく理解できる。この原則に気づきました。
もしあなたが、職場や自分の会社・組織について、わかりやすい説明ができなかったとすれば、それは説明方法が稚拙（ちせつ）なのではなく、あなたの理解が不十分なだけかもしれないのです。そんな問題意識を持ってみましょう」
絶対にそんなことはない、と言い切れる。説明とは、説明する人がいて、説明される人がいる。つまり、対人が想定されている。赤信号の役割について「渡っちゃいけない色です」と説明するのがシンプルでわかりやすいが、それをせずに、「なぜ赤が危険を感じる色だと認知されてきたのか」の歴史を15分くらい説明されたら、すっかり頭が痛くなってしまうだろう。こちらの認知とわかりやすい説明は、必ずしもリンクはしない。熟知の果てに「わかりやすい」を置くと、物事の深度や多義性は損なわれてしまう。

「じゃ、俺はどう思うんだ」

はっきり言って、わかりやすい説明をすることなんて簡単である。区画整理するためのノウハウを習得するにはそれなりに時間がかかるだろうが、その仕組みを見抜けるようになれば、覚えた咀嚼（そしゃく）の方法に基づいて流し込んでいくことができるようになる。しかし、世の中の出来事や思考は常にいびつな形をしており、そのいびつさに必死に食らいついていくのが、世の中を説明することだと思うのだがどうか。そこではわかりやすさは通用しない。

池上は32年間在籍していたNHKを辞めたあと、番組などで「池上さんはどう思いますか?」と聞かれて戸惑ったのだと言う。

「『自分の意見は言わないように』と封印してきたことで、『自分の意見』を持たなくなっていたのです。持てなくなっていた、と言っていいかもしれません。NHKで出来事をきちんと伝える、わかりやすく解説するということはやってきたけれども、『じゃ、俺はどう思うんだ』と考えることがなくなっていたということを実感したからです」

本の骨子ではなく、ちょっとした転換点としてこのエピソードが挟み込まれているが、これこそ、重要な視座ではないか。つまり、わかりやすい解説ばかりしていると、自分はどう思うんだ、と考えることができなくなる。このことは「わかりやすさの罪」の最たる例として語ってきたことだが、つまり、「何かを言うことは最後通告のように行ない、実はそれが話のはじまりであることに気がつかないことが多い」、という事例そのものになってしまっている。

この数年、テレビでも新聞でも書籍でも、社会時事を語るとなれば、とにかく池上彰が登場する。一時期、ジャーナリストとしての活動を増やすためにテレビ出演を控える、と宣言していたと記憶しているが、もはやレギュラー番組のように特番に登場し続けている。池上の話法の特徴である「〇〇という意見も出ていますが、どう思いますか？」は、「池上無双」などと名付けられて賞賛されている。選挙特番では、その無双によって政治家の面々がたじろぐ場面も生まれている。でも、「〇〇という意見も出ています」をやる限りは、そうですか、そういう意見も出ていますか、で逃げられてしまう。なぜならば、その意見を発したのがアナタではないからだ。池上に「私はこう思う」だけを語ってほしいと思う。接続詞が沢山あってもいい。こちらにわかりやすく伝わらなくても構わない。それなりに難しくったって、こちらはこちらでそれを読み解こうと踏ん張るのだから、あまりこちらの理解を軽視しないでほしいとも思う。わかりやすく伝える技術ばかり身につけても仕方ない。私たちが誰かに伝えたいことは、わかりにくいものばかりだ。「一気にわかる！」必要なんてない。そのまま届けて、そこから話し合えばいいじゃないか。

いま思うこと

2023年10月、担当しているラジオ番組のゲストとして池上彰を招き、本書についても話をする機会に恵まれた。単行本刊行時に読んでくれていたそうで、ここに記してあるような内容を改めて問うてみた。「自分の意見」ではなく、どのように考えてもらうかを視聴者や読者に提供するのが自身の役割であるという見方は池上の著作でも記していた通りだったが、そのスタンスの表明そのものに「自分の意見」が存分に込められていたと感じた。やはり、自分の意見を持たない、という姿勢自体が難しいのではないか。だって、その姿勢を貫き通すこと自体が自分の意見になるのだから。

8 人心を1分で話すな

NHKの放送基準

NHKでは出来事をきちんと伝える、わかりやすく解説することを続けてきたものの、自分がどう思うかを考えなくなっていたとの旨を語っていた池上彰だが、NHKの「国内番組基準」の「第1章　放送番組一般の基準・第11項　表現」には、左記のような項目が並んでいる。気になったところにあらかじめ傍点をふっておく。

1　わかりやすい表現を用い、正しいことばの普及につとめる。

2　放送のことばは、原則として、共通語によるものとし、必要により方言を用いる。

3　下品なことばづかいはできるだけ避け、また、卑わいなことばや動作による表現はしない。

4 人心に恐怖や不安または不快の念を起こさせるような表現はしない。

5 残虐な行為や肉体の苦痛を詳細に描写したり、誇大に暗示したりしない。

6 通常知覚できない技法で、潜在意識に働きかける表現はしない。

7 アニメーション等の映像手法による身体への影響に配慮する。

8 放送の内容や表現については、受信者の生活時間との関係を十分に考慮する。

9 ニュース、臨時ニュース、公示事項、気象通報などの放送形式を劇中の効果などに用いるときは、事実と混同されることのないように慎重に取り扱う。

実際の制作現場で、この基準がどこまで適用されているのかは定かではないが、とにかく真っ先に基準としてそびえるのが「わかりやすい表現」なのだ。この9つをひとつのまとまりとして考えてみるならば、「人心に恐怖や不安または不快の念を起こさせるような表現」や「残虐な行為や肉体の苦痛を詳細に描写したり、誇大に暗示したり」する行為を避ける中で、とにかく「わかりやすい表現」に都合よく落とし込んでいる可能性はある。で、この基準における「わかりやすい表現」って一体何なのだろうか。

私たちが、少なくとも私が、NHKに向ける信頼感は猜疑心と表裏一体である。生真面目な交通整理によって骨子が明らかになる一方で、整理された交通の種別や量が視界から消えてしまう。「不安または不快の念を起こさせるような表現」をしないようにするという宣言は、つまり、不安や不快の発生を隈無く見極められるとの宣言とも受け取れるわけだが、今、人様の不安や不快の発生を探るなんて、異様なハードルの高さだ。不可能に近い。

２０１６年、震度６弱以上の揺れが７回も続いた熊本地震で、芸能人をターゲットに定めた「不謹慎狩り」が横行したことを思い出そう。長澤まさみはインスタグラムに笑顔の写真を載せただけで不謹慎だとの指摘を受けて削除してしまったし、紗栄子が被災地に５００万円寄付したことを振込受付書の画像と共に報告すると「あざとい」との声が向かった。熊本に住んでいた井上晴美は本震後に自宅が全壊してしまい、その苦悩をブログで吐露したところ、「愚痴りたいのはお前だけではない」との中傷が重なり、ブログの更新を停止してしまった。どこから不安や不快が勃発するかわからない社会。地震があったのにインスタグラムに笑顔の写真を載せるなんて不快、という指摘を受けて、写真を削除してしまうのだ。ありとあらゆる角度から飛んでくるので、いちいち受け止めて考えるのはしんどいけれど、報道機関はやっぱりその異様さに、くらいつかなければならない。不安や不快に付き合わなければいけない。暴言を吐いた政治家がひとまず言ってみる流行り文句に「誤解を招いたとしたらお詫び申し上げます」があるが、あの回避方法をラフな文章にしてみれば、「理解できないキミたちに謝るのは癪だけど、誤解させちゃったみたいだからすみませんね」である。不安や不快を起こさせないように、という放送基準は、「わかりやすさ」で覆うことによって保たれてきたのではないか。キミのためにわかりやすくしたよ、は逃げにもなる。

頭の中で固定すべきことなのか

沖縄タイムス「大弦小弦」（2018年7月2日・阿部岳）が、6月に発生した大阪北部地震を踏まえた上でこのように書いている（傍点引用者）。

「▼6月の大阪北部地震の後も、ネット上でデマを流す者がいた。朝日新聞が書いた。『関東大震災でも、同様のデマにより朝鮮人らが殺害される事件が起きたとされる』▼末尾の『とされる』に現在進行形の危機をみる。朝鮮人虐殺は証拠も多く歴史の事実として確定しているのに、伝聞表現に逃げた。あいまいさが、歴史修正の隙をつくる。事実は何度でも確かめていく必要がある」

隙をつくる、という言葉に目が覚める。あいまいにすることで、解釈に隙間が生まれる。断言しないことで、異論を差し込む余地を与える。

2017年、小池百合子東京都知事が「関東大震災朝鮮人犠牲者追悼式」に都知事名での追悼文の送付をやめるという判断を下した。小池は、止めたことに特段の意味はなく、同日に開かれた関東大震災や先の大戦犠牲者の大法要に出席したことですべての方々への追悼の意を表している、との言い方をした。天災と人災を一緒くたにする非道な判断であり、自らは動かずに差別を醸成するやり口ではなかったか。「起きたとされる」のあいまいさ、「追悼文の送付を止める」という直接性。このいずれも、「虐殺って、実際のところはどうだったんだろうね？」という空気を作る。つまり、あいまいでも、わかりやすくても、検証をしなければ、隙が生まれてしまう。交通整理の危うさを常に感知していなければ、私たちはすぐにひとつの意見に染まってしまう。

思考というのは、このように考えなさいという強制だけではなく、考える力をあらかじめ奪うことによっても揺さぶられる。裏側に、逆サイドに、隣に、あるいはまだ吐き出していない心の内に、どういった思考が用意されているか、眠っているかを詮索し続ける必要がある。

２０１７年、大晦日に放送された『ダウンタウンのガキの使いやあらへんで！』（日本テレビ系）の年末特番「絶対に笑ってはいけない　アメリカンポリス24時」で、ダウンタウン・浜田雅功が顔を黒く塗りたくって、エディ・マーフィー主演の映画『ビバリーヒルズ・コップ』を真似るシーンが黒人差別ではないかと問題視された。このブラックフェイス問題はニューヨークタイムズやＢＢＣが報じるなど世界的な注目を浴びてしまった。顔を黒く塗りたくり、そこで何かを言うわけではなく、黒塗りで登場したこと自体で笑いをとる構図になっていた。かつてアメリカには、白人が黒塗りメイクをして、踊り、歌い、寸劇を演じる「ミンストレル・ショー」という芸があった。白人が黒塗りメイクで黒人奴隷たちの生活の様子を面白おかしく演じたショーは1950年代まで続いたが、やがて人種差別的だとして禁止された経緯を持つ。この問題について、ラジオ番組で「確実に差別である」と話したところ、SNSに「確実」と断言するのは言いすぎではないか、とのコメントが書き込まれた。

確実、との言葉選びはベストではなかったかもしれない。差別であるとの意識を持つことが重要ではないか、と提言すべきところを「確実に差別」と言い切ったがあまりに、閉鎖的な印象を与えてしまったのだろう。こちらは確実に差別と思っているが、議論を閉じるように「確実に差別である」と断言するべきだったのかどうかは悩ましい。

2018年7月6日、テレビから、オウム真理教の麻原彰晃（本名・松本智津夫）死刑囚の死刑が執行された、との報道が流れてきた。そのままつけっぱなしにする。彼1人だけではなく、どうやらどんどん処刑されていくようだ（その日、結果的に7名の死刑執行）。フジテレビは、死刑が確定している13名をボードに並べ、あたかも当選確実のシールを貼る選挙速報のように、「執行」との情報を受けてシールを貼り付けていった。凶悪な犯罪者たちとはいえ、国民に「これから殺しますよ」と宣言される。あらかじめ用意していたであろう、事件をコンパクトにまとめたVTRを見せられ、この教団がいかにおぞましい集団であったかを再確認させられる。公安調査庁は執行当日に特別調査本部を設置し、教団の後継団体「アレフ」や分派「ひかりの輪」などの施設に、団体規制法に基づき立ち入り検査した。中には調査員が屋外から拡声器で「開けろ！」と呼びかける場面も見受けられたが、教団のおぞましさをVTRで散々見せられた後にこの叫び声を聞くと、「反省なんてちっともしていない、今にもテロ活動に励みそうな集団」と理解されるが、告知無しにいきなり玄関前にやってきて、そこかしこに聞こえるように叫ばれれば、そう簡単に開けたくないと思うものではないかと、少しの理解の可能性を考えてみる。いや、少しの理解なんて考えるべきではないと言われてしまうのだろうか。同年7月8日に放送されたNHKスペシャル『オウム　獄中の告白　～死刑囚たちが明かした真相～』を観た。麻原彰晃の供述を、いかにも麻原っぽい口調を真似たナレーションで語り続けていた。それは放送基準通りの「わかりやすい表現」だったのかもしれないが、どう考えても、「人心に恐怖や不安または不快の念を起こさせるような表現」であり、「残虐な行為や肉体の苦痛を詳細に描写したり、誇大に暗示」しているように思えた。

その少し前、両親から虐待を受け続けて亡くなった5歳の子が、虐待から逃れるためにノートに綴っていた文面が反響を呼んだ。

「もうパパとママにいわれなくてもしっかりとじぶんからきょうよりもっともっとあしたはできるようにするから　もうおねがい　ゆるして　ゆるしてください　おねがいします」

「これまでどれだけあほみたいにあそんでいたか　あそぶってあほみたいなことやめるので　もうぜったいぜったいやらないからね　ぜったいぜったいやくそくします」

各種ワイドショーは、このノートを読み上げた。いたいけな幼女を真似た大人の声で。それはまるでアニメのワンシーンのようだった。感情を一気に持っていかれる。この幼女がその文章を声に出して読み上げたことなどなかっただろう。しかし、そのアニメ声が読み上げる「ゆるしてください　おねがいします」が頭の中で固定される。その固定は、一体、誰の、どのような働きによる固定だろうか。そもそも、固定すべきことだっただろうか。

エゴを含まない文章などあり得ない

「東京・目黒で少女の虐待死がありました。あの両親は断罪されるでしょう。しかし例えば独りで子育てしている母親は『一歩間違えたら自分も……』と思う時があるんじゃないか。新幹線の殺傷事件もそう。セキュリティーチェックを強化せよという話というよりも、人々を極限まで追い込まないためのセーフティーネットを充実させることでしか、こうした犯罪は軽減出来ません」

と語るのは、『万引き家族』が第71回カンヌ国際映画祭で最高賞パルムドールを獲得した是枝裕和（これえだひろかず）監督（朝日新聞朝刊・２０１８年６月25日／聞き手：編集委員・石飛徳樹）だ。

そして是枝が続ける。

「僕は意図的に長い文章を書いています。これは冗談で言っていたんだけど、ツイッターを１４０字以内ではなく、１４０字以上でないと送信出来なくすればいいんじゃないか（笑）。短い言葉で『クソ』とか発信しても、そこからは何も生まれない。文章を長くすれば、もう少し考えて書くんじゃないか。字数って大事なんですよ」

記者のテキスト、「是枝監督は以前から、現代のメディアが陥りがちな『分かりやすさ至上主義』に警鐘を鳴らしていた。彼の映画も、説明しすぎないことが特徴になっている」を挟み、記事は次のコメントで締めくくられる。

「だって、世の中って分かりやすくないよね。分かりやすく語ることが重要ではない。むしろ、一見分かりやすいことが実は分かりにくいんだ、ということを伝えていかねばならない。僕はそう思っています」

ＮＨＫの放送基準にある「わかりやすい表現を用い、正しいことばの普及につとめる」を疑おうとする人は少ないはず。それによって何が失われているのか、失われる可能性があるのか、常に考え続けなければならない。ベストセラーとなったビジネス書に『1分で話せ』(SBクリエイティブ)がある。著者は、ヤフー株式会社　コーポレートエバンジェリスト　Yahoo!アカデミア学長・グロービス経営大学院客員教授の伊藤羊一。このタイトルを見かけた時から本書で取り上げる必要性を感じていたのだが、本書を開けば、まさしくNHKの放送基準のような内容が、「テレビ局のとあるニュース番組のディレクター」の話として紹介されている。

伊藤が自社で取り扱っていた製品の特徴を紹介すると、ディレクターから「伊藤さん、その言葉、もう少しわかりやすく言い換えていただけますか」と言われ、取材が終わった後に、「伊藤さん、私たちは中学生でもわかるレベルの言葉でニュースを作っているのです」とし、「大人でも、少し難しい言葉を使うと、すぐに迷子になってしまうのです。迷子になってしまうと、テレビの場合、すぐにチャンネルを変えられてしまうのです。だから私たちは、専門用語以外は、可能な限り中学生でもわかる言葉を使って番組を作り、『絶対に迷子にならない』ようにするんです」と述べたのだそう。大人を舐めるな、とキレていただきたかったところだが、著者はその見解に賛同してしまう。

著者は「意味がつながっていればロジカル」と言い切る。長らくロジカルさのかけらもない人間だったが、「賛成か反対かはあるが、意味がつながっていたら、人は話を理解できる。これが大事なんだな、と学びました」とある。

「雨が降りそうだから、傘を持っていく」
「雨が降りそうだから、外出しない」
「雨が降りそうだから、キャンディをなめよう」

この3つを並べ、3つ目だけがロジカルではないとする。どうしてそうなるのか。私（武田）にとってロジカルとは、「雨が降りそうだから、キャンディをなめよう」の可能性を丁寧に考察していくことだと思っているが、1分で話さなければならないとする人たちは、差し出されたものがロジカルでなければ、ロジカルとは認めてくれないのだ。これほど、ロジカルを甘く見積もる行為があるだろうか。著者は「考える」とはどういうことかについて、「あなたが伝えたい結論は何か。これをはっきりさせ」ている状態だとする。以前取り上げた梅田悟司『「言葉にできる」は武器になる。』（日本経済新聞出版社）にあった、「『言葉にできない』ことは、『考えていない』のと同じである」と概ね同じことを言っている。

これ見よがしに是枝に頼るのはイヤらしいのだが、是枝は意識的に長い文章を書く。でも、伊藤は、たくさんを嫌う。

「たくさん話したくなるのは、調べたこと、考えたことを全部伝えたい！、『頑張った！』と思ってほしいという話し手のエゴです。

でも、聞き手は、必要最低限の情報しか、ほしくないのです」

こうやって長々と文章を書いている自分など、「頑張ったと思われたいという話し手のエゴ」でしかないのだろう。誰か、武田さん、頑張ってるよね、と褒めてくれるだろうか。ボクのエゴを、褒めてくれるのだろうか。お便りは編集部まで。

1分で話すという究極的なわかりやすさの実現のために、ロジカルとエゴが対置されている。そういう乱暴な整理ほどエゴイスティックな整理もないと思うのだが、このわかりやすさで思考を切り刻み、発言をシンプルにしていく。

「信頼を得るためには、まずは自分たちのエゴを捨て、相手の課題に向き合い、ニーズに応える。ひたすらこれを続けていれば、必ず商売に結びつきます」

ロジカル、エゴ、ニーズ。エゴを捨てて、ロジカルにニーズを生み出すべし、という。これに慣れたくない。私が文章を書く目的は、そして、いくつもの事案に意見を表明する目的は、「雨が降りそうだから、キャンディをなめよう」の間にある無数の可能性を探ることにある。あるいは、「雨が降りそうだから、傘を持っていく」という定義に対して、なぜ傘を持っていくべきなのか、今一度考え直してみてもいいのではないかなどと提起することである。ＮＨＫが用いるところの「人心」を、手短に規定してはいけない。可能性を潰してはいけない。人心を1分で話してはいけない。人心を先延ばしにしなければいけない。そう何度でも訴える。これもエゴなのか。エゴで構わない。エゴを含まない文章などあり得ない。雨が降りそう。キャンディをなめよう。

いま思うこと

「エゴを含まない文章などあり得ない」。この考え方に変化が生じるはずがない。誰かが自分で選び抜いた言葉は、誰かにとって「迷子」になる。取っかかりになる。対話って、そこから始まると思う。つまり、エゴを消そうとする試みって、対話を否定する働きかけなのではないか。しれっと進めてしまうとか、力で押し通してしまうとか、そういう状態をどんどん作り上げてしまう。

9 なぜそこで笑ったのか

浅い読みすらしない

「国内番組基準」の「第1章　放送番組一般の基準」の一項目に、「わかりやすい表現を用い、正しいことばの普及につとめる」と記しているNHK。そのNHKの『クローズアップ現代』で23年もの間キャスターを務めてきた国谷裕子(くにやひろこ)が、番組の役割をどう規定していたかといえば、「物事を『わかりやすく』して伝えるだけでなく、一見『わかりやすい』ことの裏側にある難しさ、課題の大きさを明らかにして視聴者に提示すること」(国谷裕子『キャスターという仕事』岩波新書)なのであった。国谷は、辺見庸(へんみよう)の言葉「もっと人々に反復的に思索せざるをえない状況というものを作れないものなのか」などを引きながら、「わかりやすさ」に固執する姿勢に対し、慎重に異議申し立てをしていく。そもそも「反復的に思索せざるをえない状況」なんて、わざわざ作り上げるものではないはずで、いかなる状況であろうとも反復的に思索すべきだと思う。しかしながら、押し寄せる「わかりやすさ」の波に対して、その状況をわざわざ作らなければ、思索そのものが潰される状況下にあることも重々理解できる。とりわけ報道の第一線にいた人だからこそ、その思いは強くなる。

国谷もまた、是枝裕和がしきりに「わかりやすさ」によって削がれてしまうものがある、「わかりにくさを描くことの先に知は芽生える」としていることに共鳴している。このところ是枝の作品では、旧来の家族観に縛られない、そのいくつもの結束の形を指し示すことにしつこいほどに意識が注がれている。日頃、国家が目指す家族像なんて気にする必要はないし、個々が選び取った家族の形を優先するのなんて当たり前じゃん、と考えるからこそ、是枝の懸念に便乗しながらも、そりゃそうだよね、と作品にそそくさと頷(うなず)きがち。血のつながった家族じゃなくてもいいし、家族以外の誰かに育てられてもいい。家族の枠組みをいかにして拡張させるかの判断が、国家や社会通念ではなく個々人の家庭に委ねられていることくらい、さすがに自明ではないのか、との思いもある。「家族の形って様々でいいわけだよね」と、どこまでも難易度低めに設定したくなるのだが、そうやって低めに設定する人はやっぱり限られていて、限られた人とそれ以外の人の間で断絶が生まれてしまう。

第71回カンヌ国際映画祭でパルムドール賞を受賞した是枝裕和監督『万引き家族』

について、ある1シーンだけの話をする。頻繁に駄菓子屋で万引きに励んでいた男の子が、一緒に住むことになった女の子を連れて駄菓子屋に出向く。男の子は、駄菓子屋の主人と女の子の間に体を入れて、死角を作る。「今だ」と合図して、女の子に万引きをさせる男の子。スーパーボールを盗んだ女の子がお店を出て行こうとすると、駄菓子屋の主人が男の子を呼び止め、ゼリー棒を2本手渡し、「妹にはさせんなよ」と一言添えた。万引きは、前々からバレていたのである。

平日の午前中、観客の多くが中高年というシネコン「シアタス調布」で観ていたら、このシーンで場内がクスクス笑いに包まれた。その笑いの発生にすっかりたじろぐ。これまでの万引きが駄菓子屋の主人にはバレていたことに対する笑いのようなのだが、このシーンが伝えたかったのは、駄菓子屋の主人が二人を怒鳴りつけなかった優しさであり、ゼリー棒を渡しながら男の子に静かに伝えることで、彼よりもっと幼い女の子に負荷をかけないようにする配慮、であったはず。もっとも優しい方法で万引き行為を咎(とが)めた。これは、何も武田独自の分析ではなく、いたって無難な分析。深読みというか、むしろ浅読みだ。だが、午前中の調布のイオンシネマでは、多くの観客が、万引きが実はバレていた、という事実の発覚に、声を出しながら笑っていたのである。そうか、読まないのか、浅い読みすらしないのか。そう気づいてからは、一体この人たちは、どういった展開でどのように感情を揺さぶられるのかが気になってしまい、観客の感情の発生を感知することに集中してしまう。子どものいない間にセックスするも、突然帰ってきた子どもたちに驚く夫妻、というシチュエーションでも同じような笑いが起きる。（観ればわかるけれど）このセックスにしても、そこまでシンプルな出来事ではない。いかなる展開にも用意しておきたい、物事を重層的に見る視点が、もしかして全く用意されていないのか。

たとえば、こういった文章の読者って、わざわざアクセスしてくれる時点で、ある程度、複雑な成り立ちをしていることに理解を示してくれる（と信じている）が、受け手を選ばずに多くに拡散されるテレビ番組やメジャーな映画の視聴者の中には、何が目の前に現れようとも表層的な理解をぶつけていく人が一定数存在する。この手の映画の作り手は、隅っこで皮肉を垂らす自分のような物書きの幾倍も、重層性・多層性なるものに少しの理解も示そうとしない声に辟易（へきえき）し続けているのかもしれない。

「いない」が許されない

新作映画のプロモーションともなると、その監督や主演俳優は一日に何件も取材を受けることとなり、取材陣は、病院の待合室のような感じで、取材部屋のそばで座って待たされることも多い。とある若手女優が、戦中戦後の恋愛模様を描くシリアスな映画に出演、その取材に出向くと、写真撮影も兼ねた大きなスタジオでインタビューに臨んでいた。スタジオ内で待つ自分たちにも、前の媒体が行っているインタビューの模様が聞こえる状態だったのだが、あるカルチャー誌のライター（もしくは編集者）が女優に対し、「それにしても、○○さん、着物のコスプレ、とっても似合っていましたね」と告げた。すると、女優は、気分を損ねたことを隠さない声色で「そういうつもりではありませんっ」と言い切り、スタジオ内が沈黙に包まれた。志村けんのバカ殿様に出演しているならまだしも、映画を見た上での感想として、「着物のコスプレ」という言い方が失礼であることに気づかない彼らは、その後も「この映画をどなたに観てほしいですか？」などとありきたりな設問を投じ続けた。続いて取材に臨んだ私は、「それにしても、先ほどは大変でしたね」と切り出すことで先方の気をひきつけるというズルい作戦に出たのだが、彼女らは、これほどまでに短絡的な問い、短絡的な鑑賞に毎日のように付き合わされていると知った。だからこそ繰り返し、「わかりやすさ」への嫌悪感を漏らすのか。直に見えないものを、そもそも存在しないものと片付けて消費されていってしまう。「着物のコスプレ」という規定はそれを象徴している。

岡山県の瀬戸内海沿いにある過疎化する町・牛窓を行き交う人々に、淡々とカメラを向けた想田和弘監督のドキュメンタリー映画『港町』。その公開に合わせた対談（『キネマ旬報』２０１８年４月下旬号）で、自分はこんなことを想田監督に投げてみた。

「撮る対象として、猫と人の役割がほぼ同一です。いつもの場所へ行って、カメラを向ける。そこには、誰かがいるかもしれないし、いないかもしれない。つまり、そこにいる人間との接し方が、野良猫ならぬ〝野良人〟に近いんじゃないか」

カメラを回すということは、そこに意図が介在するということ。しかし、この映画では、その意図を極力排除し（排除することもまた、意図ではあるのだけれど）、そこにいる存在の偶発性にすがっていく。人が動いたままにカメラを動かし、人が動かないのならば、動かない。あるいは、動いていても、そのまま見逃す。そこにいる人を、たまたまそこにやってきた猫のように撮る。このように続けた。

「野良人と思ったのは、普段こうして東京で生活をしていると、どこに何時と決めて、そこに行けば誰かがいるわけです。いなければ、なぜいない、となる。すみません、あと5分で、と存在が確認される。『いない』はダメなことなんです。でも、この映画には『いない』場面が沢山出てくる。魚屋の女将さんが魚を届けに行こうとするといない。クミさん（引用者注・牛窓に住む老女）が干した魚を渡そうとした人がいつもの道を通らなかったり、家に行ってもいなかったりする。都市部の生活ではこういう『いない』がなくなってきている。本来、人に会おうとするのって動物的な行動であるはずで、〝あいつと会いたい、そして、話したい、飯を食いたい〟と思ったら、別に約束などせずに出向けばいいはずで、それで不在だったら、仕方ない、で終わらせればいい。でもその不在が『ふざけんなよ』に膨らんでいくのが都市の生活ですよね。相手がいたらいたで、『なんでいきなり来るんだよ』ということにもなる。牛窓の、たまたまそこにいた人の振る舞いには、その動物的行動が残っていますね」

そこに行ったけど「いない」のだから、目的は達成されていない。成果が得られていない。しかし、この作品に映る人々は、「いない」ことについて、なんら特別な出来事として語ろうとはしない。いなくてがっかりしてはいるのだが、相手に対して否定的な感情を発生させていない。まぁ、そんなものでしょうと諦めている。見ているこちらは、えっ、電話してからいけばいいじゃん、などと思うのだが、目的が達成されなかったことについて、負の感情を蓄えようとはしない。あー、そっか、いないか、という状態でしかない。こういう場面って、明確な感情が付着しているほうが伝わりやすい。いつもこうなんだからと笑い転げるか、いないなんて困ったなぁと表情を曇らせるか、どうしていないんだと口調を荒らげてくれたほうが受け取りやすい。だが、クミさんは、さほど表情を変えずに、元いた場所に戻ってくるのである。

「そもそもないのかも」に差し戻す

鷲田清一が『わかりやすいはわかりにくい?』(ちくま新書)のなかで、こんな言い方をしていた。

「何をするにも資格と能力を問われる社会というのは、『これができたら』という条件つきでひとが認められる社会である。裏返して言うと、条件を満たしていなかったら不要の烙印が押される社会である。そのなかで、ひとはいつも自分の存在が条件つきでしか肯定されないという思いをつのらせてゆく。自分が『いる』に値するものであるかどうかを、ほとんどポジティヴな答えがないままに、恒常的に自分に向けるようになる」

そこにいるだけでは価値が認められない社会において、自主的に価値を探し出し、打ち出し、強化していく。その繰り返しによって、やがて他人から価値を認められていく。生きていく上で、あらゆる場面でプレゼンが必須になっている。なぜそのような行動をとったのかについて、明確な理由を示し、その行動について認可を得なければならない。自分の行動なのに、おい、それに意味があるのか、あるんだろうな、と尋問されるのは、相当にしんどい。そうではなく、相手が何をして、何を考えているのか、それがどうにもわからない、という状態をそのまま放置しておきたい。不在・無理解・無目的が充満していると、今この社会は、集団は、個人は、すっかりそれを、在る・理解・目的に変換して可視化し、「不」や「無」をごっそり削り取ってしまう。今そこですでに輪郭を帯びているものしか受け付けない姿勢を晒(さら)す。先に紹介した万引き発覚シーンでのクスクス笑いをその一例としてあげてしまっていいものか。

あの場でクスクス笑うのは自由。後ろを振り返り、あっ、それ、監督の意図とは違うと思いますよ、なんて言挙げする権利などあるはずもない。そこで笑うことに正解も不正解もない。私たちは人が死んだ時に悲しまない権利を有する。結婚披露宴のテーブルで心ここにあらずで明後日の方向を見ながら無表情を晒す権利を有する。特定の感情に誘導されてはいけない。体を合わせてはいけない。その自由がいつのまにか、一つの正解に絞りたがる動きに変化していくのを見逃したくない。自由ですよ、自由ですよと複数回繰り返した後で、でも、こう考えるのが無難だとは思いますけれど、に落ち着いていく。そんなの自由じゃない。「いいね！」に代表されるように、感情を他人と照らし合わせることに慣れまくっている。「KY」という揶揄が定着してしまったのは、そもそも空気なんて読む必要がないという前提がひっくり返ったからこそ。「空気読む・読まない」には、「空気なんて読む必要ないじゃん」という選択肢がなぜだか消えちゃっているのである。

物事の背景、と書けばどうにも陳腐だが、背景を単色で用意しすぎなのだ。灰色にしろ、緑色にしろ、金色にしろ、背景色を決めれば、物語の方向性が定まってしまう。色を決めれば、意味のないこと、すぐさま説明できないことが残されにくくなる。背景がたちまち用意され、正解への通路を要求され、すぐさま整備される。道なんて、そもそもないのかもしれないし、そんなものを作る必要から疑うべきなのかもしれないのに、背景を定める。背景や真実に向かってよりスピーディに迫っていくことが求められる時に、もう一回、そもそも、そんなものは必要かな、と差し戻さなければいけない。

かったるくなくてどうする

２０１８年に発覚した、東京医科大学などが、入試で女性の受験者の得点を一律減らすなどして男性を受かりやすくしていた問題は、この国の恒常的な女性差別を浮き彫りにしたが、加藤勝信厚生労働大臣は「女性だからなんとかだからと言って、一律に制限を加える、いわば、不当に差別することは、一般論として申し上げればあってはならないと思う」（『テレ朝 News』２０１８年8月3日・傍点引用者）と述べた。差別を差別と断じず、「一般論でいえば」と余計な枕詞をつけて、あってはならないとした。そんな言い分、あってはならない。一般論とは、一体どこに出向けば知ることができるのだろうか。電車を乗り継いでどこにいけば一般論に辿り着けるのか。ええ確かに、みんな普通そう思いますよね、という反応は、オマエの意見ではない。しかし、そこから「違うだろ。オマエはどう思うんだ？」と掘り下げる記者はいない。『万引き家族』どうだった？」と聞き、相手が「一般論でいえば、いい映画だったね」と答えたならば、「え、オマエはどう思ったの？」と間違いなく聞くはずだが、加藤大臣の「一般論」は受け流すのである。オマエはどう思ったのだろう。

朝日新聞が、連載「平成とは」で「タメの喪失」(2018年1月6日)と題して、即物的な笑いの変質と政治を紐づけしながら考察していた。「笑いも政治も単純即効かったるさの行方は」との見出しにあるように、「単純即効」がそこかしこに溢れていると説く。一橋大学の中北浩爾教授が授業で、政治家の発言について「学生にマイクを回して見解を聞くんですが、8割方は多数決がいいと。少数の反対で決まらなくなることへの恐怖感がすごい」と述べる。長時間による合意形成、あるいは合意が得られない状態のまま据え置くという判断を、怖がっているそうなのだ。みんなと同じ意見を探して安心する。これを続けていると、笑いについても、同じ笑いを共有したがる。同意が笑いになる。「単純即効」が急がれ、かったるさが許されなくなる。笑いがかったるくなくてどうする。『万引き家族』の「妹にはさせんなよ」のシーンで生じたクスクス笑いを根に持つ。単純即効での共有がなぜここまで膨張し続けるのか、この記事に倣うように、お笑いの側面から考えてみたい。

いま思うこと

この本のもととなる連載を書いていたのは2017年末から2019年末、

単行本が刊行されたのが2020年7月だから、新型コロナウイルスの感染が拡大する前に連載を終えて、まさに感染が拡大し、人々の活動が制限されている時期に書籍化されたことになる。どんな形であれ、それぞれが日頃過ごしていた場所（家庭・職場・ネット空間など）にいる価値や意味を問われた。「ソーシャルワーカー」という覚えたての言葉を使いながら、改めて感謝しなければ、といった流れも生まれたのだが、今から振り返れば、極めて限定的な感謝だった。それぞれがそこに「いる」理由を問われた。感染症との付き合いは終わったわけではないが、「そんなことしている場合か」「今やらなくていいだろう」と他人に対して判断を下す時、どれだけ他人を理解しているのかは怪しいものがある。

10 なぜ笑うのか、なぜ笑えないのか

そのこころは？

時折、お笑い芸人の方と対談したり、イベントで一緒になったりする度に、その話術の巧みさに打たれる。入り乱れている話から、点と点を抽出、それをダイナミックにぶつける作用によって笑いを発生させていく。その様子をテキストに起こして解説するのは、なかなか難しい。むしろ、話をややこしくするかもしれないが、試みたい。

その場でひとまず乱雑に差し出された話の要素を「あ・A・イ・W・さ・ヒ・ホ・B」とでも名付けてみよう。つまり、てんでんばらばらの話が転がっている。順序も、種類も、ちっとも整理されていない。ひとしきり行き交った後で話をまとめるにあたり、「A」と「B」には共通項がありそうと気づいて比較したり、別のCへと繋げられないだろうかと模索し始めたりする。あるいは、種類は違うのだろうけれど、「あ」

と「イ」に順列を見出して、そこから次に繋げられないだろうかと考えてみる。たくさんの話が提示された状態から、「洗濯物がすぐ乾く」という話と、「そろそろ夏も終わりだね」という話をピックアップする。今年の夏がいかに暑かったかを振り返り、これだけ夏が暑いと来春の花粉が心配だよねと先に繋げていく。これが、私たちが日々繰り返している、基本的な話の進め方である。捨てるべき話をためらわずに捨て、残った話を共有しながら、会話を無難に進めていく。

芸人は、まずこのルールを外す。Aを話し、Bと続け、次にCに続かない話をするのがいわゆる「ボケ」なのだが、ネタではなく、対話している最中の外し方って、「ボケ」とわかるほど明確なものとは限らない。対話を進めていくうちに、先の例でいう、「さ」と「B」であるとか、一見無関係に思えるものに共通項を見出そうとする。えっ、あれとこれをくっつけてしまうのか、と驚いている間に、くっつけたことを納得させる主張が続く。そのスピーディな接着が生む斬新さが「面白い」という反応を引き起こす。

トランプの「神経衰弱」で、何人か前の人がめくったカードを記憶していてもさほど驚かれないが、最初の数手でめくられた後そのままになっていた数字を得意げにめくると、その場がどよめく。そのどよめきは当人の記憶力が作り上げたものだが、単に感心するだけではなく、自分が記憶している領域以外のことを動かしてみせた様子に畏怖すら浮上する。

6章で記した、ハライチ・岩井勇気のフリートークがそうだった。泥酔して倒れている客をそのままにしている他の乗客の対応に首を傾げていたら、酔客ではなく、実はコントラバスだったという話。コントラバスかもしれない、という可能性を一切用意していなかったからこその驚き。伏線って、小説やドラマを語る上で用いられることが多いが、むしろ日頃の会話こそ、あちこちに伏線をまぶして、後で一気にくっつけていくという作業を重ねているはず。時には、事実だけではなく、最適なレトリックを探して、揺さぶりにかかることだってあるだろう。「洗濯物がすぐ乾く」という話が10分前に出てきた。そして今はなぜか「決して客には作らせない、こだわりのお好み焼き屋」の話が出ているとする。この洗濯物とお好み焼きをどうにかしてくっつけようとする腕力とはいかなるものか。以前、時事問題を議論するイベントのゲストで、「なぞかけ」を得意とする「ねづっち」を見かけたのだが、彼は壇上で「よど号ハイジャックとかけて、インフルエンザと解きます」「そのこころは?」「38度をこえると危険です」と答え、喝采を浴びていた。「なぞかけ」は、共通点を見出せそうにないものに共通項を提示して、人を唸(うな)らせる。ただし実際には、会話というものは常に混線している状態にあるのだから、「なぞかけ」のように共通項を提示する前に、混雑している物事からセレクトするセンスが問われる。ここでのセレクトの上手・下手が、話のうまい芸人かどうかの分かれ道になってくる。

　ひところ、芸人が小説を書くブームがあったが、どれもこれもそれなりに読ませる内容だったのは、伏線の発生と回収が熟(こな)れているからであり、ストーリーの必然性と偶発性のバランスを独自に編み上げるセンスが既に備わっていたからだろう。ディテールに迫る解像度がいつだって高い。以前、ある詩人と話していたら、建築家が小説を書けば絶対に面白いものになる、と断言していた。「そのこころは?」と聞くと、建築家は、あらゆる空間にいくつもの可能性をぶつけていく職業だから、とのこと。その家の、その部屋の、その隅っこで起こるあらゆる可能性を用意し、意味を複数投じていく。快適を作るための平均値だけではなく、細かな可能性をいつまでもぶつけ続け、建築物の役割を探り、個性を創出して定着させる。その個性は、あまりにも空間から逸脱しているものであってはならない。風景を乱すものであってもならない。文脈ならぬ建築脈が必要で、空間に繰り返し、複数の言葉をぶつけているはず。それはおおよそ小説的だろう、と言うのだ。なんだか納得してしまった。

いつも同じ面白さ

　トーク番組に出る芸人は、その番組の首長のクセを読み取りながら、迎合しつつ、逸脱する、というやり方を探る。首長の言動とは、たとえばこう。吉村誠『お笑い芸人の言語学』（ナカニシヤ出版）に、『さんまのまんま』（フジテレビ系）における明石家さんまの「ことばの身体性」がこのように活写されている。

「身を乗り出し、大きく眼を見開いて、『フン』とうなずき、鼻や唇をヒクヒクさせながら、『うん、うん』と相槌を返し、両手を広げて、『うわぁっー』と言い、ソファーに倒れこんだりクッションを抱えて、『ホぅ』、『えーッ』と反応する。口を大きく開けて歯を見せて、手で膝をたたきながら『ヒェッ、ヒェッ、ヒェッ』と引き笑いして、身体全体を前に乗りだして『それぇ、おかしいやろぉ』と発語する。右手の指で左の眉毛をかいたり、左手で頭をかきながら、『ほんで、おまえ、いくつになったん』と発語する」

　若手芸人やタレントが、さんまの番組で実力を発揮できなかった、と反省する場面を何度も見かける。さんま自身が、先述のように相当量の要素を短い時間で重ねてくる。この中で独自の爪痕を残すのは難儀に違いない。結果、選択肢として、さんまを上機嫌にすることで存在感を提示するしかなくなる。さんまは、自分の持っていきたい方向を推し量ってくれる若手を、わかっとるやないの、などと呟きながら歓待する。たとえばウエンツ瑛士（えいじ）などは、さんまの番組でうまく話せなかったことを挫折体験の一つとして繰り返し語っていたが（繰り返し語ることもまた巧みな迎合である）、その挫折を視聴者が把握できてしまうのは、番組を見ているほうも、その現場にさんまという法規があり、その法規に対して正しく乗っかれたかどうかを検証する目線を持っているからこそ。見ているほうまで、彼という法規を熟知しているのだ。首長が欲している話のパズルのピースを提供し、そうそう、それや、と褒められるのって、笑い、なのだろうか。先の例にしつこく戻るならば、さすがに逸脱していると思っていた「さ」と「B」を連結する力を個人で有しているのが「笑い」に思える。いざ、テレビという場を離れれば、芸人たちは自由気ままにその「笑い」を希求するのだが、テレビでは、やっぱりなかなかそれができない。こうきたらこう、という合致による笑いは、笑いのハードルを下げてしまう。

芸人のみならず、さんまのやり方を事細かに感知できなかったことへの反省を述べるのは、自分たちがプロフェッショナルであると知らしめる簡単な方法でもある。意地悪な指摘かもしれないが、相手側がすべての素材を提示しているなかに突っ込んでいき、収まりどころを探し、同じ笑いを固定してきた相手の迷惑にならないような所作を追求するのは、行動としては単純である。それを、「(さんまさんに気に入られるための)テクニック」などと呼ぶ向きもあるが、その従順さには、むしろ思考停止を感じる。目の前にルールがある時に、そのルールに基づいて自分の体を収めようとする。そのルール自体を挑発するのが面白いはずなのだが、あくまでも迎合で笑いを確保しようとする。

誰でもできそう、ではない。ものすごくシビアだ。迎合するためのチャンスは何度も与えられない。『踊る！さんま御殿‼』（日本テレビ系）であれば、収録中にエサ撒きのように何度か与えられるチャンスに応えられなかった出演者は、露骨に放送時間が削られる。放送を通してほとんど登場せず、賑やかな人の隣で強ばった笑顔を浮かべている人、に終わってしまう。芸人がこれをやっては致命傷。なぜ彼が、彼女が、そうなってしまったのかの理由を、多くの視聴者が知っている。さんまが統率する笑いの空間に入り込むチャンスを活かせなかったからである。さんまは相手に「わかっとる」状態を要求する。相互コミュニケーションというより、自分が作るわずかな隙間を見つけて、自由に入ってこいとの指令である。

私たちが、初めて大縄跳びに臨んだ時、入っていくタイミングに戸惑ったものだ。床に縄がついたくらいで入っていけば余裕を持ってジャンプできる、と今でこそわかっているのだが、当初はそう簡単ではない。一度習得すれば、難なくジャンプできるようになる。自転車の運転を習得した時もそうだったが、一度クリアしてしまうと、それができなかった頃の感覚を思い出すことができない。一度「わかっとるやないの」と思わせることができれば、大縄に入っていく時のように、いつものやり方で、番組の首長を満足させることができるようになる。そこで繰り広げられる光景は、均等の面白さを保つことになる。いつも同じ面白さ。もちろん、それは、飽きた、と変換することもできてしまう。

か〜ら〜の〜?

前章で引用した、朝日新聞の連載「平成とは」で記されていた、笑いにおける「タメの喪失」、そして「単純即効」が増加しているとの指摘に戻る。いわゆる一発屋芸人は、「平成に急増した新しい称号」なのだという。瞬間的に消費される笑いと、首長の話術に入り込んでいける笑いが用意され、前者で勃興した芸人は、後者を目指すものの、彼らの多くはいつのまにか消えてしまう。同記事でライターの佐野華英(かえ)がこれらの一発芸を「ネオンサイン化した笑い」と定義し、「背景説明なし。パッと見て、即笑える。せいぜい30秒」と分析しているが、流れの中でようやく積み上がる笑いではなく、通りすがりの笑いのために、お手を煩わせませんせん、ほんのちょっとだけ足を止めていってください、と気を遣う手短なものになる。

ダンディ坂野「ゲッツ!」、エド・はるみ「グ〜!」、スギちゃん「ワイルドだろぉ」、レイザーラモンHG「フォー!」……これらのネタと共に記憶しているのが、瞬間風速のネタで一世を風靡(ふうび)している最中に問われる、バラエティなどでの長尺のトークの煮え切らなさだ。即効で笑わせる役目の人間にとって、不確定要素の多いトークを建設的に仕上げることは難しい。なにせ、そういった番組に出ると、まずはいつもの「瞬間風速」を1セットやってくれと頼まれ、ひとまず、そうそうコレコレ、と決まりきった笑いを得て、その後で自由度の高いトークが問われる。すると、パッケージ化されていない、ネオンサインのようにあらかじめ光っていない場所での立ち振る舞いがたどたどしいことがバレてしまう。首長はその動揺を拾い上げることによって、いつもの笑いを生み出していく。そこで広がった光景によって、この一発屋は、誰かと一緒の中で話す時にはさほど面白くないのだなという、残酷で正確な評定が下される。一発屋が増えた時代、というよりも、一発屋のトーク力を査定する側にも柔軟性が欠けていたのが平成という時代、なのだろうか。さんまさんの話にあわせられるかどうか、というのは、そもそも笑いの実力をはかる尺度なのだろうか。むしろ、そちらこそ、ネオンサイン化している可能性はないか。

日常的な会話の要素としてあげた「あ・A・イ・W・さ・ヒ・ホ・B」、これの「さ」と「B」を連結する力に芸人の凄みを感じると記したが、一発芸が突発的な「あ」だとすれば、トーク番組で芸人に求められる話力というのは、差し出された「A」を見て、すかさず「B」を出すことである。わかっとるやないか、という評価を即座に得なければ次の出演機会がなくなるのだから、それもまた「単純即効」なのだ。笑いのルールを決める人が、結局のところ変化しない。一発か迎合か、いずれも単純即効が問われ、そこにいる意味を提出できなかった人たちは消えていく。「さ」と「B」の連結は、もう要らないのか。

梶原しげる『即答するバカ』（新潮新書）のなかに、「何かがブームになった時、人は安易に『だから』を使ってしくじってきた」という興味深い一文がある。「だから」という言葉には、「先行の事柄の当然の結果として、後続の事柄が起こることを示す」（日本国語大辞典）との意味がある。

「エコが叫ばれる今。だから○○をやるべきだと思います」

「格差社会のこの時代。だから▽▽」

これらを例示した後で、梶原は「『だから』という言葉がその場面で本当に適切なのかどうか、理詰めで考えるべきなのだ」とする。大切なのは「AだからBという単純思考」ではなく「Aだからといって、Bと決まったわけじゃない」と受け止めるフレキシビリティーではないかという。自己都合でしかないかもしれない「だから」を、必然的に見せる働きには警戒が必要となる。

「だから」は、納得を強要させる言葉でもある。このところ、お笑い番組などでよく見かけるのが、何かを言った後に、「か～ら～の～？」と問い、そこに対する不十分な返答を笑ってみるという流れである。「か～ら～の～？」の後に付け加える一言に対して、正解・不正解がジャッジされ、番組全体の空気にすら波及していく。先行の事柄と後続の事柄をどう結びつけるのが面白いか、ではなく、どう結びつけるのがこの場面において最適か、が問われてしまう。対応の適切さで、面白さが定まるって妙だ。

アイドルや俳優たちがお笑い番組に出ると、芸人たちより、面白いとされることを言う確率が高い。それは、彼らがその場の役割を察知する能力が抜群に高いから、ではないか。先行の事柄と後続の事柄を連結させる作業＝「だから」を、彼らは日々繰り返している。ドラマや映画作品では、台本どおりに撮影していくことはほとんどない。シチュエーションごとに撮影をする。AからZまでのシーンがあるとして、A、D、M、F、Uといった順番で撮影するのが通例だ（2年ほど前、朝ドラの撮影現場に密着する仕事をして、入り組んだ撮影方法に驚いた。あるキャストは、母が亡くなったシーンの後に、幼なじみとハグするシーンを撮っていた）。「だから」や「か〜ら〜の〜？」への対応力は、「ゲッツ！」や「フォー！」と叫ぶ人たちよりも俳優のほうが幾倍も優れているのかもしれない。本来、芸人たちは逸脱し、接続するという、かなり特殊な能力を持っている。だが、その「笑い」を存分に発揮する場面が、規模の大きいメディアの中ではほとんど用意されていないように思える。時間をかけなくても、時間をかけてでも、とにかく理由をはっきりさせてくれ、と頑なに規定されているのである。この閉塞感は、あまり可視化されない。笑いだってのに、いつのまにか、意味がわからないものが、目の前に現れなくなってきているのである。

いま思うこと

ひな壇に芸人が集ってああだこうだ語る番組は一時期よりは減った。新型コロナの影響もあるかもしれないが、我先に目立とうとする場所よりも、あらかじめ限られた人数のなかで発生するコミュニケーションを高めていくような場所が増えた印象を持つ。「戦う」より「仲良し」を鑑賞したくなる傾向はテレビや芸能の世界に限ったことではないが、「では、その場のコミュニケーションとして何が最適なのか」という問い自体に変化はなさそうだ。

11 全てを人に届ける

会話の自然状態が損なわれる

Aだからといって B と決まったわけじゃない。そんなの当たり前のこと。その意見に対しても、ところで、当たり前って何でしょうか、という意見を投げる。堂々巡りだ。でも、堂々と巡らせてみればいい。「誰が考えてもそうあるべきだと思うこと」を意味する「当たり前」を、何の配慮もなく投げないでほしい。誰が考えてもそうあるべきだと思うことなんて、どこかにあるのだろうか。どこにもない気もする。

当たり前が存在しないからこそ、人と人との会話はとても面倒臭く、とても面白い。この人と喋っていると3分と持たない、という人がいる。一方で、この人と喋っているとあっという間に5時間経っている、という人がいる。定期的に会う人で、話がどうにも持たない人がいる。会う前は、今日こそ頑張ってフランクに話をしようと思う。

その取り組み自体が「非・フランク」を決定づけているに違いないが、あの話をしてからこの話をして、次にあっちの話をすればどこかひっかかって盛り上がるのではないかと画策していくものの、ちっともうまくいかない。あの話・この話・あっちの話、そのそれぞれに応答してくれる。見当はずれな答えが返ってくるわけではない。むしろ、その凹凸は合致している。過不足のない会話がすぐに終わる。場所は喫茶店。飲み物が運ばれてくる前に、帰りたくてたまらない。会話の崩し方がちっともわからない。あっちも同じなのだろう。会話から逃げるように黙り込む、という選択肢しか持てなくなってしまう。

あっという間に5時間経っている状態は、切り崩す・切り崩されるの応酬である。凹凸を意地でも合致させないから、どこまでも続く。そこに笑いは付随していなくても、作りは漫才と同じである。「だから」や「か〜ら〜の〜?」の逆を行く、「いや、でも、それってどうかな」「こっちじゃないかな」が連続する。否定し、別案を提示し続けることで、いつまでも終わらない会話が続く。既にここまで繰り返し触れてきたように、このエンドレスな会話こそ、会話の自然状態であって、対話をどこかに落ち着かせる必要なんてないのである。そろそろ帰らないとアレだから、という極めて曖昧な申し出によって断ち切られるまで、話し続けていればいい。

ライターというあやふやな職業を続けていると、一体キミは何を得意としているのかと、直接的にも間接的にも問われるのだが、特に何を得意と決めているわけではありませんと答えれば、ごく稀に、これだからライターという職業は、という目をされる。申し訳ないことに、ライターという職種は、そういう目をしてくる人をものすごく高確率で見極めることができる。たかがライター、と思っている人はすぐにわかる。専門性を持たずに、今日は音楽の話、明日は政治の話、明後日はジェンダーの話を書いていると、そこにはそれぞれの持ち場で言葉を発している人がいる。だが、音楽を語る際にジェンダーの話は必要だし、ジェンダーの話をするのに政治の話は必要である。音楽と政治を掛け合わせたらジェンダーの話になることだって想定される。これもまた、「当たり前」の話である。明確な専門性、あるいは当事者性を、言葉を発する前提条件にしすぎてはいないか。

写真家・長島有里枝と対談した折に、こんな話になった（長島有里枝＋武田砂鉄「フェミニズムと『第三者の当事者性』」『すばる』２０１８年9月号）。

長島　この数年で、「当事者」という言葉を頻繁に耳にするようになりました。当事者の切実な言葉を傾聴することが重要事項であることには違いないのだけれど、「第三者には言われたくない」と思ってしまうような意見が存在することと、第三者が語る行為そのものを切り離さないと、何も言えなくなってしまうので

武田　は、という疑問も湧きます。（前略）第三者じゃん、と片付ける人がいる。ならば、ええ、第三者かもしれませんが、と物申していかないと。

ワイドショーに女性のコメンテーターが出てくる。その短いプロフィールに「二児の母」と書いてある。この「二児の母」って、一体どういう意味なのかと考えると、ニュースの中で、良いニュースでも悪いニュースでも小さいお子さんがかかわっていた時に放たれるコメントの説得力、であるはず。自分は二児の母でも父でもないけれど、もし、小さなお子さんが残酷な死を遂げたなら、どこかで自分の感情として、自分の問題として、悲しむわけです。そのとき、「ああ、自分がもし、二児の父だったら、これより悲しむ度合いが高いんだろうな」とは思わない。

長島　「あなたは条件を満たしてますので、ご意見をどうぞ」って。

武田　「お前に、子育てしている人間の気持ちはわからない」って、口にはしなくとも、思っている人はたくさんいるはずです。でも、そのことを察知し、素早く自粛して黙り込むのは罪深いと思う。

長島　「第三者の当事者性」を持って、フェミニズムと向き合う。

武田　フェミニズムに限らない、とても重要な言葉だと思います。

自分はこういう人間だからこそ、こういう意見を持っている。それに対し、とりあえず、ええ、どうぞご自由に、と思う。そうではなく、あなたはそういう人間ではないくせに、どうしてそういう意見を持っているのか、と跳ね返されると、黙っているわけにもいかない。応えなければいけない。発した意見について、その意見を所有する条件を問うかのような場面に遭遇することが増えた。当事者であるから、その意見を言ってよし。そうでないなら、まずは当事者に聞いてから言えよ。条件を満たしてから言えよ。そういう条件闘争を受け入れ続けていくと、あいまいな意見が許されなくなる。意見がいつだって縮こまる。クリアじゃなきゃいけなくなる。ハッキリしていないと意見じゃない、とされる。でも、どんな個人であっても、個人が体験していることなんて、ごくわずかに過ぎない。

日頃、自分より年長者が、年長者であることのみを理由に投げかけてくるアドバイスを基本的に聞き入れないようにしている。だって、自分より長く生きている人は、これからもずっと自分より長く生きている人なのだから、その長さから振り下ろされる意見に対抗する権限を与えてくれない以上、いつまでもその意見に従わなければならなくなる。「年齢を重ねる＝経験」としてしまうと、ずっとあちらの経験値が高いままになる。年齢に限らず、性別でも出身地でも経験人数でも離婚回数でも、当事者性ばかりを論拠にすると、非当事者が意見を述べることがいかなる場面でも難儀になる。

体調を崩して病院に行くと、看護師さんから体温計と問診票を渡される。熱をはかり、その時点での自覚症状を書いて看護師さんに戻す。体温と問診票を軽く見渡しながら、これならば診てもらうべきでしょう、との確認をする。条件を満たしているかの確認だ。熱が37度くらいだと「さっきまでは37・8度くらいあって……」とわざわざ強調する。人の会話が、こうして手続きっぽくなってくるとしんどい。私はこういう人間だから、これについて言及してもいいでしょうか。そういう様子を見て、別にお前がどういう人間だろうが知ったこっちゃないよ、と思う。それは、議論を停止させたいのではなく、むしろ、活性化させたいからこそ、そう思う。つまり、あなたの意見がどういう立場に根ざしているかなんて、とりあえずどうでもいいのであって、そこで吐き出された言葉について議論をしたいのだ。諸条件など、後で知ればいい。後で知らなくてもいい。条件が定まれば定まるほど、どこまでも続く会話の自然状態が損なわれてしまう。

そもそも「俺」なのだろうか

Aだからといって B と決まったわけじゃない、という状態に置かれると、人は、組織は、あるいはメディアは、Aの補強に励む。説得力をAに持たせようとする。先の対談から応用すれば「二児の母だからBと言える」という流れを作る。そこに逆流するように、Bと言うためには二児の母である必要はあるのだろうか、と問いかけると、とてもラディカルな申し立てに聞こえてしまう。長島の言う「第三者の当事者性」とは、条件を満たしているかどうかを問うのではなく、その自分も第三者として言うべきことがある、言葉を持てる、とする重要性にある。Aの補強ではなく、あらゆる方向から突っ込んでいく。はたしてその命題は本当にそうなのだろうかと検証していく。何も知らないのをいいことに好き勝手言いふらして立ち去るのは論外だが、自分はこう思っているのです、という表明のために当事者性は必須ではない。知らない、わからない、触れたことがない物事について、それはその当事者だけが考えていればいいのですと切り捨てるのは、多くの対話の可能性を潰している。他者のことを想像しようとのスローガンがあちらこちらで聞こえる。それを、他者のことはその他者にしかわからないのだから、こちらから意見を言うべきではないとまとめてしまうと、想像力というものが根こそぎ削られてしまう。結果、自分のことだけを考えるようになってしまう。

　ＬＧＢＴへの差別を垂れ流した衆議院議員・杉田水脈（みお）と、その擁護をする特集に寄稿した文藝評論家の小川榮太郎（えいたろう）。『新潮45』に掲載された双方の文章や批判を浴びた後の彼らの事後対応を見ると、私がこう思っているんだからいいでしょ、あんたたちにとやかく言われる筋合いはない、こっちが自由に発言する権利まで奪うんじゃない、と繰り返していた。他者への想像力など綺麗事に過ぎないと片付け、自分のことは自分でやれ、と切る。小川のＬＧＢＴに対する言い方を引用すれば、「性的嗜好」なんて見せるものでも聞かせるものでもなく、「人間ならパンツは穿いておけよ」と言う。この文章への見解は、いくつかの媒体で記してきたのでここではしない。批判を受けた後の彼の見解（？）は、自分がそう思っているだけなんだから別にいいだろ、の繰り返しであった。自分で買った包丁だから振り回していいだろ、ほら、俺の話を聞けよ。いや、こちらはまず、包丁をしまえ、と言う。当たると傷つくからだ。小川は、「ＬＧＢＴという概念について私は詳細を知らないし、馬鹿らしくて詳細など知るつもりもない」（『新潮45』２０１８年10月号）と書く。知らないという当事者性を振りかざす。こういう言論がまかり通るようになってしまったのは、当事者性の暴発、なのだろうか。

橋本治が、『いま私たちが考えるべきこと』（新潮文庫）でこんなことを書いている。「『自分のことを考えろ』と言われたら、『自分のこと』を考える――いたってあたりまえのことである。しかし、『自分のことを考えろ』と言われて、『自分のこと』しか考えられなかったら？　自分が『他人』の中にいて、『自分を考える』ということが、それを包む『他人』をもこみにしてのことであるということに気がつけなかったら、それは不健康だろう。（中略）『自分のことを考える』と『他人のことを考える』は、どこかで重なっているのだ。だからこそ、『自分のことを考える』ということになって、その思考の焦点が『自分』を素通りした『他人』に行ってしまう人がいても、ちっとも不思議ではない。世間には、『自分のことを考える』が、そのまま『他人のことを考える』になってしまう人は、いくらでもいるのだ」

当事者であることを権限のように使うのと、橋本の言う、自分と他人との併合はまったく意味合いが異なる。「自分が考える」と「他人が考える」が一緒になっている人は、往々にして、「勝手に『他人が出すであろう答』をシミュレイトして出された『自分の答』」を出すことになる。「他人の答に影響された答」ともまた違う。俺はこう思うんだけど、という意見が批判を浴びると、たとえば小川という人は、バケツをひっくり返したような勢いで自分の頭にある故人や故事の言葉を並べまくり、自分の意見を自分で補強し続けた。意味を読み取ってくれない、と嘆いた。その結果、自分の考えを他人に押し付けることを、言論の自由と言い始める。とっても不思議な流れに思える。そこに、当事者性はない。かつてこういうことを言っている人もいたし、そもそも俺には言う権利があるんだから、とやかく言うな。そう繰り返す。で、それは、そもそも「俺」なのだろうか。

何も言っていないような文章

自分のことを考える＝他人のことを考える、としてしまう人は、「他人の顔色ばかり窺っている自主性のない人」になる、と橋本は言う。俺が言ったことが正しいと主張するためには、他人の意見が正しくない、とセット組みされることになる。本来、起きていることの全体像を見にいくためには、それなりに時間をかけて様子見しなければいけない。様子見しながら持論を補強していく。俺の意見がたちまち確定している人というのは、様子見に欠けている。第三者の当事者性には、相手を見る時間が必要。「馬鹿らしくて詳細など知るつもりもない」になってはいけないのだ。自分が「わからなさ」を重宝する意味は、こんなところからも顔を出す。つまり、ある判断を迫られた時、ある事象への意見を求められた時、ひとまずその意見は、暗中模索しながら吐き出されたものになる。わからない部分をいくばくか含みながら、吐露される。わからない自分と付き合いつつ、わからない自分の当事者性を獲得しつつ、その対象に向かっていく。

『news zero』（日本テレビ系）のキャスターを務める有働由美子と対談したタモリの言葉が印象に残る（2018年10月2日）。新人の頃、タモリは業界の人間から「あんたね、（あなたのやっていることは）テレビ見ている人にはわかんないよ」と言われ続けたが、「でも、この人は、テレビを見ている人のことをバカにしているな」と思っていたという。タモリの中には「わかんなくてもいいから、それをやらないと面白いものができない」という確信があった。有働が「わかりやすくしようとは思わなかったんですか？」と聞くと、「思わなかった」と即答する。自分がなぜそういう考えになったかと続けると、子どもの頃に『11PM』を見ていて、スタジオでスタッフの笑い声が入るのを聞きながら、「何が面白いのか、わからないところがいっぱいある」、でもその「わからないことが（テレビに）興味を持つきっかけ」になったという。とにかく、テレビはわからなさを残したほうがいいと繰り返した。で、その一連の会話をテロップで、わかりやすく『「わからないこと」があるから興味を持ってもらえる」とまとめあげたのには驚いたが、タモリという存在の強さは確かに「わからない」の維持にあるのかもしれない。前章の議論で持ち出した明石家さんまが、自分の設けたルールの中で正しい言動を要求するのと真逆である。タモリとさんまの差は「わかりやすさ」への向かい方で語れるかもしれない。

理解が浸透していない不自然な状態に身を置きたい。すぐに使ってしまう便利な言葉＝「生きづらさ」、今の世の中に、生きづらさを感じることが多いのは、よくわからない状況にいる人を見つけて未成熟だと片付ける人があまりに多いからではないのか。そんな人に指を差されるとしんどい。生きづらい。「何だかよくわからない」を、むしろ、生きる上でのベースにしてしまうことはできないのだろうか。『『自分のことを考える』が、そのまま『他人のことを考える』になってしまう人」による強弁が、人をいたずらに傷つけている。自分は他人とは違うのだ、という確認作業を丁寧にしすぎているのだろうか。いや、そんなの、自分と他人なんて、違うのが、当たり前に決まっている。冒頭で、こうやって当たり前を使うのはよくないという話をしたが、文章を書いていると、こうして様々な場面で断言してしまう。こう思う、こうだろ、どうなんだ、と時には対象を絞って詰問する。だがその「当たり前」には少なからず後ろめたさが含まれる。自分の意見として屈強に固まっていることは稀だ。しかし、他人がどう思っているのかの調査を入念に済ませた上で放つわけでもない。ひとまず自分の意見として、なんとか固形化したくらいの見解を外に投げる。思いのほか届くこともあれば、大失敗に終わることもある。

自分で考えて、その全てを人に届けるなんてことが可能なのだろうか。そんなものは存在しないと言わんばかりに、わからないことをわからないまま笑っていたタモリのように、これからもずっと、わからないままにしておけばいいのではないか。今回の章、とりわけ後半部分は、とってもわかりにくいと思う。何かを言っているような何も言っていないような文章が続いた。これでも、自分の中ではくっきりと見えてきた感覚がある。お前だけに見えてきたってしょうがないだろ、と思うだろうか。でも、人の考えなんて、その人にだけ見えているものではないのだろうか。それはさすがに都合が良すぎるだろうか。

いま思うこと

この章で引用している写真家・長島有里枝との対談で出てきた「第三者の当事者性」という言葉は、２０２３年に刊行した『父ではありませんが　第三者として考える』の執筆につながった大切な言葉である。この「わかりやすさの罪」をめぐる議論でも、当事者なのかそうではないのかによって発言の価値が問われてしまう状態への違和感を書いている。「ええ、第三者かもしれませんが、と物申していかないと」との考え方は、自分を鼓舞させる言葉になっている。

12 説明不足

「見切り発車」の誤用

「見切り発車」という言葉、というか状態が好き。で、それを「誰とも議論すらせず、何にも決まっちゃいないのに、とにかく勢いまかせに動いてみる」との意味で使ってきたのだが、今、辞書で調べてみたら、そこには「議論などが十分に尽くされていない段階で、決定を下し、実行に移ること」（大辞林）とあり、なんと自分は、好きな言葉の意味を誤ったまま使い続けていたようなのである。

議論すらせずに、ではなく、議論などが十分ではない、が辞書の意味。勢いまかせに動いてみるのではなく、決定を下してから実行するのが「見切り発車」だったのか。つまり、動き出している、という状態は同じであっても、そこに至るまでのプロセスがほとんど真逆だったことになる。この誤用をいくらでも繰り返してきたが、誤用だと指摘してくれる人がいたわけでもない。それはおそらく、誤用というより、ニュアンスの違い程度のものだからであり、前後の文脈を読み取ることで、さほど齟齬が生じることなく伝わってきたのだとは思う。こちらが「見切り発車」を使う時には「ノープランでGOサイン」を意味していたのだが、受け取るほうは「プランをひとつに絞りにくい状態にあるが、決断してGOサイン」としていた。この違いを、わざわざ是正してくれる人なんているはずもなかった。

この本自体、武田が意味するところの「見切り発車」で進んでおり、前章に記した文章を読み返しつつ、その都度の連載回の原稿に「見切り発車」で臨む。わざわざ種明かしをする必要もないのだが、そうして書かれた文章が、人によっては、本来的な意味での「見切り発車」として受け止められている可能性がある。つまり、十分ではないなりに議論をし、それなりに決断を下し、実行に移した文章なのだと。そんなことはないかもしれないのに。この齟齬に気づかれないまま、文章が始まり、終わっていくのである。

前章を、「今回の章、とりわけ後半部分は、とってもわかりにくいと思う。何かを言っているような何も言っていないような文章が続いた。これでも、自分の中ではくっきりと見えてきた感覚がある。お前だけに見えてきたってしょうがないだろ、と思うだろうか。でも、人の考えなんて、その人にだけ見えているものではないのだろうか。

それはさすがに都合が良すぎるだろうか」と締めくくっているのだが、これはさすがに都合が良すぎる。これぞ、武田的な「見切り発車」にあぐらをかいている状態である。だがそれを、本来の「見切り発車」に含まれている決定・実行なのだと読み解いて、「彼の言っていることはわからなくもない」という結論に急いだ人がいる可能性もある。

人は、日々、あらゆることを人に伝えているが、どんな人であっても、「受け止めるほうが必要以上の意味を感じ取ってくれたので、それっぽく理解された出来事」を持っているのではないか。

漫才コンビ・中川家の弟・礼二が、ラジオで実に興味深いことを言っていた。モノマネを得意とする礼二は、誰もが知る有名人ではなく、どこかで見たことがあるような人間を模写してきたが（例：「香港映画に出てくる人」）、彼に続くように、マニアックモノマネを披露する芸人が次々と出てきた。『とんねるずのみなさんのおかげでした』（フジテレビ系）では「細かすぎて伝わらないモノマネ選手権」が人気企画となったが、このコーナーの存在は、彼のモノマネのような前例があってこそ。それらの番組で披露されるマニアックモノマネでは「○○が○○の時、○○をしている……」とディテールがあらかじめ語られるが、礼二は、それではいけない、と言う。「ふりを丁寧に言わんでええねん。これもう、最高のヒントですよ」とのこと（『中川家のオールナイトニッポンPremium』ニッポン放送・2018年10月2日)。状況を詳しく説明するのではなく、「想像さすんです。『香港映画!』でええねんね。『香港映画の雰囲気!』くらいでええ。『香港映画で、ジャッキー・チェンが○○して○○した時!』(という言い方だと)、もうそこで終わってんねん。もう見るほうも、『見た』ってなんねん。今さらやられても、『だからそうやろ』(となる)」とのこと。

つまり、大枠のまま、それっぽい感じのモノマネを投げてみると、受け止めるほうが、その「っぽさ」を頭の中で予測し、結びつけてくれる。具体的な対象がいるわけではないモノマネを、不確かなまま投げると、見るほうが具体化してくれるのだ。それが「あるあるネタ」としてウケていく。「ある」わけではない。「っぽい」が、いつのまにか「あるある」に変わっていくのだ。本来、真似る行為って、その再現度が問われるわけだが、そもそもその再現する人が不明瞭なまま差し出してくるものに対して、私たちは「あるある」と感心しているのである。この思考の流れって、なかなか面白い。

武田的な「見切り発車」もまた同じである。意味があるに違いない、決断されたものに違いないと、本当は用意されていなかった意味を受け手が与えてくれることがある。そこまで考えてはいなかったのに、「こういうことですよね」と深読みしてくれると、澄まし顔で「そうそう、そういうことなんですよー。気づいてくださってありがとうございます！」などと返してしまう。人が誰かに説明をする。その説明がそのまま伝わるかは、説明する能力にかかっている。それとは別に、受け手が理解を補足してくれることがある。どこまで伝わったか、理解してもらったかとは全く異なる角度で、理解が膨らんでいく。問いに対する正しい答えとか、正しい答えに導くための問いかけとか、定まったもの同士の問答ではないところに動きが生まれる。フェイク、ともちょっと違う。こうして、自分が間違って使ってきた「見切り発車」は時に効果的だったのだ、と自己肯定してみる。

「おかしみ」の生まれ方

フランスの哲学者・ベルクソンに、『笑い』という一冊がある（以下の引用は林達夫訳、岩波文庫）。「笑い」とは何であるか、そしてその笑いを誘発する「おかしみ」とは何かを論じた本の中で、演劇の「おかしさ」をいかに導き出すかを、3つの手立てに分類している。「繰返し」「ひっくり返し」「交叉」の3つ。最初の2つは、説明が容易い。

「私がひょっこり往来で久しく会わなかった友人に出会うとする。この情況は少しもおかしなところがない。けれども、もし同じ日にまたもや彼に出会い、そしてさらに三度また四度出会うとしたら、我々はおしまいにはその《符合》を一緒になって笑うようになるだろう」

これが「繰返し」。これはコントの鉄則でもある。志村けんのコントで、老いぼれた医師が患者に何度も同じことをしようとして困らせる。あるいは患者がナースコールを繰り返し押してどうでもいいことを頼む。バカ殿の頭上から何度もたらいが落ちてくる。あの光景である。もう一回やる、さらにもう一回やる、さらにもう一回。このしつこさが笑いを生む。

「しばしば、喜劇では、網をかけておいて、そこへご自身みずから引っかかるといった人物を登場させる。迫害者が自分の迫害の犠牲となる物語、ペテン師がペテンに引っかかる物語は、多くの喜劇の内容をなしている。（中略）ここでいつも問題になっているのは、根本においては、役割のひっくり返し、そして一つの情況がそれを作ったものに逆襲してくることである」

これが「ひっくり返し」。バラエティにありがちな「逆ドッキリ」の手法と似ている。誰かを落とし穴に引っ掛けようと企んでいる仕掛け人。しかし、その様子を見ているのが、落とし穴に落っこちるとされている人。その落とし穴に落とされるのはむしろ仕掛け人だったのだ。「え、え、え、なんで俺がっ！」と穴の中から叫ぶ表情は、ただただ仕掛けられるよりも面白い。

「繰返し」と「ひっくり返し」はわかった。難儀なのは「交叉」だ。ベルクソンは「系列の交叉」について、このように定義している。

「或る情況が全然相独立している事件の二系列に同時に属しており、そしてそれが同時に全然異なった二つの意味に解釈できるとき、その情況は常に滑稽である」
アンジャッシュのコントに、ベンチに隣り合い、それぞれ別の人と電話している二人の会話が偶然一致してしまうというネタがある。一人は娘を誘拐されてしまい、犯人と交渉している男性A。もう一人は、明日、どこにデートへ行くかを彼女と相談している男性B。こんな感じだ。

A「言うことはなんでも聞く！」
B「本当に？」
A「本当だ。で、そっちの要求はなんだ？」
B「ディズニーシー行きたい！」
A「やっぱりそれか……」
B「行ったことないからさ。ねえねえ、ディズニーシーの入園料っていくらくらいするの？」
A「3000万！」
B「そんな高かったっけ？」
A「おまえな、3000万という金がどれだけの大金だかわかっているのか？」

B「それくらいだったら、バイト代出たからなんとかなるよ」
A「なんとかなるわけないだろう。それで、そっちの要求はそれだけだろうな」
B「お弁当作ってきて。お願い！」

ベルクソンの定義を見事に体現している。私たちがこのコントに笑えるのは、頭の中で電話相手が話している内容を頭で補足しているからである。Aの電話相手の犯人、Bの電話相手の彼女を含めた4者の言葉があり、それをAとBのみに絞ることによって「おかしみ」が生まれる。だが、そのそれぞれの相手の音声は一度も登場しない。Aの相手はおそらくこう言っているのだろう、と想像しているわけだ。仮に相手の犯人をCとしてみる。

A「言うことはなんでも聞く！」
C「本当になんでも聞くんだな？」
A「本当だ。で、そっちの要求はなんだ？」
C「金に決まってんだろ」
A「やっぱりそれか……」
C「3000万円用意しろ」

A「3000万！」
C「さっさと払えってんだ、それくらいの金」
A「おまえな、3000万という金がどれだけの大金だかわかっているのか？」
C「なんとかしろ」
A「なんとかなるわけないだろう。それで、そっちの要求はそれだけだろうな」

といった具合。いたって無難な会話だ。予定調和の片方と予定調和の片方をドッキングさせることによって特異なストーリーが生まれる。受け取る側に想像させる、想像してもらう、想像する余地を残すことによって、「おかしみ」が用意される。

前置きで終わる

さすがにもう「ネタバレ」云々の振りかぶりもいらないかもしれないが、念のため、ネタバレが含まれるので、『カメラを止めるな！』を観ていない方はこの段落を読み飛ばしてほしいのだが、あの映画は「伏線」を一気に回収しにかかる物語構成だった。その手法自体は目新しいものではない。だが、伏線の回収に、笑いと感動をちりばめる勢いに興奮した。その興奮には、そうだったのか、そういうことだったのか、という納得感が感情の高ぶりと同居していた。終わってみれば、あんなにわかりやすい映画もない。見終わったあと、こういう映画だったよね、いや、俺はこう思うよ、という感想が複数の方向から飛び出てくる映画ではない。同一方向から熱い感想が飛び出てくる映画だ。伏線の回収、その快感を味わう、団結できる映画体験だった。

　この映画が流行っている頃に放送されていた、ＮＨＫ朝の連続テレビ小説『半分、青い。』に対する視聴者のツイートに、脚本家・北川悦吏子が、誤った解釈であると返信するなど、牽制を重ねていた。脚本家が視聴者の解釈について正解・不正解をジャッジすることに不快感は生じたものの、このドラマのクライマックスが、多くの人をガッカリさせたことを好意的に捉えた。詳細は端折(はしょ)るが、同じ日に生まれた親友の男女が結ばれるラストに至るまでの流れがとにかく唐突だったのだ。結婚したもののうまくいかなかった経験を互いに持つ者同士だが、互いの子どもとのやりとりを盛り込むわけでもなく、二人で起業した会社で開発した扇風機が成功したかどうかもわからず、ガンと闘っていたヒロインの母の様子もわからずじまい。万人にわかりやすいものを提供してきた朝ドラにしては、半年間培ってきたあれこれが、そのまま放置されていた印象が強い。

　ヒロインは、漫画家の夢を諦め、１００円ショップで働き、実家の飲食店を手伝ったかと思えば、姉妹店をオープンさせ、軌道に乗ったか乗らないかくらいの時点で東京に戻り、五平餅の屋台を引くなどした後、扇風機の開発に切り替えた。毎日15分間の放送で何かしらの変化を見せつけて次回放送に持ち込まなきゃいけないのは朝ドラの性（さが）だが、そのための変化をたくさん盛り込んだくせに、終わる時にはそれらを回収せずに終わった。そのエンディングに驚いたが、ふと、自分が「出された素材を全て活かす、回収する作品を良しとする」との判断基準にだいぶ毒されていたことに気づく。

与えられた題材が全て回収されることを視聴者は欲するべきではない。ベタであれ、と大勢が待望すれば、用意される物語が単一化されてしまう。やがて視聴者は舐められ、あらゆる場面において、想像の余白がないものが提供されるようになる。なぜあれについての説明がなかったのか、と苛立ちばかりを覚えるようになる。ドラマのある場面で、思わせぶりに空を見て涙ぐむシーンがあったとする。この主人公に何が去来しているのかはその時点ではわからない。それはそのうちに明かされるのだろう、と構えている。だがこのドラマでは、いくつかの感情のほのめかしが、そのままになった。説明が不足していた。あの思わせぶりな表情は一体なんだったのか。

しかし、それを丁寧に説明する必要なんてないのだ。私たちは、状況を補う。そして、説明を補う。感情すら補う。「交叉」が作るのは笑いだけではない。怒りも悲しみも、この「交叉」によって作られていく。「或る情況が全然相独立している事件の二系列に同時に属しており、そしてそれが同時に全然異なった二つの意味に解釈できる」情況がもたらすのは、滑稽さだけではない。当該の朝ドラは、極めて単線で描かれていたからこそ、説明不足が際立ってしまったが、本来は、そこに存在している複数の状態について、そのまま放っておかれても構わないし、作り手の意味と、受け手の意味が変わっていても、なんら問題などないのである。

この章はいかにして「ベタ」が作られるのかを検証していこうと思っていたのだが、なんと、前置きだけで連載1回分の文字数となってしまった。この本は、そういう遠回りを、力強く肯定できそうなテーマなのがありがたい。別に目的地に向かわなくてもいいと、自分で自分の勝手を許しているのである。本来は、『売れる文章』を見きわめる驚異のアルゴリズム」とのサブタイトルを持つ、ジョディ・アーチャー&マシュー・ジョッカーズ『ベストセラーコード』（川添節子訳、日経BP社）を読み解きつつ、「ベタ」の生成がどのように行われているかを論じる予定だった。そのあたりの話は次の章ということになる。前置きが長くなってしまったが、それでいい。予定通りに辿り着く必要はないし、全部説明する必要もないのである。

いま思うこと

ドラマや映画の「伏線回収」を褒めそやす動きはなかなか止まらない。ドラマの最終回が近づくにつれ、あの件は伏線回収されるのかどうか、との声が飛び交う。たとえば、ヒットしたドラマ『VIVANT』（TBS系）の最終回が放送される日、スポニチアネックスが「『VIVANT』未回収の「伏線」まとめ　飯田Pが断言「よく見れば分かる」　ジャミーン＝伏線も明言」と題した記事を配信している。

「俳優の堺雅人（49）が主演を務める今夏最大の話題作、TBS日曜劇場「VIVANT（ヴィヴァン）」（日曜後9・00）最終回第10話が、17日に79分拡大版で放送される。〝考察〟で大きな反響を呼んだ同作には数多くの「伏線」がちりばめられ、今なお疑問を残す場面もある。そこで、飯田和孝プロデューサーがインタビューで明かした「伏線」を踏まえ、視聴者の間で話題となっている「未回収の伏線」をまとめた」

なんかもうすごい。伏線がちりばめられていて、その伏線の存在をプロデューサーが明かし、どんな未回収の伏線があるのかをまとめている。こうなると、答え合わせのような視聴が始まり、「回収」が足りないと「えっ、あれはどうなった？」となるに違いない。作っている側も、伏線がどうなるかを視聴の動機にさせたがっている。伏線をちりばめて回収します、回収していない伏線があったら謎として考えてみてください、これでいいんだろうか。

13 「コード」にすがる

それなりに書けている

かつて数年間ほど文芸誌の編集者をしていたのだが、文芸誌が主催する新人賞の応募原稿を読みふけるのは、年に一回必ずやってくる重苦しい仕事だった。積もった段ボールを開け、複数の封筒を机の上に載せ、ハサミで封筒を切り、原稿を取り出し、頭から読み進めていく。２０００通を超えるほどの応募数だったので、しばらくの間は会社の小さな会議室に籠もりっきりになる。地下にある独房のような小部屋はすっかり幽閉された状態で、窓もなければ、人の通りも少ない。ある程度の作品数に絞られた後では複数名が目を通すものの、最初の段階では、最低限のラインを悠々と超えている作品かどうかを個人で判別する。つまり、自分がその小説を退けたら、二度と議論の対象にはならなくなるので緊張を強いられ続ける。数年前に定年退職した、とプロフィールにある男性が書く、自分の体験談を下地にしながら、妄想を多量に振りかけた女性部下とのランデブー（あえて死語を使用）を主題とした小説が多いことにうなだれるのは毎年のこと（文芸誌の編集者に聞くと、最近はさらに増えているそうだ）。そういった欲望に付き合う時間はないので冷たく対応できるものの、もっとも難しいのが「それなりに書けている」小説の判別である。

そもそも小説とは、通信簿をつけられるものではない。むしろ、通信簿から離れたところで物語を躍動させたり沈殿したりする自由がどこまでも用意されているものだ。商品のように、内容説明を求められた途端に陳腐と化すものとも言える。「それなりに書けている」という評定もすっかり偉そうなのだが、ある程度偉そうにならなければ、「ランデブー」以外の作品を落とすことができなくなってしまう。設定も、展開も、文章力もそれなりにあり、とにかく無難に読ませる。そういう「それなり」を精査する基準を先輩編集者に求めても、明文化してくれない。むしろ、しっかり明文化され、遵守されてしまうようであれば、小説なんて概ね必要ではなくなってしまう。

「それなり」がどれほどのものなのか、ひとまず自分の中で輪郭をつくり、受け止めてみるしかない。作品を個人で受容しながら、公的に切り捨てるのだから、その判断というのはためらいの連続になる。封筒を開けて「ランデブー」が登場すると、むしろ安堵する。文学賞の選考委員が、時に「この人の別の作品も読んでみたい」とか「この人は小説を書き続けてくれる」とか「小説に選ばれた存在」とか、作家が歩む先を見据えた選評を下すことがあるが、とりわけ新人賞の場合は、この作品で全てを出し切ったというわけではないのだろうと期待させることが必要になる。独房で徐々に体得していったことのひとつに、「すでに完成している物語から、この人はこれからいくつもの物語を構築できる能力を持っているのかどうか、推察する」がある。これもまた明文化が容易ではないが、小説の骨組みと枝葉のバランス、定型文と比喩の絡み合い、置かれた状況の動かし方などなど、小説を立体的に読み解きながら、その立体物をどれだけ柔軟に動かそうと試みているか、見定めていく。

どんな創作物にも「ベタ」と呼ばれるものがある。しかし、その形は固定されているわけではない。ありきたりな展開、いくらだって繰り返されてきた内容のことを指す「ベタ」だが、その姿が常に共有されているわけでもない。『○○鉄道殺人事件』などと銘打たれる2時間サスペンスドラマを繰り返し見ている人は、新聞のラテ欄を見るだけで犯人が誰かわかってしまう、という笑い話を聞いたことがある。あの手のドラマは、開始から1時間半過ぎた頃に意外な犯人が発覚するのを一つの型としている。必ずやってくる意外性を型にしているので、つまり、意外ではない。シリーズものになれば、刑事役の主役の他にいつものメンバーがいる。ある殺人事件が起きる。第一発見者がいる。被害者の婚約者がいる。悲しむ親友がいる。恨みを持っていた同僚がいる。怪しいのは誰か。ラテ欄に載っている4、5番目くらいの人だろうとあたりをつけると、実際にその人が犯人だったりする。どんでん返しをお約束します、という抜群の安定感が、視聴者に負荷をかけずに提供される。大海を見下ろす崖にやって来ると、やっぱり、どちらか突き落とされるのだろうかと身構える。で、本当に突き落とされるのである。「ラスト5分、目を離すな!」と誘われるような映画からは冒頭5分で目を離したくなる性分なのは、こちらの感情を統率されるような気がするからだが、ここまでベタを清々しく遂行するシリーズでは、その都度の差異を探し出すことで、感情が動かされる。「それなり」というのは「ベタ」ではない。むしろ、「ベタ」からなんとなく逃避しようと試みる手つきが「それなり」である時、その小説の良し悪しを判別することが難しくなる。読み進めていき、私が紡いだ物語ではなく、誰かっぽくなろうとする姿勢が小ずるく光り出すと、それはやっぱり「ランデブー」と同じ道を辿る。

売れる文章

さて、ようやくジョディ・アーチャー&マシュー・ジョッカーズ『ベストセラーコード「売れる文章」を見きわめる驚異のアルゴリズム』(川添節子訳、日経BP社)の話に移る。前章で、伏線を回収せずに終えた朝ドラ『半分、青い。』について、多くの人をガッカリさせたことを好意的に捉えたとし、「与えられた題材が全て回収されることを視聴者は欲するべきではない。ベタであれ、と大勢が待望すれば、用意される物語が単一化されてしまう。やがて視聴者は舐められ、あらゆる場面において、想像の余白がないものが提供されるようになる」と記した。ベタであれと待望すれば物語が単一化する、というのは誤読を招きやすい物言いではある。ベタな物語は軒並み単一化してしまうのかという問いが放っておかれているからである。

「コンピューター・モデルに原稿を読ませて、数千という特徴を調べさせた結果、ヒットする小説には特有のパターンがあること、そして、そこには読者や読書と結びつけて語る価値があることがわかった」とする『ベストセラーコード』は、「ヒットさせるために大切なのは正しい言葉を正しい順序で並べること」だと断言する。言葉や展開パターンを分析することで、売れる小説の特徴を抽出していく。たとえば全てのベストセラーに共通するのは、「売れる作家はもっとも大切な30パーセントにひとつかふたつのトピックしか入れていないのに対して、売れない作家はたくさんの項目を詰めこむ傾向があるということだ。後者は、3分の1に達するまえに少なくとも3つ、あるいはそれ以上を書きこむ」という。新人作家は「意気込みすぎる」、彼らは「複雑な状況をあらゆる角度から語り、たくさんのトピックを織りこむ傾向がある。作家というのは観察者だ。人間を観察して自分が得たことをすべて伝えたいと思うのは当然だろう」。しかしながら、新人作家のそれを「市場は受けつけない」のだ。やはり、「少数のトピックに集中するほうが、物語の深みも増すし、話もわかりやすくなり、読者には好まれる」という。

要素を絞れ、そして、その要素を厳選せよ。その少数のトピックの種類とは、まず「読者をひきつける大きなトピック」があり、「2番目以降のトピックは現状を脅かすような衝突を示すものがいい」。実際に売れている例として「子どもと銃、信仰とセックス、愛とヴァンパイア」などがあげられる。Aに続くBは、Aを脅かす存在であることが求められる。この連載で何度か繰り返してきたように、物語の連続性が途絶えているように見えたとしても、実はどこかで影響を与え合っているかもしれない、そこに物語を探る醍醐味があると信じている人間からすると、読み手をひきつける物語にはなりえない例としてあげられている「1番目がセクシュアリティーで、2番目がガーデニングといったトピック」のほうにすっかりひかれてしまう。話がガーデニングへ移行した時、先のセクシュアリティーからどういう親密度を持って展開されるのか、あるいは徹底的に乖離(かいり)するのか、もしかしたらほんのちょっとだけ混ぜようとしてそれを表明しないまま進むのか、いずれにせよ、その全貌を明らかにしないまま進むのが良き小説だと思ってきたのだが、ひとまず、売れる小説とはそういうものではないらしい。

売れている本とそうではない本で使われている単語単位での分析も行っており、単に「she said（彼女は言った）」とすればいいのに、「shouted（叫んだ）」「mutter（ぶつぶつ言う）」「protest（抗議する）」などを用いるのは、「作家にとって地獄への第一歩」、つまり、使うべきではない言葉だとする。「need（必要とする）」という行動は物語を動かすけれど、「wish（願う）」ではそうとはかぎらない。この本で行われている分析行為が全て正しい手法で行われているとも思わないが、大量のデータから導き出した答えがそれだとするならば、物語に刺激を与えない不明確な言葉を極力排除し、前に進めるための言語ばかりを積極的に取り扱うのがベストセラーの条件になる。

先の通り、それでいて「大切な30パーセントにひとつかふたつのトピックしか入れていない」のであるから、同じトピックの中で大味の動きを続けていくことになる。その反復が、小説をわかりにくくしないための秘訣なのかもしれず、そんなに繰り返してこなくったってわかってるよ、と苛立つくらいの執拗な反復が「わかる」を作り出しているのだろう。

意味と無意味

「子どもと銃」が刺激となり、セクシュアリティーの後にくるガーデニングはひきつけないとされる。本当にそうか。このところ活動休止しているが、西野カナというポップシンガーがいる。主に恋愛ソング、失恋ソングを得意とするが、彼女は作詞するにあたり、曲のコンセプトや設定を記した企画書を作り、その上で一旦歌詞を書き出してみるという。それだけで完成に持ち込むことはせずに、友人などにアンケートをとり、共感性を意識して添削していく。自分が案出した歌詞を使いながらも、そこに統計で得た言葉を重ね、もっとも届く歌詞を探る。

「先に曲を作ってもらって、その曲のイメージからどういう歌にするか、まずレジュメを書く。次に長い仮タイトルを付けて、主人公を設定して詞を書きだす。詞も凄く長いのを書いて、次にアンケート。これが大事。アンケートを基に添削していって、残った詞を音にはめていく。キーになりそうな言葉はサビとかサビ前後に。タイトルも添削して短くする」

「恋愛観って人によって違うから、あまり偏らないようにしている。いろんな人に意見を聞いて、平均値を見つける。それを歌にした方が共感を得やすい。恋愛ソングじゃなくても同じことをしている。自分のこだわりに固執するより、いい歌になる方がいい」（「スポニチアネックス」２０１４年11月25日）

この作詞方法を続けてきたそうだが、自分のこだわりよりも届く歌、「いい歌になる方がいい」とはつまり、曲そのものを最初から大衆の感性にあずけていくと宣言しているわけだ。彼女があれほどまでに人気を維持する存在になるとは思わなかったが、その時々の共感を的確に探し出し、端的な言葉かどうかを選び続けている。あたかも『ベストセラーコード』を遵守するかのような作詞方法。なぜ彼女が相応の歌を届けられるかといえば、何を書けばどう響くのか、懇切丁寧に分析し続けているからなのだ。彼女がいくらマーケティングで歌詞を作っていようが、そこから、作詞をした私がごっそり抜け落ちるわけではない。ただ、そういった作詞を繰り返していれば、その時々に刺さる言葉遣いをする人間や集団に近づいていくのがうまくなっていく。これが響くんだろ、と素早く幅寄せできるようになる。

『ベストセラーコード』の西内啓(ひろむ)の解説で知ったが、Shazamというアプリがある。これは、断片的に記憶していたり、あるいは街でかかっているメロディから曲名や歌手を検索するもの。このアプリを使って検索されるのは、誰かの頭の中にこびりついて離れないもの、歩いていたらどうしても気になってしまったものだけである。つまり、そこで検索されるメロディは、押し並べて耳にする人に中毒性を感じさせている証左になる。そのデータを解析すれば、人が心を奪われるメロディとはどういうものかを算出することができてしまう。方程式が生まれ、更新され、それを踏襲すれば、皆が同じような曲を作れるようになる。クリエイティビティよりもパーソナリティが優先される時代、急いで生まれた個性的な存在が、最新の方程式で曲を作れば、みんなが反応してくれるようなイイ曲を歌えるようになる。だが、セクシュアリティーの次にガーデニングについて続けるアーティストでは、人の熱狂を生むことがないようなのだ。

音楽ジャーナリストの柴那典が『ヒットの崩壊』（講談社現代新書）の中で、ロックバンドやアイドルソングの領域で「過圧縮ポップ」が増えてきていると分析している。要素を全部盛るように、短時間の間に圧縮していく。ももいろクローバーZやでんぱ組.incの曲では「情報量が多く、メロディや曲展開が細密化し、1曲の中にジェットコースターのようなめまぐるしい展開を持つ」楽曲が多い。全編がサビのようなスタイルは高いテンションを維持させて、聴き手を一気にひきつける。柴が数々の言葉を拾い上げている。「一曲の中にごちゃまぜにする」（前山田健一・ヒャダイン）、「ブロックを組み合わせるような作業」（上田剛士）、「やりたい要素を全部やっちゃう」（マキシマム ザ ホルモン・マキシマムザ亮君）、「いろんなものをドッキングさせて意味わかんないのをやっている」（the GazettE・RUKI）。効果的と思えるものを連鎖させ、圧縮することで、自分たちらしい個性的な音楽を作る。魅力的なフレーズを連鎖させて、短縮する、圧縮する、密集させる。曲をフル尺で聴かずに次々と飛ばせるようになった環境下では、一気に印象づけるこの過圧縮が求められる。共感してもらうための言葉、そして、圧縮される音楽。とにかく、結果をすぐに出さなければいけない。

『ベストセラーコード』には、かつての名作群が無慈悲に出版を断られた事実が記されている。ジャック・ケルアック『オン・ザ・ロード』はエージェントから「まったく理解できない」にはじまる手紙をもらい、アーシュラ・K・ル・グウィンは「わかりにくい」と却下された。いかなる表現も模倣から始まると考えれば、その人ならではの表現だけを最初から積み上げていくことは難しい。「その人ならでは」の生まれ方って、慎重に模索されるべきものであるはずが、今ではそれを諦めた産物が浸透し、受容してくれる人たちに寄り添うように言葉が選ばれている。「コード」が頒布され、そのコードに基づいて書く。没個性をベタに変換する手続きをさっさと終え、多くの人に通用するものを提供しましょうよ、という圧が強くなってくる。どんなことでも、意味のあるものの裏側に、意味のないように見えるものが大量に控えているはずなのだが、その無意味かもしれないものを、討議することなしにゴミ箱に捨ててしまっている現状がある。意味と無意味を繰り返しぶつけながら、そこに生じるものを言葉として拾い上げていく作業をさすがに怠りすぎている。思考する選択をベタが奪っているのかもしれない。利便的な「コード」を基軸としない、その態度を守りたい。

いま思うこと

「ギターソロ不要論」なるキーワードがＳＮＳで話題になった。ここで議論したような「過圧縮ポップ」の傾向が強まり、冒頭から真っ先にサビに入るような曲、コンパクトにまとめた曲がヒットチャートを席巻するようになった。そういった話の流れで、若い世代はギターソロを飛ばして聴くらしい、といった話が広がったのだが、そもそも今、飛ばすほどの時間をとってギターソロが鳴り響く楽曲は少ないわけで、「ギターソロを飛ばす若者」の存在自体が怪しい。とはいえ、アーティストが作った楽曲に対して「飛ばす」という選択肢を持ち出せるのがどうにも腹立たしいので、担当しているラジオで全編ギターソロの曲を流してみた。

14 ノイズを増やす

自分という成績表を提出する

自分の思考を混乱させまくる。原稿を書く仕事をする上で、常に意識するようにしていることのひとつだ。世の中が規定してくる「コード」に対し、舌を出して、違うもんね、それじゃないもんね、と繰り返しながら、自分の頭の中を不安定にさせる。自分で自分を規定できない状態にしておけば、誰かから「キミって、こうだよね」とまとめられることも少なくなると思っているからだ。

偏見を多分に含むが、その偏見が自分の内心に長年居座っているのでそのまま吐き出してしまうと、「私って○○な人なんだよね」と切り出してくる人を大いに警戒するようにしている。自分が「○○な人」であることは、他者との対話や集団の中での位置どりなど、時間を重ねて形作られ、尚且つ、ずっと変化し続けるものなので、最初から自分の人間像をはっきり規定してくるとたじろいでしまう。時には、「こう見えて意外と人付き合いが苦手なんだよね！」みたいな積極性を浴びることもあり、こう見えて？　意外と？　苦手？　と複数のクエスチョンマークがそのまま放置されることになる。

「趣味は人間観察です」なんて言われると、「人間観察の成立条件とは、人間を観察していることがバレていない状態を保つことではないでしょうか！」と、堂々巡りになりそうな正論をぶつけて困惑させることになる。

「こんな私です」というアピールをされてしまうと、「いや、あなたって、こんな感じもするんですが、どうでしょうか」と議論を投げかけていくのがなかなか難しいご時世にある。人間のみならず、モノでも出来事でも、早速、あっちから提示される。それに従って体を素直にあずけていくと、最初のうちは、「自分という人間にフィットするなぁ」であっても、やがて「これなら、自分をフィットさせやすそう」を選んでいくようになる。体をあずけているうちに、自分で体を整え、あずけやすい形状にして、そこへ入り込んでいくことになる。今、あらゆる文化産業が、いかにして顧客を得るべきかを探り、人間の傾向を事細かに分析してデータを獲得することに躍起になっている。

就職活動時に「自己ＰＲ」を書かせる悪習は、いつまでも定着したまま揺らがない。

自分という存在を自分でPRするという浅ましさに慣れないまま、就職活動を終えたのは十数年前のこと。そもそも、自分はこういう人間ですとパッケージ化して伝えることに疑いを持ち続けていたので、逆張りのつもりで、「こういうところに自分を一言で記すことに抵抗があります」などと書いたら、当然、ご縁がなかったので他をあたれ、という主旨の通知がポストに投函されることになった。大学生が就職活動に励もうとする時、その個人は、ひとまず何者でもない人間になり（髪を黒くしたり、自然なメイクに切り替えたり）、その後で、「自分とは何か」を分析し、PRを練り上げなければいけない。当然、そこに真理などないのだが、真理っぽいものを精いっぱい捏ね上げて、「これが私です！」と提出し、「これが本当にキミ？」などと疑われながらも、その査定を乗り越えなければならない。なんたって、それを繰り返さないと会社に入れないのだ。「これが私です！」「これが本当にキミ？」の両方が嘘っぱちだというのに、そこに同意を形成しなければならない。自分の思考を、相手側が求める形にはめ込んでいかなければならないのだ。

多くの就活生が参照する「マイナビ」に自己PRの例文が載っている。こんな感じである。

「私の強みは粘り強く最後まで取り組むことです。入学して初めての野球の試合は補欠からのスタートでしたが、悔しさをバネに朝300回・夜700回の素振りを毎日続けたことで打撃に自信を持つことができ、レギュラーになることができました。また、粘り強く続けたことでチームメイトや監督からの信頼も強くなり、最後の公式戦では4番打者を任されました。

　この経験を活かして貴社でも粘り強く物事に取り組み、会社に貢献します」

　あまりに無難な自己PRだが、「無難を作る」って、相当な難なので成功例なのだろう。「マイナビ」はこの文章を元に、3つのポイントをあげる。「冒頭で結論を述べる」「努力の過程がわかるエピソードを盛り込む」「仕事で活かせることを入れる」の3つだ。冒頭で結論を述べることで「採用担当者が一目見てどのような内容を伝えたいのかを理解」してくれるようにし、努力したエピソードを盛り込むことで「冒頭で述べた結論の説得力が増します」。そして、「努力したことや取り組んだことでは抽象的ではなく、数字を用いるなどして具体的内容を記載する」ようにすべし、とのこと。とにかく、明確でなければいけないのだ。自分という成績表を提出しなければいけないのだ。これからの仕事に活かせるかどうか、「最後にエピーソードがどのように仕事に活かせるを記載すると、入社をしたらどのように会社に貢献できるのかのイメージがつきやすくなります」とのことだが、この短い文章のうちに2つも誤植が含まれているのがPRとして致命的である。

自分で自分の感情を見繕う怪奇現象

個々人の枠組みを、窮屈にさせないでくださいと思う。悔しさをバネに朝300回・夜700回の素振りを毎日続けたことによって得られたものも、失われたものもある。個人はその獲得と喪失を、「具体的」ではなく「抽象的」に抱え持つ。人間的な魅力や可能性が備蓄されるのは「抽象的」のほうである。練習を頑張って、信頼を得て、最後の公式戦で4番打者を任されることを自信にするのは、粘り強さの真逆に思える。単線で行き着いたゴール地点を最良のものであると即断する潔さは、実際には、社会への適応性に欠けるのではないか。しかし、そもそも人間は必ずしも、社会や会社に適応する必要なんてないのだから、エースで4番でも、ひたすらベンチで控えでも、PRすべき状態として持ち出せるはず。あなたという人間を規定しなさい、コンパクトにまとめた「コード」をこっちに寄越しなさい、と要請され続ける中で、プレゼン用の自分を作り出してしまう。そこに「私」なんてものが濃厚に存在するはずもなく、私が考える私っぽい感じを提出し、これがコイツっぽい感じなんだろうなと、アイツが判別するだけである。なんと無駄なのだろう。人間を規定する行為なんてものは、このようにして、不可能なものを可能っぽく見せているだけなのではないか。

就職活動で行われるこの手の行為に無理があることくらい多くの人が知っているし、わざわざ分析するまでもない。だが、今この時代は、自己のPRによって自分の枠組みを規定させられる場面が、あらゆる段階でやってくる。その時、思春期の学生のように「ところで自分ってなんだろう？」などと悩んでいると、たちまちコミュニケーション能力が低い人物と規定されてしまう。だが、自分なんてものは、別に規定しなくてもいいはず、と繰り返したい。

「監視を混乱させる」というフレーズに出合ったのは、ブルース・シュナイアー著／池村千秋訳『超監視社会　私たちのデータはどこまで見られているのか？』（草思社）だ。個人情報を無条件に差し出すのではなく、「データの難読化」を目指せ、という。自分を狙い撃ちにした広告につきまとわれないようにするためにはどうすればいいか。具体例としてあげられているのは、会員カードを友人や隣人と交換する、異性が身につけるような服装をしてみる、歩容認識カメラを欺くために靴の中に大きな石を入れて歩き方が変わるようにする、コンピューターのカメラの上にシールを貼る、封書を送る時に差出人住所を書かずに出すなどなど。それぞれ、とっても細かい行為だが、こうやって小さく混乱させることによって、自分を分析しようとする側を混乱させ、監視を混乱させることができる。「データ分析の精度は、シグナル（有益な信号）とノイズ（雑音）の割合に大きく作用されるので、ノイズを増やせば、分析の精度を下げる効果が期待できる」とのこと。ノイズを増やすべきなのだ。そうやって、混乱させればさせるほど、外からの分析を拒むことができる。

これはビッグデータに対抗する方法だけではなく、人間の営みにも機能するのではないか。つまり、自分で自分を規定したり、誰かに自分を規定されたりする機会を減らすために、自分という存在、自分から湧き上がってくる感情を曖昧にしておく。混乱したまま、取り乱したままにしておく。自分とはこういう存在であるということを、自分でも確かめずにおく。「コード」を作らせない。森真一『自己コントロールの檻感情マネジメント社会の現実』(講談社選書メチエ)の中に、「人間である限り、そして人間が社会を作らないと生き延びられない生き物である以上」、「感情をマネージすること」は「必然的につきまとう営み」とある。本当に自然な感情など存在するのだろうか、と問いかけつつ、「感情のコントロールを全面的に否定したい人は、どこかにコントロールされない『本当の』『生の』『自然な』感情があると想定していると思われる。そういうものがあるのかどうか疑わしいが、少なくともそういうものがあると想定することが、むしろ逆に感情の価値を高め、貨幣との交換価値をもつ商品として感情が取り扱われる土台をなしている」とする。あちこちから適切な感情を設定するように求められる現在、本当に生の自然な感情なんて存在するのだろうか、と問う。

その問いを維持し続けることが難しい時代になってきた。感情が可視化され、管理され、選別され、計測される。それに慣れると、自分の感情はこう、ではなく、自分はこのような感情なのだろう、と思うようになり、自分で自分の感情を見繕うという怪奇現象が発生する。そんな怪奇を怪奇とは思わない怪奇によって、感情の管理が平然と行われ続けることとなる。自分自身が自分の「ベタ」や「コード」に翻弄されてしまう。

感情に理由なんていらない

今、感情は、監視に使われている。キヤノンの国内販売子会社のキヤノンマーケティングジャパンは、感情を分析するカメラを開発し、そのカメラでは、顔の表情から人間の喜び・悲しみ・怒りをパーセンテージで表して取得するのだという。「アミューズメントパークの入り口や劇場、スーパーなどの小売店などに設置する使い方を想定」しており、「ステージを見た観客がどのタイミングで笑ったかを時系列で数値化することもできる」（日経ＭＪ・２０１８年7月16日）という。延期されようとも東京五輪に向けていくらでも潤う最中にある監視産業は、たとえば街行く人の感情を分析し、テロを引き起こす可能性がある人をそのまま追跡するなんて実験を進めていたりする。これに対する感想はシンプルで、「ふざけんな」だ。あいつが怪しいのではないか、と身勝手に推測されることは人権の侵害である。こういった仕組みの構築に取り組む人たちは、全員が全員、口を揃えて、個人が特定されないように加工しているので、と言うのだが、加工する前のデータを取り扱う人がいるでしょう、と当たり前に思う。

たとえとしては適切ではないと思いつつも、アダルトビデオにモザイク処理を施す人が、施す前の映像を確認しているようなものだ。時に流出してしまうその映像と同様に、人様を匿名化する前の映像を、いずれだれかが漏らしてしまう未来が見える。

今その場で不機嫌そうな表情を浮かべながら歩いている自分が、なぜその感情にあるのかなんて、他人から分析できるものではない。たとえ、これまでテロを起こした人間の感情の成分に似通っていたとしても、街行く自分が蓄えている怒りに、他人が介入してくるなんて許しがたい（もちろん、テロなんか起こすつもりはない）。だからこそ、「自分」というものを不安定にさせたり困惑させたり戸惑わせたりすることによって、自分を管理させまいと意気込む。みうらじゅんは長らく「自分なくし」を提唱している。「『きっと自分にしかできない何かがあるはずだ』って自分探しをするけど、その逆でね。一つひとつに対して諦めていく」（「マネたま」インタビュー「失敗ヒーロー！／第二回〈後編〉」２０１７年3月7日）という姿勢は、この時代、実に批評的である。あなたはこういう人ですよね、そんなあなたにはこんなものはどうでしょう、こういう気分になれますよ、今、こんな感情みたいですけど大丈夫ですか、と介入が続く。うるせぇよ、と思うけれど、逆らっている間に、あちらは精度を上げてくる。その精度から逃げるには、自分の頭を流転させて困惑し続けるしかない。

少し前、小学1年生の息子を持つ、なにかと辛辣な物言いを続けてくる、ウマが合う夫婦の家で数時間駄弁っていた。仰天したのが、とにかく学校の現場で「なぜなら」が重視されているということ。子どもが、その日に思ったことを短い文章にして書く。楽しかった、怖かった、気持ち悪かった、悔しかった……と書くだけではいけない。なぜそう思ったのかを書かなければいけないのだという。これは、実際の彼の文章というわけではないが、「花火がきれいだった」と書いたとする。それだけではなく「なぜなら」を付け足さなければならず、「たくさんの色があったからです」とか「お花畑みたいに見えたからです」などと書き添えなければいけない。そう思った理由が必須なのだ。

少なくとも、自分が子どもの頃にはこういう縛りはなかった。「先生あのね」で書き始めるように言われた記憶はあるが、「なぜなら」は必須ではなかった。「花火がきれいだった」に、理由は必要なのだろうか。客観視せよ、自分を分析せよ、ということなのか。どうしてそう思ったのかまでを求めるようになると、子どもは、「なぜなら○○だと思ったから」と、自分の至った感情について理由が探し出せる出来事だけを述べるようになってしまうのではないか、とその親が心配していた。特に理由がなくてもそう感じたことをそのまま投げつけるだけではいけないのだろうか、と二人は言う。まったくおっしゃる通りだ。

理由がないことを、思ったままのことを、そのまま言い放ってしまえるというのは、子どもの特権の一つでもある。自分の感情に理由なんていらない。先生から理由を聞かれても、答えなくていいし、考えたって答えられないかもしれない。「なぜなら」の強制は、いわゆる「大人」にさせるための教育としてはベストなのだろうが、それは、理由なんてなくても構わないという、とっても大切な自由を手放している。夫婦揃って、「なんか、とっても今っぽいよね。それに対して文句を言える空気じゃないなかなか言えなくって」と嘆いていた。

家に帰ってきてから、たまたま再放送されていた『新世代が解く！　ニッポンのジレンマ元日ＳＰ２０１９　〝コスパ社会〟を越えて＠渋谷』（ＮＨＫ・Ｅテレ）を見る。そこに登場する起業家や学者やアーティストの皆が、こぞって「自分は○○だと思っていて……」という話し方をしていることに気づいた。思っていて、と自分で言うのだ。「さっきの話はとても重要で」ではなく、「さっきの話はとても重要だと思っていて」とする言い方。自分が話していることなのに、自分が話していることではないみたいだ。自分をどう見せるかに卓越しているかどうかが問われすぎているからこうなった、と結論付けるのも早計だが、あまりの頻度に驚いてしまった。感情を吐き出すのではなく、その感情を吐き出す理由、つまり「なぜなら」を必須にしているように思える。感情を管理できていること、冷静沈着に分析できることって、そんなに大事なのだろうか。自分が思っていることに、そう思っていて、という客観性は必要なのだろうか。そんな必要、ないんじゃないだろうか。

いま思うこと

この、「〇〇だと思っていて」との言い方は増える一方。自分はこう思っているんです、という謎めいた客観性。自分の意見に自信がないから少しだけ距離を作ろうとするのだろうか。とはいえ、「その言い方、自分がそう思っているんだから当たり前じゃないかと思っていて……」みたいな堂々巡りを作り出してしまいそう。つまり、うっかり使ってしまいそうな用法なのだ。

15 4回泣けます

ぶっきらぼうな感動

俳優・斎藤工（たくみ）が映画誌に寄せた辛辣なコメントに、唸（うな）りに唸る。２０１８年のワースト映画を語るくだりで、斎藤がこのように記している。

「去年は下半期に我慢ならない邦画のポスターがあった。作品と言うよりポスタービジュアルが酷過ぎた。邦画によくある登場人物がブロッコリーみたいに皆載っているデザイン性を無視したモノの下に、キャッチコピーとして〝○回泣けます〟と一言。受取手の感情を（しかも回数まで）断定するなんて無礼だなと感じたし、事実私はこれで〝絶対観るもんか〟と決意。この作品のタイトルじゃないけれどコーヒーの前に気持ちが冷めた」（『映画秘宝』２０１９年3月号）

あえてタイトルを明記せずに、それでいて誰にでもタイトルがわかるように記す、シニカルな姿勢が清々しい。『コーヒーが冷めないうちに』は、2018年9月に公開された、ありがちな大衆映画で、ブロッコリーのように主演者が連なっているポスターには、「あの日に戻れたら、あなたは誰に会いに行きますか？」とある。このコピーだけでおおよそストーリーの骨子が読み取れるが、有村架純(かすみ)・石田ゆり子・吉田羊(よう)といったメジャーな役者が連なった映画には、「4回泣けます」とのコピーが添えられている。なぜ4回かといえば、自分が戻りたい過去に戻れる座席に座るのが4人だから。コーヒーをカップに注いでから、そのコーヒーが冷めてしまうまで戻れるのだという。もう会えない人に会いに行く作りはおおよその観客の涙が約束されているし、こちらも約束されている涙をあらかじめ制止しようとするほど性格がねじれているわけではない。4回泣きたければ泣けばいいし、4回で足りなければ5回でも6回でも泣けばいいと、まずは思う。でも、そういう見込みを実際の感想は飛び越えてくる。

朝日新聞の連載「感情振動　ココロの行方」（2019年1月1日）で紹介された、この映画を観た「都内アパレル店に勤める女性（27）」の感想は、「2回見たし、やっぱり同じところで泣いた。スッキリするために映画に行くのは『涙活(るいかつ)』。普段から、感動するような分かりやすい映画しか見る気がしない」である。そして、それを受けた東宝の宣伝担当者は「泣ける、という分かりやすさがきいた」と健やかに述べているのだから、この手の映画は、外からぶつけられる多少の文句を鉄壁のブロッコリーで防御した上で、客が待望する涙を引っ張り出すために量産され続けるのだろう。

泣ける映画を「泣ける」と想定して観に行く人たちに冷たい視線を向ける。結果的に泣いてしまった、ではなく、泣けると思って観に行って泣いてくるって何だ。しかしながら、「4回泣けます」という稚拙なキャッチコピーを見て、「2回しか泣けないかも」「意地でも涙は流さない」と突っ込む様子を、あちらは温かいコーヒーでも淹れながら、「そう言うと思った」と余裕たっぷりに見届けてくる。「泣いてしまった」のではなく「泣きにくる」のだから、「泣いてたまるか」という意地は、介入する場所を持たないのである。どうでもいいのだ。スポーツジムに来て汗を流すのと同じ。目的があって、目的を達成する。目的が達成できなければ、次の機会に。「4回泣けます」は、「4キロ痩せます」とまったくの同義、読み取れないほどの小さな文字で「※個人差があります」と書かれている状態にある。「受取手の感情を（しかも回数まで）断定するなんて無礼」という斎藤の指摘に同意するが、そもそも、受取手は、感情を断定されに来ているのである。「断定されるなんて無礼」という指摘は、どうしたって響かない。個人差があるのだ。

「涙活」というフレーズを、恥ずかしがらずに使える人たちに向けて、受取手の感情を断定されてたまるかって思わないんですか、と同意を求めることができない。あちらは、受取手の感情を断定してもらうことによってその作品を評価している。涙活とはつまり、自分の「涙の管理」である。寺井広樹＋涙活研究会『涙活公式ガイドブック』（ディスカヴァー・トゥエンティワン）で強調されるのは、単なる「泣ける」ではなく、「泣きたい時に泣ける」だ。どんな泣ける作品でも全員が全員泣けるはずがないので、「重要なのは、自分の〝泣きのツボ〟を知ること」であり、「自分はどんなときに感動するのか。自分の涙腺を刺激するのはどんな作品なのか」を探りながらツボを発見することが必要になる。体の凝りをほぐすように、心のツボを押してデトックスする。「動物モノなのか、失恋ドラマなのか。あるいはどういう展開に弱いのか。そうした泣きのツボを知ると、より自分を解放しやすくなります」とある。お涙頂戴映画は、「泣かされてしまった」ではなく、「泣きに行く」客を想定しており、「4回泣けます」という宣伝は、泣きたい時に泣こうと涙を管理している人たちにとってみれば、この上なくありがたいメッセージなのである。茶化されることは想定済みだ。そんなことより4回泣けるのだ。余命や記憶喪失や過去に戻れたり戻れなかったりする作品が安定供給されるのは、「あなた向けですよ」とのアピールが繰り返され、観客の期待に応えてくれるから。そこでは当然、「わかる」が絶対条件となるし、「みなさんが望んでいること、わかってますよ」とほのめかしておくことが宣伝する上での必須事項になる。でもやっぱり、「普段から、感動するような分かりやすい映画しか見る気がしない」などというぶっきらぼうな感動を、感動の基本形にしたくない。

言葉美人とは

このところ、ただただ感情を吐き出すのではなく、その感情を吐き出す理由、つまり「なぜなら」が求められているように思える、と前章で記した。感情を管理できている自分、冷静沈着に分析できる自分を用意し、自分を客観視し、客観視できている自分をプレゼンする。「涙」でさえも、そうやって管理していく。自分をどこそこへ持っていけば、こういう感情に至ることができる、その道筋を確保することによって心の安定を保つやり方は、すっかり日本のエンタメ産業の構造そのものを支えつつある。こういう気持ちにさせてくれるのであれば行きます。ええ、それでは、そういう気持ちにさせてあげますので是非来てください。ありがとうございます、観に行きましたら、本当にそういう気持ちにさせてくれました。お望み以上の気持ちをご提供できていればいいのですが。もう、期待以上ですよ、4回泣けました。……といった具合。

先述の連載「感情振動」で、ソマリアギャングの社会復帰を支援するNPO法人「アクセプト・インターナショナル」の永井陽右(ようすけ)が興味深い分析をしている。国際貢献の分野で様々な場に立ち会ってきた永井が「共感」の対義語としてあげるのは「権利」。共感は波のようなもので流されてしまうが、その波に流されない視座を持つことが求められる。「共感は無限ではなく、限界なりに総量がある。だから悲劇的な写真をフォトショップで加工して出したり、世界最悪の、とか最も残酷な、といった形容詞を使ったりして心を動かそうとする。アピール合戦です」とする。ある感情について、コンテンツが奪い合いをする。目の前にたくさんの候補が並ぶ。受取手はやっぱり偉そうになって、今の自分の目的を果たしてくれるものを選りすぐり、自分の欲する感情に確実に至らせてくれるものに体を寄せていく。となれば、共感と権利は対義語というよりも、むしろ近接する言語にもなり、共感する権利を有する個人が、陳列された共感や感動を眺めながら、今の自分にはこれなんてイイんじゃないかな、あの人にはこれがイイんじゃないかしら、と選ぶようになる。そうやって、個人の「いつもの感じ」を守り抜くために、「自分はこれでいいのだ」と納得するために、多様性が使われるのって、文化ってものを丸ごと軽視しなければ、なかなかできない行為に思える。だが、宣伝する側が「泣ける、という分かりやすさがきいた」と言い切る現在、文化が個人に体を合わせることを恥ずかしがらなくなってきた。「受取手の感情を断定するなんて無礼」と言ってくれる俳優がいてくれることには希望がある。「泣けますよ」「ええ、泣きましたよ」というシンプルな言葉のやりとりに、きちんと外野から絡んでいく姿勢を失ってはいけないという気になってくる。このままでは受取手はどこまでも偉そうになる。

受動する偉そうさ、受動してもらう低姿勢、このあたりの言葉の軽薄さを手厳しく指摘した斎藤の勇ましさにすっかり鼓舞された状態で『ａｎａｎ』の「言葉のチカラ。」（２０１９年2月13日号）を開けば、「言葉美人は、誰からもどんな場所でも愛されます。」とのスローガンに引っかかる。「愛され」というキーワードは、比較的若い世代が読む女性ファッション誌の頻発ワードだが、こちらから能動的に物事を動かしていくのではなく、相手への好印象を保ちながら、相手からの作用を待ち焦がれる様子がうかがえる。感情を管理したいんだか、管理されたいんだかが、いまいちわからないのだが、この「愛される」が、相手に面倒をかけずに誰も困惑させない言葉遣いにあることが、この記事に寄せた「言葉への意識を強く持つ方々」（紹介文より）のコメントからもわかる。今、愛される言葉美人について、

「みんなに通じるわかりやすい言葉を使う人。今は、一般の人が発信する情報の影響力が強いので、言葉美人こそスターになれますよ！」（原田曜平・サイバーエージェント次世代生活研究所所長）

とあり、言葉美人のメリットとしては、

「仕事の取引先の方など誰かに紹介するにも、言葉美人なら安心。つまり、自分が会える人やできることの幅を広げることができるのです」（吉田裕子・国語講師）

とあげられている。ほぼ何も言っていないコメントだが、規定している「言葉美人」について、それっぽいことを述べ連ねる。蛇足だが、言葉への意識を強く持つ人は、「そ

れっぽいことを述べること」に強く抵抗するものだが、この手の特集に顔を出す人たちのコメントというのは、いつも、そこへの警戒心が決定的に薄いと思う。念入りなメイクではなく、自然体でいるのが本当の美人、などと謳われるのと同じように、言葉美人というのも、こちらから武装していくのではなく、目の前にいる人に合わせられる人を指す、ということなのだろうか。よく知らないけど。

この言葉美人の浸透が何を招くかといえば、あらゆる場における言葉の正解・不正解の発生である。言葉の選択肢が少なくなれば、感情表現の選択肢も少なくなる。少ないからこそ、涙を流すためにもわざわざ活動が必要になってくるのか。波風を立てないようにすることを「美人」とする態度を受け入れてはいけない。従順な受取手でいようとすると、泣く回数を規定される。その「正しさ」によって感情の劣化が覆い隠されているような人を美人と呼びたくはない。

4回泣いているようではいけない

胸がすく本に出合った。京都・上賀茂で活動するNPO法人「スウィング」の主宰・木ノ戸昌幸が記した『まともがゆれる』（朝日出版社）は、「本当にどうでもいいこと」や「人とのあいだに煩わしさを生むこと」をどこまでも推奨する姿勢に貫かれている。障害のある人・ない人、およそ30名が働く施設の朝礼では、とにかくどうでもいいことが延々と話される。いつまでも発言が続く様子に、見学者が驚くという。

そこで話される内容は、必ずしもその場で放たれなければならない内容ではない。「昨日の晩ご飯のおかずとか、昨日のスウィングからの帰り方（毎日いっしょ！）とか、家に帰ってからこんなことがあったとか、週末にはこんな予定がある（その日が来るまで毎日のように同じ情報がプレゼンされる）とか」。つまり、余計なことばかりである。「言葉美人」から見れば、確実に不美人である。余計なことを言ってはいけない場所で、余計なことを言うと、「余計なことを言うな」と言われる。当たり前だ。いや、ホントに当たり前でイイのか。その場における「余計」とは、どのように設けられた基準なのかと考えてみる。すると、そんな「余計」など、誰かが考えた基準に過ぎないことがわかる。

木ノ戸の携帯は「ひーちゃん」という男性からの着信履歴で埋め尽くされている。何か相談に乗っているわけでもなく、そもそも話しているわけでもない。二年前から謎のワンコールを続けてくるのだ。彼は、「僕が『嫌がる／許容する（おもしろがる）』ギリギリのラインを攻めてきているのだろう」とする。木ノ戸とひーちゃんは、そのことについて一度も触れることなくスウィングで顔を合わせ続けている。それでいいのだ。障害者であるからアート作品を作るのではなく、ただただ作品を作っているだけなのに、展覧会を開けば、「作品を観る前から泣いちゃっている人が来たりする」

のだという。「二四時間泣けます」と宣言するかのような夏のチャリティ番組の影響だろうか。ある一人が半紙に勢いよく「親の年金をつかってキャバクラ」と書く。ここには、社会に対して貢献しなければならない、といったプレッシャーが削ぎ落とされている。

「『よっしゃ！　今から失敗するぜ！』『よ！　ナイス失敗！』といった寛容さや余白を、テレビやインターネットやどこかの遠い国ではなく、目の前を通り過ぎてゆく景色の中に増やしていきたい。それでダメなら引き返し、また清々しくやり直せばいいのだから」

まったくだ。正解・不正解をジャッジするのではなく、不正解を放置しておくことが私たちの生活にはもっと必要なのだ。障害者のポエムに猛烈な嫉妬を覚えたという木ノ戸は、「できる」世界にしがみついている「健常」こそ「障害」ではないかと気づく。正しい受取手であろうとする試み、言葉美人であろうとする取り組み、この健常さにからめ取られることによって、私たちは「○回泣けます」と言われた通りに○回泣くことを覚えてしまう。泣いてたまるか。

「健常」が要請するのって、感情を揺さぶられることがあったのなら、その理由を明確にしよう、である。やっぱり、「なぜなら」なのだ。泣ける、笑えるといった大切な感情の発生を、あやふやではなく、常に明確にしておかなければならないのは、「泣く」や「笑う」に失礼である。もっと自由に開放しておかなければいけない。感情の発生に「なぜなら」を要請してはいけない。「4回泣けます」も「なぜなら」が前提になっている。4回泣ける理由が列記されているから嫌なのだ。観終わった後に、こういう要素があったから4回泣けたでしょ、と答え合わせをしようとする姿勢をキャッチコピーが含んでいるから嫌なのだ。

感情を規定するな。要請するな。こういうものに慣れてはいけない。やりとりに不自由が生じている状態を当たり前にすれば、コミュニケーションも言葉も活性化する。「言葉美人こそスター」になれるようではいけない。そもそも、言葉に美人も不美人もない。「言葉美人」と規定する人がいたとして、その規定から漏れる言葉や言葉遣いを「不美人」と処理する人がいるならば、その行為こそ絶対的に、言葉不美人である。4回泣けますと言われて、4回泣いているようではいけない。何度だって抗いたい。

いま思うこと

この本に限らず、感情を管理されてたまるか、と繰り返し書いてきた。言い聞かせるように書いている。「泣け」と言われたら「泣いてたまるか」と笑いたいし、「笑え」と言われたら澄まし顔を貫きたい。それは偏屈なのではなく、純粋な状態を保つための取り組みなのである。

16 コーヒーを吹くかもしれない

なぜ牛乳を吹くのか

いわゆるエゴサーチというものを定期的にしているが、前向きに評価してくれる声の中に、「コーヒー吹いたwww」というものが時折含まれることにだいぶ前から気づいていた。こちらの記事を肯定的に捉えたと表明してくれるありがたいツイートなのだが、本当にコーヒーを吹いたとは思っていない。本当にコーヒーを吹いたわけではないのに、どうしてそんなことを言うのだろうか。コーヒーを吹きそうになった、では面白さが伝わらないからだろうか。それとも、コーヒーを吹きそうにすらなっていないのだろうか。

思い立って、この原稿を書いている段階で、Yahoo!リアルタイム検索に「コーヒー吹いた」と入れてみる。

「マクドナルドで3歳くらいの子供がお父さんの職業（薬剤師）を皆に自慢しようとしてたんだけど上手く言えなくて『ボクのパパ、ヤクザ。お薬売る仕事だよ』と言い回ってってアイスコーヒー吹いた」

「女が何か相談する場合、ただ話を聞いてもらいたいだけらしい。今日、ファミレスで女の子に悩みを相談されて相づち打ってたんだが途中から、普通に返事するの飽きたので、『ピカ！』って返事してたら『話を聞けピカチュウ！』と言われたから『ピカチュ！』と返したら近くのおっさんがコーヒー吹いた」

この手の書き込みが定期的に発生している。このアカウントの前後の記載をわざわざ確認してみると、コーヒー吹いた様子を写真におさめたり、吹いた後の様子が克明に記されているわけでもない。ある事象に対する笑い方って人それぞれ違うし、吹かなかったからと言って、面白さが物足りなかったということにはならない。でも、コーヒーを吹いていないはずなのに「コーヒー吹いた」と5分おきくらいにツイートされている事実がある。「偽りのコーヒー吹き」が大量に生まれては消費されているということなのか。コーヒーは吹かれていないかもしれない、その一点だけを考えると、なんだかとっても珍奇でコーヒーを吹きそうになる。本当は吹かれていないコーヒーを、吹いたことにして何をどうしたいのだろう。

『ゴッドタン』（テレビ東京系）の人気企画「マジ歌選手権」は、芸人たちが真剣にオリジナルソングを披露する恒例企画だが、その選手権のルールとして、歌いっぷりを見守る複数名の芸能人が口に牛乳を含み、全員が笑って吹き出すまでマジ歌を続けられる、というものがある。実際には、全員が吹いてしまっても完奏できる措置がとられるのだが、誰がどこで吹き出したかを知らせることで、笑えるポイントを知らしめることができる。牛乳を口に含んで堪える芸能人として欠かさず出演しているバナナマンの設楽統は、牛乳の吹き出し方が優れている。とにかくダイナミックなのだ。吹き出しそうになるのを堪えているのだから、思いっきり吹き出すよりも、赤ちゃんのヨダレのように、首元に向かってダラダラと垂れていくような形になりがち（事実、最後まで堪えている人はそのようになりやすい）。しかし設楽は、とにかく早い段階で思いっきり牛乳を吹き出す。歌い始める前に吹き出してしまうことも多い。口に含んでいる牛乳が、自分の前に用意されたカメラに向かって放射される。勢いの良い映像は、これから歌われようとする、あるいは歌い始めた様子がどれだけ面白いかを知らせる合図になっている。牛乳を吹き出した設楽は、なぜ自分が堪えることができなかったのかを熱っぽく説明する。カメラマンが、なぜだか芸人の唇を執拗にアップにしたからだ、などと細かな理由が明かされる。

あらかじめその役割を命じられているとは思わないけれど（ちょっと思っているけど）、とにかく早めに牛乳を吹いてしまう設楽は、「マジ歌」の味わい方を真っ先に提示していく。ぐっと堪えるべき企画なのに、どんどん吹いていく。設楽が吹くことによって、吹かない人が、「ホントはこうなるかもしれないのに、こうはならないように堪えている」と認識することができるようになる。最後まで牛乳を吹かない人と同じくらい、最初に吹いてしまう人が、あの企画には重要なのである。

「3×＝犬」への挑戦

深夜ラジオでは、「笑い屋」とも呼ばれる、ただ笑い転げている構成作家などの声が入り込むことがあり、リスナーは、その大げさな笑い声を合図に、どこでどのように笑うべきかを教え込まれたり、誘い出されたりしている。いつもならば笑い転げそうな内容なのに、あえて沈黙を守っていると、そのイレギュラーな反応をパーソナリティが指摘する。そして、その指摘によって笑いが発生する。妙にかしこまって深刻な話を始めた時は、大抵は後になって思いっきり崩す時だから、その手の場合には、笑い屋の大笑いが、笑う合図となる。

バラエティ番組では笑い声が編集の段階で機械的に付け加えられていることが多いが、私たちはどうしても、そうやって補強された笑いに影響を受けてしまう。ベッキー、関根麻里、小島瑠璃子といったバラエティタレントの「ワイプ芸」の巧みさが語られてきたが、驚くべき時に驚き、羨ましがるべき時に羨ましがり、悲しむべき時に悲しむ最適解を続けていく様が、テレビに出る人の実力として計測されている。わざわざ言葉にするととても冷たく感じられるが、彼女らは、そんなに驚いているわけではないし、羨ましがっているわけでもないし、悲しんでいるわけでもない。そういうことにしておいたほうがいいから、そういうことにしておくのである。

実際には吹いてはいないコーヒーや、率先して吹く牛乳のように、私たちは実際に起きた行動にしろ、感情にしろ、盛りながら伝えることを日々繰り返している。とりあえず牛乳を吹く、というのも、これはどうやら面白いことが起きているぞ、という伝達の一種だ。あの番組は最後まで、ここからもっと面白くなるかもしれない、と緊張感を持続させていくのが見事だが、多くのお笑い番組では、最初の爆笑までのスピードが問われ、その爆笑がその場の方針になりがち。となれば、笑いの作られ方は、長尺ではなく一瞬になる。つまり、しばらく何も起きない状態が許されなくなってくる。

いとうせいこうが、倉本美津留、ケラリーノ・サンドロヴィッチ、バカリズム、枡野浩一、宮沢章夫、きたろうの6名と「笑い」について討議した『今夜、笑いの数を数えましょう』（講談社）を読んでいたら、この曲者揃い（という括りもかなり乱暴だが）の見解としてそれぞれ共通していたのが、最適解が目の前に浮上しそうになったら逃げてみよう、逃げてみるから面白くなる、というもの。バカリズムが唐突に「3x＝犬」という式を例示する。この不可解な式を前にして、とにかく挑んでみるのが面白いのであって、あらゆる方法でこの式を面白がっていると、いつしか、3に何かをかければ本当に犬になるのではないかと思うようになってくる。

宮沢章夫といとうせいこうが語る。

宮沢　テレビだと決められた時間内できっちり笑わせなきゃいけないよね。今は三分間とかでしょ？

いとう　昨今はもっと削られてる。

宮沢　コントってことで考えると、それで笑わせるためにはすごい技術が必要になる。

いとう　一瞬のフリで状況をわからせる。あるいはわからなくてもいいから何かしら状況を作らないと落としていけないいんです。さっきの十分間笑わせなくてもいいという発想はテレビではあり得ない。テレビ番組だと、それは全然面白くなかったっていうことだし（笑）。

宮沢　「で、何だったんでしょうね」って幕が下りちゃう（笑）。それでもいいんだよな、演劇の発想だと。だめなんだけどさ（笑）。だから『（爆笑）レッドカーペット』とか『エンタの神様』とか見ると、芸人さんの、その存在とは別に、背後にいる作り手の姿を強く感じるんだよね。この人はどう見せたらテレビ的に面白くなるかって考えてる人の存在が強いと思った。

『エンタの神様』が今になって語られると、右記のように否定的なニュアンスを含むことが多いが、その一因に、短いネタの中にいくつものテロップを盛り込み、ここまでハードルを低くすれば視聴者も笑ってくれるでしょう、と低く見積もる作りを徹底した点があげられる。宮沢が言うところの「で、何だったたんでしょうね」で終えてはいけない、をむしろ基本的なルールにしていた。総合演出を手掛けた五味一男は、テロップを入れた理由として、「洋画の字幕は日本人がついていけるように文字数をできるだけ少なくしないといけないので、直訳から離れるって言いますよね」「それと『エンタ』のテロップは同じだと思っていて、そこまでお笑いに詳しくない人や、ながら見の人にも楽しんでもらうためには必要だと思ったので、テロップを入れました」(「ORICON NEWS」2018年3月20日)と語っている。英語を理解できない人が簡略化された字幕を読むのと、日本語を理解できる人が簡略化された日本語のテロップを同時に見るのとでは、捨ててしまった言葉が明確になるという点でだいぶ状況が異なると思うのだが、そうやって言葉を捨てる行為にいつしか慣れてしまい、一瞬のシンプルな笑いばかりを体が欲するようになる。牛乳を吹く姿にしろ、ワイプで悲しむ姿にしろ、そこには「3x＝犬」への挑戦がない。とにかく明示され続けることになる。

「かもしれない」期

「まさかそこで医者が踊り出すなんて思わなかったよ。踊り出すとしたら、診察前より診察後のほうがほら、踊り出すべきだって感じがするだろう」というワケのわからないセリフが存在したとする。今、自分で適当に考えてみたので、本当に何の意味もない。で、そのセリフが、いつまでたっても話の流れの中に関与してこないとする。だが、いつ、その話が作用してくるのかわからない。この、「いつ作用するのか」という頭を保たせることもまた「作用」ではないかと思うのだが、簡略化したテロップのように、すべてを意味のあるもののように見せなければならない場合、意味不明の文章は削除を要請される。「加工」や「盛る」工程を踏まえた上で、それが正解として流布され、その図式があちらこちらで増幅していく。SNSで、吹いてもいないコーヒーが吹きまくられているのって、その定着を教えてくれているのではないか。感情が盛られているのに、同時に感情が整理されている感じがやっぱり気になるのだ。

コーヒーを吹くウソが好意的な反応ならば、好意的ではない反応はどうだろう。そこでもまた、盛ることによる整理が行われているのだろうか。せっかくなので自分の事例を使ってみたい。かねてからアイドルの雇用体系を問題視する原稿を書いてきたが、２０１９年1月にＮＧＴ48のメンバーが自宅マンションで男性に襲われ、その事後対応を運営側が怠った挙句、ステージに当人を引っ張り出して謝らせた、という非人道的な措置を知り、雑誌『ＧＱ　ＪＡＰＡＮ』（２０１９年4月号）に「女性アイドルはなぜ『謝らされる』のか?」という記事を書き、その記事がYahoo! JAPANに転載された。当該のファンを刺激する原稿でもあるので、あらかじめ批判が押し寄せることは想定していたが、どういった批判がくるのかまでは具体的に読めなかったので、実際に投稿されていた意見を総覧しながらなかなか驚く。襲われたアイドル本人に謝らせるなんておかしい、という内容は、正直、自分の書いている論旨がどうしたって正しく、それでもなお、書き手への文句をぶつけたいと試みる人たちが、精一杯の揶揄を投げつけてくる。こんなものが並んでいた。

1「こういう後のり正論マンたちが事件が実は思ったほどアレだったたという結果が出たら、ちゃんと謝罪するんかな」

2「バリバリ左系の活動家ライターじゃないか。なんでスレタイにライター名入れたんだ?　本人の宣伝か?」

3「なんかイッチョ噛みな人ダナー」

4「砂鉄ってペンネームか？　磁石にひっつくのか？」
5「このバカチンがぁ～！」

このグループについて語る掲示板など、奥深くまで検索すると、おおよそこの5パターンに分かれた。【1】は「後のり正論マン」というカテゴリがポップでいい。後々こうなったらこいつはどうするんだろうかと予測しておくことによって、鳥瞰している自分を演出する。現時点での指摘をしてほしいと思うのだが、それはしてくれない。【2】のように、議題をその話者の属性（ちなみに活動家ではない）に逸らすことによって、アイドルの雇用問題という骨子を論じることから逃れている。【3】のように、ある程度の熱量で注がれた文章を受けて、一言で冷たく退けるのもいつものこと。あたかも批判する力を温存しているようにも思えるのが強みか。【4】のような雑な回避、【5】のように他者になりきって茶化す行為も、骨子から逃れつつ、一言で優位に立とうとする行為である。いずれにせよ、簡略化が雑なのである。恣意的な整理がバレバレなのである。

もちろんその方法は教えないけれど、端的にこちらを傷つけることなんていくらでも方法がある。ナイフの刃先を尖らせることばかりに終始してしまい、その尖り方では、批判される側にはちっとも刺さらない、というケースが多い。論旨をまるごと刺すのではなく、論旨の形成プロセスと主張に生じている差異を細かく突かれるほうがよっぽどこちらとしては悔しくてダメージも大きいのだけれど、そういった批判はほとんど飛んでこない。さぁ、この相手を一気に沈め込むぞという意気込みを形にするために、手っ取り早く自己都合で文句を調達してしまう。自分の放ちやすいように加工され、盛られ、整理された文句って、相手にはさほど響かない。

賛意も反意も区画整理される。シンプルに処理される。やっぱり残念な事態だ。面白くなるかもしれない、ムカついているのかもしれない、という、ものすごく贅沢な「かもしれない」期を早めに刈り取ってしまうと、物事の飛躍が抑え込まれてしまう。コーヒーや牛乳は、吹いたほうが面白いのだろうか。吹きそうになった、これから吹くかもしれない、のほうが、その奥に用意されている物語が複数になるはずだ。はっきりしろ、とか、中途半端だ、といった叱責があちこちで投げられているとして、その叱責を投じる人たちが、その不明瞭や半端な状態に理解を示して放置してくれたとしたら、その会話や組織や業界や、大きく言えば、その世界が、とっても愉快なものになる。でも、そういう人が、この回りくどい原稿をここまで読んでくれるとは到底思えないから、「半端」を許容してくれる数少ない人たちに対して、とにかく、そのまま維持してくださいよ、と投げかけるところから始める。コーヒーは吹かなくていい、吹くかもしれない、くらいがいい。

いま思うこと

この章で引用している宮沢章夫が２０２２年に亡くなってしまった。晩年、何度かお会いする機会があったが、常識をどうやって外すか、という感覚を研ぎ澄ましている人だった。没後、『きょうはそういう感じじゃない』と題したエッセイ集が刊行されたが、そこに「つば九郎の入り時間を知りたい」と題した短いエッセイがある。東京ヤクルトスワローズのマスコット「つば九郎」は一体何時に球場入りするのだろうか、選手よりは後だろうが、何時なのだろうか、と問うエッセイ。どうでもいい。でも、そうやって「外す」のだ。

17 深いって何だろう

「曖昧なところが一つもない」とは？

本書の基となる連載を読んでくれていた限られた友人から「同じようなタイトルの本を池上彰さんが出してるよ」との連絡が来た。偶然にもその日の新聞に広告が出ており、そのタイトルを確認すると、『わかりやすさの罠』（集英社新書）。その広告には「騙されるな！『わかりやすさ』のプロが警鐘を鳴らす。」とあるので、プロが罠にかからないように指南してくれているようなのだが、そもそも「わかりやすさのプロ」ってどういう意味・状態なのだろう。もちろん、そのわかりにくさは好物である。本のオビ文には「日本で最も『わかりやすい』解説者が警鐘を鳴らす」とある。

幻冬舎の代表取締役社長・見城徹（けんじょうとおる）は、テレビ朝日の放送番組審議会の委員長を務めているが、２０１９年３月半ば、その委員会の会議が行われる前日のツイートに「早朝から送られて来た課題番組をＤＶＤで観ている。今月は「池上彰のニュース　そうだったのか!!」。色んな日本の問題が本当によく解る。質が良くて凄く面白い。池上彰には曖昧なところが一つもない。シンプルにして深い。番組の作り方と池上彰の伝える技術に感心」（傍点引用者）とある。出来事をシンプルに、そして強調して、時には顰蹙（ひんしゅく）を買いながらも影響力を拡大していく経営スタイルを貫く彼には、池上の言説が「曖昧なところが一つもない」と受け止められるようだが、これはさすがに池上のスタイルを読み解けていないのではないか。ひとつの問題について、特定の語り方をするのではなく、こういう考えもあります、一方でこういう考えもあります、という伝え方をしていく。複数の視点を見せながら、自分の意見を言わずに、こういう意見があります、そして、こういう意見もあります、ではではまた、と立ち去る様子に違和感が残るものの、それは「曖昧なところが一つもない」のではない。曖昧なところを自分で抱えないのだ。「曖昧から逃げる」と「曖昧がない」は大きく異なる。

テレビ朝日の第５９８回放送番組審議会報告（２０１９年3月28日）のレポートがテレビ朝日のサイトに載っている。ここで議論された『池上彰のニュース　そうだったのか!!』について、各委員からの感想や提言がまとめられている（発言者は明記されていない）。これが実に興味深い。記されている箇条書きを読み込むと、池上彰という存在、彼を重宝しすぎる世相、今のテレビに共通する姿勢、視聴者の受け取り方などが浮き上がってくる。今の社会に浸透する「わかりやすさ」と、それを伝える「プロ」、分析した上で改善を促そうとする「審議」の共存が明らかになる。ここまで論じてきた意味を持ち得るかもしれない。20項目もあるが、それぞれの意見から考察していきたい。

「深い」とはどういう状態か

さあ、始める。「・」が報告書に羅列されている意見、そのあとに「↓」で自分の意見を続けてみる。

・速報性はネットに、解説はテレビに求める方向になっている。まさにそのど真ん中の番組。現象を追いかけがちなニュースに対し、その背景や構造をわかりやすく、改めて考えさせてくれ、視聴者のニーズに合っている。

↓確かにネットニュースは速報性と相性がいい。テレビは今、その速報性に追従しているのではないか。大量に拡散されたツイートには必ずと言っていいほど、「○○テレビの者です。○○さんのツイートを番組で使用させていただけないかと思い、連絡致しました。フォローしていただき、DMで連絡をさせていただけませんでしょうか」といったリプライがついている。これまで長い間、テレビがあらゆるニュースの速報性を担ってきたが、今や、事件や災害現場の様子をいち早く伝えるのは、そこに居合わせた人のＳＮＳである。拡散されているＳＮＳを編纂（へんさん）してお届けするのがテレビニュースなのか、と皮肉りたくなる時も少なくない。現象を追いかけるのがニュースなのではなく、ニュースが取り上げることによって「現象化」し、その現象化した状態を再度ネットが拡散するという相互補完の関係でもある。解説する行為にも速度が求められ、それもまた現象を追いかけているだけと思える時も多い。

・池上彰さんという明確な軸の存在が大きい。大勢のスタッフが色々な形で情報を集めてきても、池上さんというフィルターを通じて伝えることで、情報のつなぎ目が滑らかになり、ニュースのバランスもよくなる。何よりも池上さんが全体を咀嚼して伝えるので、非常にわかりやすくなっている。

↓これだけ情報が溢れる中ではあるが、これ以上、情報のつなぎ目を滑らかにする必要はないのではないか、という姿勢は、本書で繰り返してきた主張。多くある情報をそのままにしておく選択が必要である。尖ったものを押し並べて丸くする必要はない。情報のつなぎ目を滑らかにしすぎると、情報がどれくらいの人数にフィットするかばかりが推し量られてしまう。確かにニュースとして伝える時にその考えは必要だろうが、このシンプルな形だけを「伝える」にしてはいけない。そして、やはり、こういった会議の場でも「わかりやすく」というキーワードが頻出していることを知る。

・世の中のことに関心がないといわれる若い人たちに、社会に関心を持たせることに大きな効果がある番組。普通はなかなか聞けないような素朴な質問が出ても、池上さんは全然バカにしないので、更に質問が出るという面白さがある。

→日本人は積極的に質問をしようとしない、諸外国（ってどこだろう、といつも思う）では、挙手がおさまらないよ、なんて話をよく聞く。素朴な質問はしないでくれ、という空気をいつどこで感知してしまうのか。どうでもいい質問でかまいませんよと繰り返さなければ、質問をするハードルがなかなか下がっていかない。その点、池上の番組は質問が積み重なっていく。確かに「更に質問が出る」状態にある。池上の口癖のひとつである「いい質問ですね！」は、さほどいい質問でなくても放たれている印象だが、そうやって引き受ける優しさが、次々と質問が投じられるという豊かな環境を生んでいるのか。

・池上さんの半端ない知識と説明力に感服。聞きやすい声質と音量、ユーモアを忘れない温かな人柄など脱帽するだけ。ニュース映像が少なくても十分飽きさせず、引き込む力がある。

↓とにかく大絶賛だ。声質と音量と同じように池上が卓越しているのが「間」だろうか。基本的に、池上とゲストA、池上とゲストB、という形で会話が進んでいくので、AとBのみの雑談になることは少ない。相手との間を管理することによって、大切なこと、受け流してしまっていいことを区分けし、スタジオの空気を作っていく。パネルを用いたニュース解説が多いが、映像に頼らなくとも、彼の説明の強弱で、考えるべきポイントを明らかにしていく。

・池上さんはシンプルで明快で深い。伝える技術は大変なもの。構成する演出力もすごい。

↓こちらは先ほどの見城のツイートに近いので、彼による発言かもしれない。「シンプル」と「深い」は本来であれば同居しにくいが、それがなぜ同居していると考えるのか、詳しく聞いてみたいところだ。

・〝王道感〟がある。池上さんの知識をフルに提供するという揺るぎない軸があり、制作スタッフの努力の蓄積が感じられる。画面の見せ方、テロップの出し方にも工夫がある。

↓確かに王道感がある。この王道感というのは、テレビのニュース番組が獲得したがるものに違いない。大きな事件・災害があったらNHK、という王道感はまだ機能しているが、「軸」を獲得する模索をあらゆる番組が続けている中で、ここから更に「わかりやすさ」に急ぐのだろうか。

・日本の建造物の老朽化やゴミのリサイクルの問題など一般の人が知っているようで知らない事実、知っていなければいけない話を中心に、これからも池上さんに解説を続けてほしい。

↓「知っているようで知らない事実、知っていなければいけない話」という区分けは簡単ではない。かつて、業界の先輩から「人が読みたくなる文章というのは、これまで見たことがない、でも、それがあると知ってはいて、それについて語られているのを初めて見るもの」と言われたことがあり、頭にこびりついている。「知的好奇心」を強引に因数分解して文章化すると、それくらい長い文字列になるのではないか。2019年3月まで放送されていたテレビ番組『1周回って知らない話』(日本テレビ系)は、テレビ業界や芸能界の中で、当たり前になりすぎて今さら誰も教えてくれなくなった話を改めて追うバラエティだったが、「知らない」

という知的コンプレックスへの近づき方が、優しく丁寧であればあるほど、それなら知ってみるのもいいかと、体を動かしやすくなる。難しい話を難しいまま投じるメディアは、今、根こそぎ排除される傾向にある。

・バンバン質問する、色々なジャンルのゲストが必要。60代後半から70代で、わからなくても恥ずかしがらずに質問するゲストが出てくるともっと厚みが出る。

↓坂上忍が司会を務める『バイキング』（フジテレビ系）を見ていると、キャリアの長い重鎮がひな壇に紛れ込んでいて、自分の時代はこうだった……芸能界ってのはそもそも……など大上段に構えて、議論の活性化を塞いでしまう場面が多い。逆に言えば、議論が活性化しないように用意されている存在とも思える。出口の決まっている討論に面白みは感じられないが、その過程で毒舌風のものがいくつか吐き出されているものだから、あたかも刺激的に感じられる。実際には保守的な番組なのだ。「わからなくても恥ずかしがらずに質問するゲスト」が求められているが、そこに用意されるのは、大抵、若い女性である。事務所から「おバカ」でいけ、とキャラ付けされたような誰かである。その誰かは、本当はおおよそクレバーだ。

・池上さんがそつなくこなしていて、あまりにもきれいにまとまり、印象に残るものがない。池上さんももっと自分が困ってしまうような質問が欲しいのではないか。ゲストが本当に興味を持って質問する感じがしないのは残念。一番大事なのは池上さんに脱線させること。

↓指摘に同意する。困惑させること、脱線させることをどう保つべきかが大事である。そつなくこなし、きれいにまとまる様子って、本当に印象に残らない。池上自身も自分が困惑してしまうような場面を期待しているはずだが、スタジオにいる人たちが、もっと広義に捉えれば世の中が、池上を困らせてはいけないと思っている。

自分の番組は「続基礎英語」

・「池上さんだったらどうしました?」を是非トライしてほしい。池上さんが「うーん」と困ったり苦しんだりするとリアルさが出てくる。

↓選挙特番の後に各党党首に厳しい質問をぶつける様子が「池上無双」と呼ばれてきたが、池上は自分の意見ではなく、「○○という意見もありましたが……」などと、他人の意見を借りてぶつけていく。テレビの前で、えっ、あなたはどう思うの、と問いたくなる。反対を宣言すれば、「対案を出せ」や「文句を言っているだけ」と言われやすい現状において、自分の意見を言わない判断というのは、なかなか今っぽい。池上の困惑を引き出す番組が必要に思える。

・問題はレベルをどこに置くか。初歩的なことも、かなり深いところもあることが大事。

↓何かを言っているようで、何も言っていない意見である。深い、ってなんだろう。

・わかりやすく伝えようという気持ちの裏返しだと思うが、全体的に演出が知識のない人を前提にしている印象を受ける。「知らなかった」、「見落としていた」という内容なのにもったいない。自分はそれなりにものを知っていると思っている人も見ているので、「すでにご存じと思いますが」「釈迦に説法ですが」のようなトーンで演出するのもありではないか。

↓一つの意見の中に、想定している視聴者がいくつも存在しているので意味が受け取りにくいが、もっともっと丁寧に易しく解説すべき、というのだろうか。「すでにご存じと思いますが」「釈迦に説法ですが」などと、「それなりにものを知っていると思っている人」への過剰な配慮って必要なのだろうか。

・毎週1時間番組で見たい人も多いのではないか。
↓その1時間を見れば1週間の動きがわかる、というような丁寧さはウケそうだ。
・2時間編成の隔週放送は再考してほしい。毎週1時間で1つか2つのトピックを深めてもらうと見やすい。
↓とにかくこういった場では、「深める」という言葉が頻出していることがわかる。深める、って、共有するのが簡単ではない。深く掘る方向や力学は千差万別である。自分はこう思う、と率先して言わない池上の場合、深める行為が、ここを掘っておけば大丈夫らしい、と単純に理解されやすい。そんなことはないのに。これぞ、わかりやすさの罠かもしれない。そもそも、物事はそう簡単に深まらない。
・2時間はきつい。飽きる。2時間だからゲストが活きてくる面もあるので、難しいところ。
↓ニュース解説のスタイル自体には飽きていないようだ。ある程度、時間のかかるものに耐えてくれないのは、テレビだけではなく、あらゆるメディアに共通している。

・スタジオセットがごちゃごちゃしている印象がある。
↓そう言われれば確かに。
・通常のニュース番組よりも、テロップがカラフルであったり、フォントの大きさを変えたり、文字の後ろに背景までつけたりするのは、知的さを限定させている。
↓キラーフレーズが登場。「知的さを限定させている」というのは、この社会を突き刺す言葉である。提供する側が、「知的」の成分を確定させ、届ける宛先を決めすぎてしまう。以前も触れたが、大量のテロップは、視聴者の頭の中にある余白を剝奪するようなもの。知的さを限定する、とは鋭い言葉だ。
・池上さんの名人芸に頼りすぎる傾向は他に人材がいないのかとやや寂しい状況。
・〝ポスト池上〟は誰なのか。テレビ朝日のアナウンサーから人材を輩出できるとよい。
↓とにかくこの型の番組は永続的に機能する、という見解なのだろう。
・〈街の声〉というものに首を傾げる。番組の趣旨に沿うもの、演出上必要なものをインサートしている気がする。

↓テレビの「街の声」依存はなかなか重症である。ネットの声、街の声、識者の声、スタジオのコメンテーターの声、司会の声と続けて、さて、次のニュースです、と切り替えてしまうことも多い。様々な問題が表層的に舐められる程度で通過していってしまう。あるジャーナリストから、テレビでコメントしない理由として、「街の声と同じにされたくない」という端的な理由を聞いたが、そこに向けられる反論はないだろう。

池上彰の「わかりやすさ」を、テレビ番組を査定する組織がどう分析しているか。で、それをさらに分析する、という、ややこしいことをやってみた。当該の本で、「これまでの職業人生の中で、私はずっと『どうすればわかりやすくなるか』ということを考えてきました。しかし、もしテレビに出るようにならなければ、おそらく『わかりやすさ』の重要性に気づくことはなかったでしょう」と記す。彼自身、この「わかりやすさ」に浸ってはならぬと繰り返しており、当初の仕事である『週刊こどもニュース』がNHKラジオの「基礎英語」だとするならば、夜のニュースは上級の「英会話」「ビジネス英語」であり、自分の番組は「続基礎英語」だとする。自分の番組によって、「わかったつもり」になる、これこそが「罠」だという。そうだったのか!! 先に引用したツイート「池上彰には曖昧なところが一つもない。シンプルにして深い」という見解が、まさしく「わかりやすさの罠」そのものだったというわけである。

いま思うこと

「街の声」依存は相変わらずだ。ジャニー喜多川の性加害問題をめぐる報道で、とにかく顕著だった。そのスタジオにいる司会者やコメンテーターは、なるべく自分の見解を述べたくない。結果、街に出て、「事務所を解体すべきだ」といった強い意見と、「所属している人たちが悪いわけではないのだから」といった意見を並べる。事務所への忖度が、これだけ大きな性犯罪を見逃す結果につながってしまったわけだが、早速、新たな忖度が発生していた。

18 見せかけの優位

ラジオの無駄

週に1回、夕方の時間帯に2時間ほどのラジオ番組（TBSラジオ『ACTION』・2019年4月より）を担当しているのだが、スタジオには複数のモニターが並び、民放各社とNHKで何が放送されているのか、確認できるようになっている。もちろん消音の状態だが、CMや交通情報の間などにボーッと眺めていると、それぞれの放送内容がとにかく一瞬でわかることに驚いてしまう。「もういいだろピエール瀧の件は。次のバッシングターゲットが見つかるまで、薄めて薄めて叩くのやめりゃいいのに」とブツクサつぶやいているうちに、ディレクターから「戻りまーす」と指示が飛ぶ。少なくとも夕方の時間帯のテレビって、消音にしていても報じている内容がほとんどわかる。内容を説明するテロップとは別に、「悲痛……」だとか「歓喜！」だとか、大きな文字サイズで、感情を一つに規定してくる。内容だけではなく、番組のテンションまで伝えてくるのだ。見た瞬間、そこで何が起きているかがわからなければならない、という強い意志が複数並ぶ。その横列を見ながら、ラジオっていいなぁ、と牧歌的な気分になる。説明を急がない、弛緩した状態が誇らしくもなる。「悲痛……」か「歓喜！」かは、人によって違うかもしれない、と冷静になれる。

ラジオ番組を始める前、いくつかの媒体からインタビューを受けたが、当然、ラジオというメディアの特性をどう考えているのか、という質問に繰り返し答えることになった。こちらがバリエーションを用意すべき質問でもないので、頭の中にテンプレートができ上がっていく。おおよそこんな感じである。スイッチを押せば自然と流れ出るように、同じようなことを繰り返し述べた。

「このところ、世の中のあらゆる場面で、話にオチをつけなければならない強迫観念があるような気がしてなりません。意味がなきゃいけない。でも、ラジオって、別に聴かなくてもいい話が流れていることが多い。意味なんてなくてもいい。これって、とても贅沢なことだと思います。そして、そこには抜群の偶然性があります。聴こう、と思って聴いてくれる人もいるのでしょうが、たまたま途中から聴いてしまった人もいます。そうすると、その人は、この声の低い、決して愛想がいいとは思えない男の人は一体誰で、そして、一体なんの話をしているのだろうか、と疑問に思うはずです。

もしかしたら、本当は別の放送局で聴きたいパーソナリティの番組をやっているから、いち早くそっちの番組に合わせたいと思っていたとしても、たまたま車の運転中でなかなか赤信号にならず、この声を聴くことになってしまった人もいるはずです。つまり、たまたま耳にしている人がいる。こういう出会いかたって贅沢だなと思うのです。

早く別の局に合わせたいのに、どうしてだか、青信号が続いて、お気に入りの番組を選局できなかったとしたら、自分の話に付き合いたくないのに、しばらく付き合わなければいけない。そういう瞬間が生まれるかもしれないと考えると、すごく面白いメディアだなと感じます。誰かの余計な話、どうでもいい話が流れてくるって、とても貴重です。

テレビを見ていると、今、こういうことが問題になっています、それについて、私たちはよくないことだと考えています、とすぐに伝わるような作りになっていて、それを見ていると、人はどうしても、自分もそう思う、いや、自分はそうは思わないね、と、どちらの考えを持つのが正しいのか、と考えてしまいがち。しかし、そんなに簡単にどちらかの考えに身を寄せていいのかどうか。そういう時に、役に立ってくるのがラジオだと思うのです。なぜって、そこに流れてくるのがはっきりとした言葉だけではなく、あやふやな言葉があり、迷ったままの言葉があるから。つまり、その迷いの中で、一緒になって考えていくことができる。余計な話が含まれていたほうが、人と人は対話をしやすくなるはず。余計な話、無駄な話があるから、考える余白が生まれる。噛み合わない話が流されるから、こっちで考えなきゃと思う。反対の意見があるから、それはないだろとブツクサつぶやける。頭の中をごちゃまぜにしてくれる、あるいはごちゃまぜのままにしてくれる限られたメディアがラジオなのではないでしょうか」

といった具合だ。こんな内容を、少しずつ変化を加えながらあちこちで話していた。そう、これまで述べてきたような、日頃から頭の中にある考えを述べていたら、そっくりそのままラジオに転用できたというわけだ。

ヤクザばりの恫喝

番組には30分近いインタビューコーナーがあり、比較的、自分の意向を反映したゲストを呼ぶことができるのだが、番組開始から1カ月後、東海テレビのプロデューサー・阿武野勝彦が登場した。『ヤクザと憲法』『人生フルーツ』『眠る村』『さよならテレビ』などのドキュメンタリー作品を手がけてきた阿武野に聞きたかったのは、まさしく本書のテーマである「わかりやすさ」についてだ。東海テレビのドキュメンタリー作品は、善悪を決めこまない姿勢が通底している。「どっち?」という疑問を始点にしない。結論にもしない。被写体と制作者の双方を揺さぶりながら、揺さぶったまま終わっていく。『ヤクザと憲法』は、大阪の暴力団・二代目清勇会の事務所に潜入したドキュメンタリー。見始めてすぐに感じる、潜入できたことへの驚きはやがて薄れ、いつしか、憲法14条・法の下の平等「すべて国民は、(……)社会的身分又は門地により(中略)、差別されない」が、むしろヤクザのほうから浮上してくる。ヤクザは銀行口座を開けない。給食費を引き落としにしている学校では、自分の子どもだけが現金で給食費を持っていくことになる。当然、家の事情がバレてしまう。ヤクザに、そしてヤクザの子どもに人権はないのか、との問いが浮上する。密着取材を受けた暴力団の会長が言う。

「人権を盾にとって、ヤクザに人権ないんかって言うてるだけであってね。ヤクザと人権って並列させたら、なんか難しい問題になるけどやね、ほんなら我々に人権ないんかって反論してるだけのことでね。実害あるから、こないして声上げるだけで、別に同情してくれっていうんやない。事実を知ってくれっていうことや。それで個々の人が判断してくれたらええことやから」(東海テレビ取材班『ヤクザと憲法「暴排条例」は何を守るのか』岩波書店)

常識が生む善悪がゆっくりと反転していくが、作り手が、そうやって反転させることを狙っていたわけではない。むしろ、「まずは、彼らの日常から何かを感じてもらうこと。その先に憲法ということについて考える機会があればなおさらうれしい」「後付けですけどね……」と牽制する。この作品が映画公開されるにあたって、あるニュースサイトに映画のレビュー原稿を書いたところ、編集部から「場合によっては暴対法の精神そのものへの疑義を呈していると受け取られかねない」とのメールが来て、一方的に掲載中止を通達されたことがある。こちらに相談することもなく掲載不可を決めた編集部の姿勢に愕然とし、その後は仕事をしないことを決めた。まったく解せないのは、この映画が「暴対法の精神そのものへの疑義を呈している」映画であり、だからこそ答えを一つに絞らずに凝視する必要にかられたのだが、もしかしたらマズイかもしれない、程度の判断で勝手に潰されてしまう。入り口の時点での議論を、掲載見送りの結論に使う判断に落胆したのだが、この手の忖度に私たちはもう慣れてしまった。

阿武野はとにかく「同情に落とし込んではいけない」「わかりやすく作ろうとしない」ことを信条としてきたと語る。作品を見た同僚から「わかりやすかったよ」と言われるとショックを受け、「何が言いたいかわからない」と言われると「(この作品は)あたった」と思うのだという。わかりやすいことは価値の高いことではなく、むしろ、心に届かなかったということではないのか、「すぐにわからなくてもいい状態においておく、それが人間の能力としてあるのではないか」との指摘に頷いた。「意味わかる」と「意味不明」が混在するものを解決せずに持ち運ぶ姿勢が、いわゆるポップな紹介文では「タブーに挑む」といったスローガンに変換される。その変換に慣れたくない。自分には消化できないものを、受け入れ難いもの、過激なものとして脳内で咀嚼(そしゃく)し、流布させることには警戒が必要だ。ヤクザの存在を受け入れられない。だが、自分が受け入れられないとしてきたヤクザの内実を知ると、簡単に「受け入れられない」とは言い切れない実態がいくつもあった。一体これは何なんだと不安になり、「すぐにわからなくてもいい状態」を捨てたくなる。答えが欲しい。その状態が残ることを怖がるようにもなる。「意味不明」の状態に、ヤクザばりに恫喝して「意味」を付与するのである。そのままにしておく、断片のまま泳がせておくのを煙たがるあまり、わからなくてもいい状態が、すっかり苦手になっている。私とあなたの意識のズレを埋めようとする。別にそれは埋めなくてもいいのではないか。

齟齬を嚙みしめる

古い本を引っ張り出す。蓮實重彥『齟齬(そご)の誘惑』(東京大学出版会)なる一冊がある。このタイトルについて、そして内容について、このように記している。

『何かを理解したかのような気分』と何かを理解することとを隔てている距離を、あえて視界に浮上させようとする目的がそこにこめられているというべきかもしれません。社会は、『齟齬の誘惑』にみちているからこそ社会なのであり、『齟齬の誘惑』をたちきるあらゆる身振りは、他者とともにあるかのごとき錯覚の共有にしか貢献しないはずです。だが、知性は、そのことをいまなお記憶しているでしょうか」

本書の冒頭には1999年4月12日に行われた東京大学入学式式辞が「齟齬感と違和感と隔たりの意識」と題されて収録されており、世界で生じている様々な混乱について、「そうした混乱のほとんどは、ごく単純な二項対立をとりあえず想定し、それが対立概念として成立するか否かの検証を放棄し、その一方に優位を認めずにはおかない性急な姿勢がもたらすものです。そうした姿勢は、それが当然だというかのように、他方の終焉を宣言することで事態の決着をはかろうとする」とある。私たちが現在受け止める言葉の多くは、氏の言う「性急な姿勢」によってもたらされるものばかりになった。「スッキリ!!」や「一気にわかる!」から解き放たれ、「齟齬」や「混在」を獲得するためには、どういう方法が残されているのだろう。

先日、とある高校から、授業をしてほしいとの依頼を受けた。いわゆる講演ではなく、課題に取り組んでもらう形式の授業だったので、テーマを「違和感」として、数人のグループで話し合ってもらい、自分たちの中にある違和感について提出物を作成してほしいとの流れにした。教壇の上から見ていると、とにかくやるべきことを察知する能力が高く、協調性も高い。自分の意見を主張しない生徒が多いと聞いていたから、そんなことないじゃん、と安堵する。グループの中で、提出するものを絞るために議論していく。提出した生徒の一人に「これをみんなに見られる、読まれるのって、恥ずかしいみたいな気持ちってある？」と雑な質問をしてしまう。生徒の答えは「グループのみんなが全員共感してくれたので、大丈夫だと思います」。思わず「えっ」と声に出してしまう。全員のＯＫが出ているので自分的には問題ないとするスムーズさに、やっぱりこういうものなのかと落胆しつつ、自分の読みが当たった安堵が混じり、複雑な心境に至る。

以前、劇作家・平田オリザとの対談で「冗長率」という言葉から議論を展開したことを思い出す。平田のいう「冗長率」とは「一つの文章の中に意味伝達とは関係ない無駄な言葉がどのくらい含まれているのかを数値で表したもの」。齟齬や混在とも近しい言葉だろう。こんな話をしていた。

平田　僕が、今やっているコミュニケーション教育の最大の目的の一つは、「うまく話の腰を折る」ということです。そこで冗長率は重要なんです。「おっしゃることはわかるんですけど……」という相手の意見を一度取り入れた上での言い方と、「それはちがいますよね」という最初から突き返してしまう言い方は伝わり方が違うわけじゃないですか。

武田　違いますね。
平田　本当にロジカルに突き詰めて話の腰を折ると、険悪になってしまう。世の中にはうまく話の腰を折る人と、いらつかせる人がいて、どうせならうまく話の腰を折った方がいい。
学校教育は、ヨーロッパでうまくいった方法を、日本語の特性を考えずにそのまま直輸入するから、戸惑う人が生まれてしまうんです。
今の教育だと、40人クラスのうち37人がコミュニケーションを嫌いになってしまいます。（「サイボウズ式」対談「インターン大学生の疑問」２０１８年4月5日）

うまく話の腰を折る、というのは、解決しているように思わせて、実のところ、さらなる混在、齟齬に誘い出している言葉でもある。だからこそ「違和感」というテーマについて、全員が「共感」してくれたという理由で提出してくる感じってなんだか怖い。齟齬がない。混在がない。授業終了後、何人かの生徒と雑談したが、丁寧に「授業、楽しかったです」と言ってくれる。そう言われてたちまち上機嫌になるこちらも情けないが、多くの生徒が立ち去った後で、それまでずっと静かにしていた女子学生が小さな声で、「今日の授業だと、アクティブな人たちは楽しいんですが……」とつぶやく。「違和感をみんなで語る、ということの違和感」を抱えていた人がいたことに授業の終了後にようやく気づく。学校側が自分の授業をどう評価したのかは定かではないけれど、それなりに応えなければならない、という頭が最後まで残っていた。結局、それを優先してしまっていた。枠組みの中で結果を出す、ということを繰り返していると、「池上彰には曖昧なところが一つもない。シンプルにして深い」（見城徹・前章参照）と同じような視座で多様な考えを交通整理してしまう。この交通整理に加担せずに「すぐにわからなくてもいい状態においておく」ことが必要なのに。

「一つの対象であれ、一つの現象であれ、あらゆる事態には変化する側面と変化しない側面とがそなわっており、その機能と構造とを把握するには、一方の見せかけの優位に惑わされることなく、総体的な判断へと知性を導くゆるやかで複合的な視点が必要とされているはずです」

再び前掲の蓮實の著作より引いた。毎週ラジオを終えると、あれを言うべきだった、こっちの視点からも捉えるべきだったと反省点が複数浮上する。ラジオはよく「ながら聞き」されると言われるけれど、「ながら」って、とても有機的な状態だ。受け取るか受け取らないか、発信するほうも、受け取るほうも予想がつかない瞬間が続く。今、「見せかけの優位」を作るのは単純化であり共感化。何が言いたいのかよくわからなかったという状態を嚙みしめながら複合的な視点を残せば、その見せかけの優位から逃れられる。

いま思うこと

ますます「冗長性」に欠ける社会だ。意見がまとまらない状態がネガティブなものとして語られている。「それって、こういうことですよね」に対して、「いや、どうでしょうか、こうじゃないですかね？」が、意見表明ではなく、反旗に位置付けられるとグッタリする。もっと、齟齬を当たり前にしたい。

19 偶然は自分のもの

新しい波に素早く名前をつける選手権

今に始まったことではないのだが、注目され始めた物事に対して、すぐに意味を過剰に投与して現象化させようとする人への警戒心が足りないように思う。思いついた3カ月後には新書本として書店に並んでいるような素早さ・気軽さは、ちょっとした特集をいつでも欲しているワイドショーなどと相性が良く、たとえば「男子」についてならば、「女子力男子」や「ママっ子男子」を同じ人が広めていたりする。直接的なのか間接的なのかは知らないが、次のなんかないっすかね、という要請を続けて、こんなんどうっすかね、と提出され続けていく。そんな感じがする、くらいの思いつきに対し、サンプルを3つくらい用意しながら補強し、今、これがキテると宣言する。本一冊分をそれで書き上げる筆力に唸(うな)るのだが、その唸りの成分は当然、おおよそ皮肉であって、同業者として見習おうとは思わない。

駅前で泥酔している人を捕まえ、その駅や街の特徴を面白おかしく喋ってもらう。テレビのバラエティ番組でずっと続いてきた手法だ。駅のロータリーに座るオッサンが「こんな街、アル中とギャンブル好きしかいないよ！」と吐き捨てたものを「アル中とギャンブル依存の街・〇〇‼」と打ち出すことで笑いを広げていく。この手の決めつけは、そんなことはないという頭をそれなりに残しながら楽しむことができるものの、ありとあらゆる「言ったもん勝ち」を適宜摘発していくことって簡単ではない。しばし黙っていれば次の現象が出現するし、新たな現象が愛でられる時に、その一つ前や二つ前の現象の詳細なんて忘れられている。作り出すほうは、その気軽さを知っている。

たとえば「令和」フィーバーはどうだろう。そもそも存在感が薄くなってきた元号、今回は崩御を受けての改元ではないから思いっきり騒いでいいらしい、と拡大解釈した人たちが、改元フィーバーを演出した。編著を務めた『妻のトリセツ』（講談社＋α新書）がベストセラーとなった黒川伊保子（感性リサーチ代表取締役）が、新元号が「令和」に決定してすぐ、日経ＭＪ（２０１９年４月３日）のインタビューで「令和」についてこのように述べている。

「和（ワ）は人とつながるイメージや躍動感を作り出す。レイワと発音することで華麗さと躍動感が強調される。消費者心理も上向いて経済効果はプラスに働くだろう。華麗でクールなイメージを陽動するので、高級品が売れるのではないか」

大騒ぎの中では、こういった思いつきのプレゼンがそのまま通過していく。レイワと発音することで華麗さと躍動感が強調される、って一体何事だろうか。いや、何事でもなくていいのだ。そんな感じがすれば、それでいいのだ。2019年のゴールデンウィークは改元にあわせる形で超大型の10連休となり、政権を運営する人々はこの休みを活かして、統計不正をはじめとした諸問題を国民に忘れてもらおうと試みたし、とにかく非正規労働者が増えた平成の後半を軽視するように、あくまでも正社員に向けた10連休で景気を活性化させようとした。10連休を悪政の一種と捉えていたが、「レイワ」という発音によって、そういう懸念を飛び越え、「高級品が売れるのではないか」と言う。実際にこのゴールデンウィーク中の百貨店大手4社の売上高がどうだったかといえば、前年の同時期に比べ、伸び率は1割に満たず、大幅アップとはならなかった。誰しも予測を外すことがあるし、実際の的中率で論旨の価値を定めるべきではないものの、「令和」の響きから「高級品が売れる」とした予測は、外れたことを問われぬまま、放置されていく。

日々を積み重ねていれば新しいことって生まれ続けるのだから、その波をキャッチし、その波動に名前をつけていけばいい。たちまち現象化する。それが浸透しても、浸透しなくてもいい。また次の波がくるからだ。それを繰り返しているうちに、「新しい波に素早く名前をつける選手権」が開催され、その素早さに対し、いくつものメディアが、とりわけテレビが即物的に反応していく。

黒川の『妻のトリセツ』では、いまだに男脳・女脳なる区分けが重宝されているのだが、川端裕人「『男脳』『女脳』のウソはなぜ、どのように拡散するのか」(「NATIONAL GEOGRAPHIC」)の中にある、「集団Aと集団Bの間に差があると分かった時、それが統計的に『有意』であったとしても、それだけで、集団Aの構成員はこうで、集団Bの構成員はこうだ、とは決めつけられない」「集団間にある分布の違いを明らかにすることと、構成員の個々の特性を明らかにすることは全く違う」という指摘が繰り返し機能する。

分布から傾向を語るのは容易なのだ。分布を見渡し、突出している傾向を拾い上げながら、物語化しつつ、何かに紐付けていく作業を警戒しなければいけない。自分も、ＥＸＩＬＥの面々が繰り返す「〜させていただく」などの過剰な日本語を懐疑的に見るために「ＥＸＩＬＥ化するＪＡＰＡＮ」なる書き方をしたこともある。この手の飛躍は読者に届きやすい。中毒性がある。でも、これを癖にしてはならぬと、肝に銘じてはいる。それっぽく見える方法として最も安直だから、骨子にしてはいけない。自分の見つけた素材を一気に飛躍させる行為に対して自分で慎重にならなければいけない。

『こんまり化する民主主義』

社会学者・本田由紀がTwitter（2019年6月6日）にこのように連投していた。

「私が大学院生だった時の授業で、安易な社会調査の危険性を知るために、あえて変な調査票をつくって実施・分析してみる、という課題があった。実際に、たとえば『あなたはへもへもですか』と『あなたはすっとこが好きですか』との間には相関が出るのである」

「その応用として、まだ実施してはいないが思い描いているのは、『X化するY』のXには具体的な事物（タピオカ、こんまりなど何でも）、Yには何か抽象的なもの（世界、日本、民主主義など何でも）で籤引（くじび）きしてもらい、そのお題で論考をもっともらしい（ママ）書いてもらう、けっこう書けてしまってヤバい、という奴」

『タピオカ化する世界』『こんまり化する民主主義』というタイトルを与えられれば、確かに数千字くらいなら絞り出すことができる。「こんまり」こと近藤麻理恵は片づけコンサルタントとしてアメリカを中心に世界的に人気を博しているが、家に溜まったものを片付けるにあたって、それが本当に自分にとって「ときめく（英語では「Spark Joy」）」ものであるかを判断し、ときめかなければ捨てようと促す。その精神性を、極めて利己的とすることもできる。彼女の態度を世界各国で広まる「自国優先主義」の姿勢となじませてみるのなんて容易だし、いかにもウケそうである。その紐付けをうまいことプレゼンできさえすれば、個性的な書き手の称号を頂戴することができる。「風が吹けば桶屋が儲かる」という慣用句の元となった故事には複数の段階があったが、これをカットして、AならばZ、がもてはやされている。つまり、風が吹いたので桶屋が儲かっている状態にある。

下北沢の書店「B&B」の経営や「八戸ブックセンター」「神保町ブックセンター」などの立ち上げに携わるブック・コーディネーター内沼晋太郎が、『ユリイカ　2019年6月臨時増刊号　総特集　書店の未来　本を愛するすべての人に』に「不便な本屋はあなたをハックしない」という論考を寄稿している。この「不便」と「ハックしない」の関係性は、本屋のみならず、汎用性を持つ思考法ではないか。今や、私たちの情報網を勝手に完成させ、更新してくるGAFA（Google・Amazon.com・Facebook・Apple）だが、これらに体をあずけすぎると、いつのまにか自分の言動が絞り込まれていく。自分のためのおすすめ商品を紹介してくれるありがたさと裏腹に、自分が好む範囲が絞り込まれていることに恐怖を覚える人はまだまだ多い。この用意された便利に浸る環境を「フィルターバブル」と名付けたインターネット活動家、イーライ・パリサーの言葉を引き継ぎながら、内沼は、消費行動が最適化されていく「泡」

を洗い流す「水」の存在が本屋ではないかと指摘する。「ハックされる動物」が水を得るのが本屋なのだと。

「それは『本当の偶然』と言い換えてもよいかもしれない。リアル書店の価値について、よく『検索ではたどり着けない、偶然の出会いがある』と語られる（筆者自身もよくそう話してきた）。本稿のここまでの議論に沿って、その『偶然』をより正確に表現するならば、『実は計算されているが、まるで偶然』ではなく、『本当の偶然』のほうにこそ、リアル書店の価値があるといえる」

アルゴリズムが作り出す「まるで偶然」は「泡」であり、それは結局、単なる便利さになっていくのではないか、とする。作られた偶然に乗っ取られないために、「本当の偶然」という「水」で、「泡」を洗い流す。本屋という空間は、偶然性が常時更新されている稀有な空間である。毎日のように表情が変わる。一つの本と隣り合う本はしょっちゅう別の本になる。書店員が意図して隣り合わせた本である可能性が高いが、では斜め上の本とその本の関係性はどうか。それが意図などない無関係の配置だったとしても、ある人にとっては強固な関係性になり、双方の本を手にするかもしれない。計算された偶然の中に、大量の計算されていない偶然が紛れ込む。自分で偶然を作り出し、手繰り寄せることができる。大切なことは、『こんまり化する民主主義』と目の前に差し出された本をそのまま信じるのではなく、自分の中で、民主主義がこんまり化しているかもしれないと考える主導権を持ち、目の前にある偶然を確保する姿勢である。もしかしたらそうかもしれない、という偶然を、他者に委ねすぎなのではないか。ダイナミックな紐付けも、偶然の演出も、他者が確定したものを欲している。レイワで高級品は売れないのだ。

用意される偶然、自分の偶然

10年以上前、出版社の営業部で書店営業を担当していた頃、自社の既刊本で組んだフェアを書店員に提案するも、その反応は芳しいものではなかった。こちらの生来の無愛想がそうさせた可能性は高いが、大手版元の文庫フェアとは違い、中堅出版社の既刊によるフェアは、いわば、偶然の出会いを低減させてしまう。

ジュンク堂書店難波店の店長・福嶋聡（あきら）は、著書『書店と民主主義　言論のアリーナのために』（人文書院）などで、書店は「闘技場（アリーナ）」であると強調してきたが、闘技場と呼ぶ所以（ゆえん）は偶発性にある。先述の『ユリイカ』の書店特集号で福嶋が、「嶋浩一郎さんの『なぜ本屋に行くとアイデアが生まれるのか』（祥伝社）に書いてあるのですが、人間っていうのは自分の欲望の一割も言語化できてないんですね、言葉にできていない。で言葉にできていないと検索はできないんですが、本屋に行ってある本を見た瞬間にそれが、『あ、これだったんだ』というふうに分かる」と述べている。今、

「まるで偶然」に「本当の偶然」が押されている時代にある。なぜ「まるで偶然」が流行るかといえば、「偶然」というものへの希求というか筋力が低下しているから。本屋に行かない人の言い分として、目当ての本があるかどうかもわからないのに行っても無駄足になるかもしれない、ネットなら確実、というものがある。偶然を他人にあずける人には道理に適っているのだ。

検索できるのは自分の知っていることのみ、とはよく言われる。そうならないよう、検索未満のうっすらとした記憶や興味を、特定の場所を徘徊することによって形にしたい。自分が、新聞を紙面で読むことにこだわっているのはそこに理由があり、毎日送られてくる新聞には、必ず、自分の知らないことが、そしてまったく知りたくもないことが、確実に一定数含まれている。新聞が今の世界を全てフォローできているとは思わないけれど、ああ、こんなにも、まったく自分の知らない世界、興味を持てないジャンル、さほど共感もしない試行錯誤があるのだと知ることに意義がある。理解を示す必要なんてない。そこに、そういうものがあるらしい、と把握することに意味がある。知識にはなっていなくても、知識になりうるものが相当量用意されていると確認する。偶発性をふんだんに用意しておかなければ、唐突な定義に翻弄されてしまう。情報を操作されてしまう。自分から検索サイトを翻弄させるくらいの気持ちで臨まなければ、あちらはこちらに「まるで偶然」を仕掛け続けてくる。

今、この原稿を書きながら、自分が気にしているのは、家の玄関付近で発生している雨漏りのことである。こういう言い方もなんだが、この原稿よりも雨漏りのほうが気になっている。応急処置的にボウルを置いているのだが、ある程度溜まったら流し、再び元に戻している。大家に相談しているが、高齢の大家の体調があまり優れないようでなかなか対応してくれないし、キツく言うのも憚られる。異様な雨漏りというほどの量ではないので、長期間家を空けるようなことさえなければ溢れることはなさそうなのだが、漏れる量が微増している感じがするので厄介だ。原稿を書く手を止めては、雨漏りの様子を見にいく。この原稿を書きながら、雨漏りの様子をチェックする状況は、今、この一回きりのものである。明日になれば別の原稿に着手するし、雨漏りは止まっているかもしれない。酷くなっているかもしれない。原稿を書くことと雨漏りしていることに相関関係はない。ただただ、自分のなかで強固に紐付いているだけである。マンションの階下に迷惑をかけるほどの雨漏りになったら、たちまち原稿どころではなくなる。大家のせいにしながらも謝罪するのだろう。人は常に複合的な要素で動いているが、他者に打ち出す時には絞り出す。その全貌は個人にしかわからないし、個人でさえも全貌を把握しているとは言い難い。

朝日新聞出版から武田砂鉄『雨漏りした日は、原稿を書きなさい』という自己啓発書を出したら、その意外性に興味を持ってくれる人が少しはいるかもしれない。だが、そういう自分の偶然を、適当に他人に提供したものを警戒しなければ、自分なりの偶然が奪われてしまう。そんなものに翻弄されてはいけないのである。

偶然を他人に握らせてはいけない。しつこいけれど、令和の響きで高級品は売れない。でもそう言われて、結局そうでもなかった時に、私たちはもう、検証を怠るようになってしまった。自分たちに提供される、「まるで偶然」の量が増えてくる。それはそもそも偶然の定義を覆しているものであると繰り返し気づきたい。情報に対して受け身になりすぎることによって、思考の幅が萎縮する。あれとこれをこじつける力というのは、あくまでも自分で有していかなければならない。雨漏りを心配しながら書くことになった、という偶発性は自分のものである。それを他人から提供されてはいけないと思うのである。とにかく雨漏りが心配だ。

いま思うこと

『雨漏りした日は、原稿を書きなさい』は売れないだろうが、先日、電車に乗っていたら、『最後はなぜかうまくいくイタリア人』と題した本がベストセラーになっているとの広告を目にした。そんなバカな、と思ったが、そんなバカな、という根源的な疑問を持ってしまったら、こういった本は書かれないし読まれないわけであって、少しは「強気で言ってみる」が自分にも必要なのだろうか。書いているそばから、そうは思っていないのだが。

20 わざと雑にする

「ズレている」ではなく「ズラしている」

前章で心配していた雨漏りだが、いまだに修復していない。というか、自分の意思でそのまま放置している。長かった梅雨がようやく終わり、お馴染みの酷暑が始まれば、台風が直撃しない限りにおいて雨が降らなくなる。当然、雨漏りはしない。毎朝、さすがにそろそろ直してもらうか、とは思うものの、今そこで漏れていない状態を目視してしまうと、「漏れている」状態よりも、「今は漏れていない」状態が、頭の中で一時的に「解決済み」に変換されてしまう。自分で自分に嘘をつき続ける。

この手の強引な変換には二段階ある。「漏れていないと思い込む」と「漏れていないと思い込もうとしている意識を保つ」だ。後者の状態を長いこと続けていると、いつしか前者にアップグレードされる。あまりに都合のよい変節である。かつての恋人を「もう、あの人のことなんて忘れたから」と言い切っている人を見かけると、性格のひん曲がった自分は「えっ、それって、覚えているってことじゃない？」とついつい言ってしまい、相手は顔をしかめるのだが、「本当に忘れる」って、なかなか大変なことなのである。今、誰かから「で、雨漏りはどうなったの？」と聞かれれば、「梅雨も終わったし、気にしていないよ」と答えるだろうが、実際には、「気にしないようにする意識を持ち続けている」のである。それってつまり、気にしているのである。

自分で思い込むようにする。自分で気にしないようにする。こういう状態って、他人には説明しにくい。他人から聞かれれば「漏れていない」「気にしていない」と答える。自分の中の認識と他者へのプレゼンがズレている時って、本来、このまま放置してはいけないと考えるべき。今回の自分の場合なら、いち早く雨漏りしてしまう状態を直視し、直してもらわなければいけない。でも、今日もまた、「気にしていない」と思い続けている。ズレを認めたくないのだ。

本書は「見切り発車」で書いているので、どんな内容になるかはパソコンの前に座るまでわからないのだが、国際芸術祭「あいちトリエンナーレ２０１９」で開催されていた「表現の不自由展・その後」が中止になった件についての意見が五月雨式に流れてくる現在、これに触れざるをえない。もし、この原稿が掲載される段階で、すっかり過去の事案となっているのならば、その忘却のスピードは異様。もはや、事のあらましを事細かに説明する必要はないだろう（追記：結果としてこの事案は「わかりやすさ」を巡る本書の論議を吸い取り、様々な形で吐き出す事案になったと思う）。「平和の少女像」など、様々な場所で展示を拒否された作品を集め、改めて表現の自由を問う企画展が、京都アニメーション放火事件を匂わせる「ガソリン携行缶を持っていく」というファクスなどの脅迫が重なったこと、事務局への抗議電話が殺到したことなどを受けて、開幕からわずか3日で中止に追い込まれた。

まず、この作品は慰安婦像ではなく、「平和の少女像」。作者の韓国人彫刻家夫妻は「決して『反日』ではない。伝えたいのは二度と同じ過ちを繰り返さないという決意、約束だ」（神奈川新聞・2019年8月7日）と述べている。ならば、こちらはまず、害を加えた過去を受け止めるところから始めるべきだが、公権力がその機会を強引に奪い取るという異様な事態となった。「天皇陛下のお顔を焼くなんて展示が自由に許されるわけがない」（河村たかし・名古屋市長）と言われた大浦信行の作品『遠近を抱えて』は、１９８６年の富山県立近代美術館主催「86富山の美術」で展示されたものの、右翼団体の抗議を受け、図録とともに非公開になり、美術館が作品を売却し、図録を焼却処分された経緯がある。大浦はこの作品について「『心の問題としての自画像』ですね。なんかこう、心の中の変化・変遷してゆく自分を描きたい、と。そう考えている時に、天皇と自己を重ね合わせることを思いついたんです。自分の中に無意識にあるだろう〝内なる天皇〟というイメージ」(「美術家・大浦信行さんと天皇コラージュ事件」『創』2019年8月6日配信)と答えている。焼却処分された経緯や作者の考えを踏まえた上で異議をぶつけるわけではなく、単に「天皇陛下のお顔を焼く」としか理解されていない。

これらの展示を「自国ヘイト作品」と位置付けたのは、このところ愛国を自称する方面から持ち上げられているタレント・つるの剛士(たけし)。作者の意図を知ると、この場合の「自国」は「日本」ではなく「大日本帝国」になってしまうが、別にそれでもいいと考えるのが彼らなのだろうか。だとするならば、今、この国を愛する行為からは圧倒的に遠くなる。芸術監督を務めた津田大介に覚悟が足りなかったとか、公的なお金が出ているのにそんな展示をするのはいかがなものか、といった意見が噴出したが、真っ先に問わなければならないのは、中止に追い込む声を噴出させるきっかけを作った首長たちの勢いまかせの発言に違いない。彼らの意見は、「ズレている」のではなく、「ズラしている」ものだったし、「思い込む」のではなく、「思い込もうとしている意識」から発せられたものだった。とっても悪質である。

表現することって難しいっすよね

「ガソリン携行缶を持っていく」とのファクスを流していた59歳の男性が逮捕された

が、彼は韓国に対する差別的な発言を日常的に繰り返しており、供述で「少女像の展示が気に入らなかった」と述べ、ファクスの中でも「史実でもねえ人形展示」と記載していた。

史実でもねえ、はずがないのだが、「気に入らなかった」という感情が史実よりも優先されていたのはこの男性だけではなく、反対の声が溢れるきっかけを作った名古屋市・河村たかし市長と大阪市・松井一郎市長の言動も同様。今回、「表現の自由」をめぐる討議があちこちで勃発したが、討議に持ち込む前に、度重なる感情的な発言によってズラそうとする彼らの意識がこの件を大きくした事実に立ち返らないといけない。

まず、河村市長。彼は記者会見で、展示について「日本人の心を踏みにじるようなもの」と決めつけた。そして、インターネットを中心に、企画展に対する批判や、主催者側への抗議の電話が殺到していることについて、「それこそ表現の自由じゃないですか。自分の思ったことを堂々と言えばいい」と煽（あお）った。

そして、大阪市の松井市長。彼は、少女像について「表現の自由とはいえ、事実とあまりに懸け離れている単なる誹謗（ひぼう）中傷的な作品」と批判し、「強制連行された慰安婦はいません。あの像は強制連行され、拉致監禁されて性奴隷として扱われた慰安婦を象徴するもので、それは全くのデマだと思っている」と述べた。この二人の首長の声が、今回の騒動を大きくした。ちなみに、外務省のHPには、「日本政府」という主語を用いて、このように掲載されている。

「日本政府としては、慰安婦問題が多数の女性の名誉と尊厳を深く傷つけた問題であると認識しています。政府は、これまで官房長官談話や総理の手紙の発出等で、慰安婦として数多の苦痛を経験され、心身にわたり癒しがたい傷を負われたすべての方々に対し、心からお詫びと反省の気持ちを申し上げてきました」

「2015年8月14日の内閣総理大臣談話においては、戦場の陰には、深く名誉と尊厳を傷つけられた女性たちがいたことも、忘れてはなりませんとした上で、20世紀において、戦時下、多くの女性たちの尊厳や名誉が深く傷つけられた過去を胸に刻み続け、21世紀こそ、女性の人権が傷つけられることのない世紀とするため、世界をリードしていくとの決意が述べられています」

河村市長と松井市長は、こういった見解を慎重に論議することをしない。河村市長は「レセプションで『実は慰安婦像が展示される』と言われて、その時に知った」と述べているが、先に紹介したようにこれは「平和の少女像」。作者に向き合わずに、思い込みで憤る。こうして、彼らの「気に食わん」から始まった反対意見が膨らみ、最終的に中止の判断が下された。つまり、この件について議論するならば、まずは彼らの「気に食わん」が、あまりに低い精度で放たれていることを指摘し続ければいけない。政府はこの二人の首長を問い詰める必要があった。

この件に限らず、今の世の中、「えっ、だって、そうでしょう?」という声に弱い。「だって、そうでしょう?」という疑問形が、おおよそ「だって、そうでしょう!」として機能する。相手が即答できなければ、たちまち論破したことになり、オレはアイツを打ち負かしたんだぜ、という実績として積み上げられていく。しかし、その打ち負かしの成分は、理論ではなく、思い込みなのである。

「史実でもねえ人形展示」というファクスなどで脅す行為があったことについて、菅義偉官房長官は「一般論で言えば、暴力や脅迫はあってはならないことだ」と述べた。なぜ、「一般論で言えば」が必要なのだろう。2012年に発表された自民党の日本国憲法改正草案では、21条・表現の自由について、「公益及び公の秩序を害することを目的とした活動を行い、並びにそれを目的として結社をすることは、認められない」とした。この場合の「公益」や「公の秩序」の範囲は具体的に明示されていない。共謀罪の適用範囲について議論が交わされている最中、ある集団が共謀罪の適用になるかどうか、どうやって見分けるのでしょう、たとえば、花見に来ているのか、犯罪の下見に来ているのかはわからないですよね、との問いに「花見であればビールや弁当を持っているのに対し、(犯罪行為の)下見であれば地図や双眼鏡、メモ帳などを持っているという外形的事情がありうる」という珍判断を下したのは金田勝年法務大臣(当時）だが、あの時のような困惑顔を向ける必要がある。なぜって、「気に食わん」と繰り返していたら、展示が中止されちゃったのである。「津田大介の覚悟が足りなかった」と指摘するかどうかって、考えるべきお題の順番から言えば四番目か五番目くらいに決まっている（そもそも芸術祭を執り行うにあたって、ガソリンを撒き散らすといった脅しにあらかじめ対応しておく覚悟を求める社会があるならば、その社会がおかしい）。

まず問うべきは、首長の発言、その精度だ。彼らは、自分の意見が極端であることくらいわかっているはずである。自分の意見に、「それはズレている」とぶつけられることをわかっている。意識的にズラしているのである。自分たちが気に入らない作品を撤去したいだけなのに、思想的に偏向しているアートに公金を使う必要なんてないのではないでしょうか、と言い立てる。河村市長は「税金を使っているから、あたかも日本国全体がこれを認めたように見える」と述べたが、この論理でいけば、図書館に所蔵されている本は、すべて行政の指針に準じていなければならないのだから、たとえば、指針に準じていないことを記している自分の本は所蔵されなくなる。公権力が、表現について判別するって、そういうことである。公的なお金が出ているから、その意向に沿わないことをやってはいけない、という考えってあまりに危険だ。論証せずに、わざと雑なままにして、事を大きくしている。

この件では、たくさんの意見が飛び交った。いまや、ワイドショー番組に出演する芸人が、なんでもかんでも面白おかしく嚙み砕く行為に慣れてしまったが、たとえば、お笑いコンビ・インディアンスの田渕章裕はこう述べている。「ある人は芸術だと思って見るが、ある人は芸術ではないと思って見るということは多々あると思う。過去にライブで〝どうも菅田将暉(すだまさき)です〟とボケたら、ファンの方にすごく怒られたことがある。『ボケでも言わないで。違うから』『ボケは分かるが言って欲しくない』と。これは、芸術かもしれないが芸術として出して欲しくないという意見と一緒かなと感じる。(そういった反応は想定していなく)『どこがやねん』って言ってくれると思った」(「AbemaTimes」/『Abema Prime』2019年8月9日放送の書き起こし記事)。どんなことでも、「こうではないか」と思ったことについて、「そうではない」と思う人がいる。だから、表現することって難しいっすよね、ではではまた、という帰結に向かう。でも、それを帰結にしてはいけないはずなのである。あまりに雑だ。

「わかりやすさ」が「雑」を生む

こうやってわざと雑にしておくと、あらかじめ与えられている立場や、声の大きさによって、勝敗が決まってしまう。もうひとつ、顕著な例をあげておきたい。東京都の小池百合子知事は、関東大震災の発生後に虐殺された朝鮮人犠牲者の追悼式について、2017年から3年連続で追悼文の送付を見送った。追悼式を主催する市民団体が都庁を訪れ、「オリンピック・パラリンピックの開催都市として、平和、友好、安全の都市を目指している今だからこそ、もう一回、知事に立ち止まって考えてもらいたい」と署名を提出したものの、小池知事は、追悼式と同じ日に開かれる大法要で、すべての犠牲者に追悼の意を表しているとの考えを崩さなかった。東京都のウェブサイト「知事の部屋」の記者会見（２０１９年８月９日）の文字起こしにはこのようなやりとりがある。

記者　共同通信の清です。毎年９月１日に開かれている関東大震災の朝鮮人犠牲者追悼式なんですけれども、これに追悼文を寄せられるご予定はありますでしょうか。

知事　昨年と同様で、その予定はございません。

記者　理由をお聞かせ願えますか。

知事　それは毎年申し上げてるとおりでございまして、毎年９月と３月に横網町の公園内の慰霊堂で開かれる大法要で、関東大震災、そしてまた、さきの大戦の犠牲となられた全ての方々への哀悼の意を表しております。大きな災害で犠牲になられた方々、そして、それに続いて、様々な事情で犠牲になられた方、これらの全ての方々に対しての慰霊という、その気持ちには変わりがないということでございます。

ひっくるめて追悼しますんで、という。そんなの無理だ。震災で亡くなった人と、虐殺によって亡くなった人を一緒にする。「朝鮮人が暴動を起こしている」という流言によって殺された人たちがいる。いくらでも記録が残っている。それを直視しない方法を考えた結果、一緒くたにしてみせた。加藤直樹『TRICK「朝鮮人虐殺」をなかったことにしたい人たち』（ころから）に詳しいが、このところ、書籍やネットに、震災後、「虐殺はなかった」「本当に暴動を起こした」との主張が拡散されるようになってしまった。この流布によって、「諸説あってはいけないのですか?」「悪いことをした朝鮮人もいた」などの声が増幅していく。小池知事はなぜ、こんなに雑な判断をするのか。わざと雑にしているのである。わざと雑にしておくことで、極端な意見がすくすくと育っていく。育っていく様子を放置する。

いちいちしっかりと考えることを放棄してはいけない。それを人に言うと、あるいは、こうして書き記すと、たちまち説教っぽくなる。わかってるよそんなこと、と返される。でも、それを言わないと、「雑」がはびこってしまう。雑でいいんだよ、言いたいこと言っちゃえばいいんだよ、と公権力が率先してバラまいていく。これも表現の自由だろ、なんて嗤（わら）いながら。本稿のテーマである「わかりやすいこと」と「雑に考えること」って相反するように思えるけれど、この2つは時に共犯関係になる。雑に考える土壌が整えば整うほど、その中で、強い意見、味付けの濃い意見がはびこる。雑にしていくことで培養されていくわかりやすさは、積み重ねられた論議を一気に無効化させる。今回の「表現の不自由展・その後」の中止は、その典型例になってしまった。河村市長・松井市長の発言が事細かに論証されることなく、わかりやすい主張として通過する。これぞ、「雑」の危うさである。そもそも議論のテーブルに乗っけてはいけないものが乗っかったことを繰り返し問題視しなければいけないのに、それをするメディアは極めて少なかった。いつのまにか彼らの戯言が、主張として育っていった。「雑」が「わかりやすさ」を生み、「わかりやすさ」が「雑」を生む、この仲睦まじさから、表現の自由を公権力が制限するという極めて悪しき例が生まれてしまった。「わざと雑にする」、これは今の公権力を見定めるにあたり、強く意識しておかなければならない態度だ。

いま思うこと

この章で登場する河村市長、２０２３年10月には、作家・百田尚樹が代表を務める政治団体「日本保守党」の共同代表に就任した。重点政策項目にある「日本の国体、伝統文化を守る」について、記者から「国体を守るというのは、戦前回帰では」と問われると、「あれがいかん、これがいかんと言っていたらできーせんよ」と答えたそうだ。これぞ「わざと雑にする」の真骨頂である。これまでの歴史を検証しなければならない立場が、「できーせんよ」で終わらせようとするのだ。こんな見解と付き合わなければいけないのが悲しいが、付き合わないとどこまでも「雑」に暴走するのだ。

21 そんなこと言ってないのに

あっちもやっているからいいじゃん

前章で、「雑」が「わかりやすさ」を生み、「わかりやすさ」が「雑」を生む、その仲睦まじさによって表現の自由を公権力が制限するという事例を作ったのが「あいちトリエンナーレ２０１９」の「表現の不自由展・その後」ではないかと記したが、その「雑」は膨張し続けた。どこで覚えたか知らないが、そういった雑な文句に必ず付随してくるのが「ダブルスタンダード（二重基準）」というやつで、トリエンナーレの時に「表現の自由を守れ」と大騒ぎしていた連中が、隣国への乱暴な言葉を見かけると規制しようとするのって、ダブルスタンダードだよね、なんて使われ方をする。

大量のコピペが発覚、ネット等で指摘された点を重版時に修正したにもかかわらず、いつまでも訂正表をつけようとしない一冊として知られる百田尚樹『日本国紀』（幻冬舎）の編集者でもあるジャーナリスト・有本香は、『週刊ポスト』（２０１９年9月13日号）が「韓国なんて要らない」との特集を組み、批判を受けていることについて、「愛知県で開催中の国際芸術祭『あいちトリエンナーレ』の件では、『表現の自由は絶対不可侵！』と叫んでいた。ネット上では、『韓国のこととなると途端に二重基準を持ち出す、いつもの人たち』と失笑を買っている。匿名の『保育園落ちた日本死ね』というネット投稿は、『流行語大賞（２０１６年）』にまつりあげ、一週刊誌の『韓国なんて要らない』という見出しは『ヘイトだ、差別扇動だ！』と袋だたき。こんなアカラサマな、それこそ日本差別の扇動がいつまでも通るはずないではないか」（夕刊フジ・２０１９年9月6日）と書いた。

　そうか、そんなところから説明をしなければいけないのかと落胆しつつ、落胆したままだからこそ彼女らは「論破」と言い始めたりするので、説明しなければいけない。「保育園落ちた日本死ね!!!」は、「一億総活躍社会」と謳っているくせに、子どもを保育園に入れることもできない社会に対し、「どうすんだよ私活躍出来ねーじゃねーか」などと怒りを爆発させたブログだった。ネットを中心に共感の声があがると、国会でも取り上げられ、このブログについて国会で問われた安倍晋三首相は「匿名である以上、実際に起こっているのか確認しようがない」と回避し、与党議員からは「誰が書いたんだよ」「本人を出せ」などのヤジが飛んだ。不寛容な政治家とは誰かを一発で表出させたブログにもなったが、日本に住む人が自分たちの国の姿勢に対して物申す痛切な言葉として広まっていった。で、そっちがいいんだったら、「韓国なんて要らない」という見出しだっていいだろう、というのである。自国批判と他国批判はベクトルが異なる。これを等しく扱えというのは無理がある。無理があることを力強く言い切っちゃう態度で人気を博しているわけだが、その雑な設定と雑な論旨の掛け合わせに簡単に頷（うなず）いてはいけない。

「韓国なんて要らない」特集の中には、韓国人の「10人に1人は治療が必要」という韓国の学者の論文を載せつつ、「怒りを抑えられない『韓国人という病理』」との記事が組まれていた。韓国の政治姿勢に向かう批判ではなく、「特定の人種」をいたずらに批判する、あってはならない記事である。「怒りを抑えられない〜」の記事では、「彼らはなぜ、あれほど過激に怒りを露わにするのか」というイントロから韓国の学者の論文を取り上げつつ、それを膨らます形で、日本の評論家が、韓国人の中には「身なりのきちんとした大企業の管理職が、突然キレて暴れることも珍しくない」などと述べたり、地の文で、飲食店でガソリンを撒いて放火した事件や、川でバラバラ遺体が見つかった事件の原因について「間欠性爆発性障害」だとした。韓国で報じられたもの、という前提を用意しながら、日本人の評論家の言葉を使って「韓国人の激情的な言動」が危ういと肉付けしていく。なお、公益財団法人「日本学校保健会」にある記事を見ると、日本人のうち一生の間にうつ病、不安症などにかかる人の割合は18％、5人に1人が何らかの精神疾患にかかるという研究結果が記されている。『週刊ポスト』の記事は、精神疾患の方への偏見を植え付けることにもなる差別的表現に満ちた記事である。

『週刊ポスト』の特集が問題視されると、『週刊ポスト』編集部はコメントを出し、「特集『韓国なんて要らない！』は、混迷する日韓関係について様々な観点からシミュレーションしたものですが、多くのご意見、ご批判をいただきました。なかでも、『怒りを抑えられない「韓国人という病理」』記事に関しては、韓国で発表・報道された論文を基にしたものとはいえ、誤解を広めかねず、配慮に欠けておりました。お詫びするとともに、他のご意見と合わせ、真摯に受け止めて参ります」とした。「誤解を広めかねず、配慮に欠けている」という自覚によって、お詫びをしたものの、回収をすることなどなく、そのまま販売を続けた。どのように誤解を広めたのか、配慮に欠けていたのかを検証する必要があるが、放置されたままだ。

教科書的なことを言えば、ジャーナリズムというのは、マジョリティに乗っかるのではなく、マイノリティの声を引き受けながら、ものを考えなければいけない。日本社会には多くの韓国人、そして在日コリアンが暮らしている。こういった記事を見て、彼らがどう思うかを想像しなければいけない。いや、でも、韓国だって「No

Japan」って言ってるじゃん、なんて言う。それに応えなければ「ダブルスタンダード」と言われる。「No Japan」の中には、日本人という属性を雑に扱うものもあるかもしれない。ならば、それも問題視しなければいけない。日本からはその全貌は見えにくい。だからこそ、そこに住む人が中心となって、その雑な声を問う。あっちもやっているからいいじゃん、で終わらせるのはあまりに幼稚だ。

しかし、悪化した関係をさらに悪化させることを優先する人が政治の中枢に居座る。菅義偉官房長官は、9月8日に出演したテレビ朝日の番組で、日韓関係が悪化したことについて「全て韓国に責任があると思っている」と述べた。やっぱり、どこまでも雑だ。この雑が許容され続ける。「出版物が世の中全ての悪いことを無くすことはできないが、人の心に良い方向を生み出す、何らかの小さな種子をまくことはできる。人生の中で大きく実となり、花開く種子をまくという仕事が出版であり、これが当社の理念です」。どこの会社の理念かといえば、小学館の理念である。韓国の味方だとか日本の味方だとか、なんて話ではなく、しんどい思いをする人を少なくするために慎重に言葉を選んでいくのって、日本を素敵な国にする大切な条件だと思うのだがどうなのだろう。それなのに、言葉を放棄することを急ぐ。放棄したほうがわかりやすくなるからである。

「嫌な予感がしたんだよなあ」

そんな最中、わかりやすさに急ぐための雑な放棄に立ち会ったので、具体的に書き残しておきたい。自分が担当しているラジオ番組『ACTION』（TBSラジオ・2019年8月30日）にお笑い芸人・フォーリンラブのバービーさんが登場した。とあるバラエティ番組で見かけた彼女の自宅訪問の映像に本棚がチラッと映り込み、その中身はジェンダー関連やインド哲学など、なかなか強いこだわりを感じさせるものだった。その人となりを聞こうとゲストにお招きしたところ、女性芸人としての葛藤をじっくりと語ってくださり、大きな反響を呼んだ。

話題の中心になったのは「自虐」だ。以前からインタビューなどで「もう自虐する時代は終わった。自虐をするっていうのは誰かをバカにしてる気持ちがあるからこそ、そういう気持ちが生まれてくるんです」と述べていたことを指摘すると、彼女は、自分が「ブス」だ「デブ」だと言われているのを見た女性からコメントをもらったエピソードを明かし、「私はバービーちゃんがブスと思ってなくて、私と同じくらいだと思ってたのに、それだと私が『デブ』や『ブス』と言われている気がしてすごくショックだった」という発言を受けて、自虐はいけないとの考えを持つようになったと言う。

実にクレバーだなと思ったのは、「自虐してるっていうことは、その物差しを持ってることとじゃないですか。（中略）『全ての人は平等』とか言ってる割に、その自虐の物差しが許されるのはおかしいな」と自問しているところ。武田が、世界で活躍する渡辺直美さんの例を出しながら、コンプレックスを自分で主体的に持つことによって、武器に変換できる場面が増えてきている感じがします、と告げると、彼女は「それが『武器』にさえならなくなるぐらいがベストなのかなとは思いますけども。それさえも、まあ言ってみれば自虐と同じ構造なのかなって思うので。差別の目線が根底にあるから、それが武器になっているだけであって」と返してきた。コンプレックスを自分のものにしたところで、それを提供している以上は自虐の構造に変わりはない。だからこそ自虐と慎重に付き合っていきたいし、段階的に減らしていこうと考えているところである、とのことだった。放送直後からＳＮＳで話題になり、女性芸人に対する抑圧的な映像ばかりを見せられている私たちの中にあるわだかまりを、その中にいる一人が、自身を分析しながらほどこうとしていることに、大きな勇気を感じているようだった。

さて、こういったちょっとした盛り上がりを嗅ぎつけるのがワイドショーというものので、『Live News It!』（フジテレビ系）が取り上げるという。時間をかけて話したことをどのように圧縮するのだろうかと警戒しながら放送されるのを待ったが、早速、テロップ部分に「バービー（35）自虐ネタ封印『差別』『古い』に共感の声」とあるのだから、ため息が止まらない。彼女は一言たりとも「封印」とは言っていない。自虐との付き合い方を考えた時に、これまで通りではいけない、と述べたにすぎない。VTR前、内容を紹介するアナウンサーが「いわゆる定番のネタを封印すると、そのわけが反響を呼んでいます」と述べる。いや、だから、そんなことは言っていない。ラジオのインタビューの模様を、要所のみ紹介するVTRが流れる。スタジオに戻ると、アナウンサーが再び「芸人さんがネタを封印するってすごい覚悟」と言い、コメンテーターとして出演していた女優の久保田磨希が「でも、いろんな角度が物事にはあるので、自分自身は自虐的な人物を演じることをこれからもやっていくであろう、とは思っています。そういう人もいるし、そういう人がいなくなる世界はきっとないだろうから」と述べた。これではまるでバービーが頑固な判断をして、それに対して、そこまで頑なにならなくてもいいのでは、と促しているようにすら聞こえる。久保田が悪いわけではない。ラジオを聞かずにこのワイドショーの映像だけを見れば、そう思うに決まっている。

最初から最後まで「封印」という言葉が躍る。でも、彼女は一度たりとも「封印」とは言っていない。考えをシンプルに主張できることではないからこそ時間をかけて説明してくれたのに、時間がないのでシンプルに紹介します、という媒体が、そもそもの前提を間違えながら伝えやすく加工してしまう。彼女は放送後に「なんだか嫌な予感がしたんだよなあ。いくら懸命に説明しても、欲しい言葉だけを拾いたいんだね。

『自虐ネタを封印』って、私言いました？」とツイートしたが、芸能人が特定の番組の批判をすることを極めて珍しく感じる日本の芸能界にあって、この苦言に覚悟が感じられる。

自分のような仕事は書いた言葉で判断されるが、芸能人はどうしてもイメージによって把握されていく。まったくしんどい職業に思えるが、誤解が発生したら、その誤解をまずは自分で引き受けなければいけない。伝達のされ方が不正確であっても、それについて自分から何かを言うことが難しい。「封印する覚悟」なんて一切表明していないのに、いつのまにか、その覚悟が議論の中心になる。「雑」や「わかりやすさ」の希求が、一切そこに存在していないものを浮上させる。間接的な当事者になっただけなのに、ふつふつと怒りが湧いてくる。だって、議論がでっち上げられたのだ。そういう意味じゃない、受け取られ方が違う、ですらなく、別のものが生まれてくる。

間違っていますよね

「あいちトリエンナーレ」の件でも同じことが起きていたのだと思う。ヘイトスピーチを「憎悪表現」と訳し、いきすぎた悪口が全てそれに該当する、と誤読するのをやめようとしない。法務省作成の啓蒙冊子には「ヘイトスピーチ」について「特定の国の出身の人々を、その出身であることのみを理由に一方的に我が国の社会から追い出そうとしたり、特定の国の出身の人々に一方的に危害を加えようとしたりする内容の言動」とある。だからこそ、「韓国なんて要らない」や「韓国人という病理」という表現はヘイトになる。天皇をモチーフにした作品はヘイトにはならない。これらの基本的事項をあえて壊しながら、「韓国への批判は『ヘイト』、日本を貶めるものは『表現の自由』という倒錯したマスコミの論理に国民が『ノー』を突きつけた」（門田隆将「『表現の不自由展』はヘイトそのものだ」『月刊Hanada』２０１９年10月号）などと書く。その前提が、圧倒的に間違っているのである。

彼らは、自分の思っていることを強要するな、こっちはこう思っていると、「表現の自由」を用いる。「ダブルスタンダードだ」と蹴散らす。近くにいる人たちは、手厳しく言い切るその手の文言に興奮する。でも、そのスタンダードの設置が奇妙なのだ。これはわかりやすさが招いた暴力の形である。対論と思ってはいけない。対論ですらないのである。おそらく、バービーの一件については多くの人が納得してくれるはずだが、その範囲が国家間に拡張すると、納得する度合いが薄まるのではないか。そんなこと言うなんてどうかしている、というツッコミの「そんなこと」が間違っているのである。間違っていますよね、と言わなければ、勝手に設定された舞台の上で、勝手に潰されてしまう。その一回一回が彼らの成功体験として積もっていく。特定の事象に対する大切な感情が、雑な理解によって潰されていく。そういう場面が増え、どこまでもパワフルになっていく現在なのである。

いま思うこと

ヘイトスピーチの議論が繰り返されるたびに、その定義をひっくり返そうとする動きが出てくる。「表現の自由」を使って潰そうとする。ＳＮＳでの誹謗中傷については、開示請求によって損害賠償を命じられるケースも増えてきた。そんなつもりじゃなかった、を真っ先に言い訳として使うのだが、どうにかして、自分の未熟さで乗り越えようと試みる。当初、なぜあんなに乱暴でいられたのかを考えることもせずに。

22 自分に迷わない人たち

雑多な感情を抱えられるのか

というわけで「あいちトリエンナーレ２０１９」に行ってきたのだが、展示が中止された「表現の不自由展・その後」（10月3日に訪問・8日より再開）の会場前にそびえる壁には、「あなたは自由を奪われたことはありますか？　それはどんなものでしたか？」に対する答えを自由に書き記したハガキサイズの紙がいくつも貼り出されていた。ふと目に入ったのは、ある小学2年生が書いたもので、「心のおにごっこ」と題されていた。

「いじめられて、もう他の人と遊びたいと思っても、にげられないじょうきょうでした。それが心のおにごっこです」

自分の心はここから離れたいと思っているのに、そういう状況ではないから、そこにいることしかできなかった。自分の心の中を開放することができない。心がおにごっこしている、という表現にすっかり惹かれてしまう。自分の心はおにごっこしているだろうかと考え込む。おにごっこ状態を確認しても、「いや、そんなことはない。自分の心は落ち着いている」と言い聞かせちゃっているのではないか。自分の心が乱れることを恐れ、乱れを感知したら、それについて考えないようにする。いじめられた小学2年生は、いじめられている自分とそうではない自分の双方を自覚し、それを、心の中で追いかけ回されていると分析した。とても聡明な自己分析に思える。

9月30日に「不自由展」が再開される見込みであることが報じられると、名古屋市・河村たかし市長は「暴力的で大変なこと。表現の自由を著しく侵す」「天皇陛下に敬意を払おうと思っている多くの人たちの表現の自由はどうなるのか。僕の精神では考えられない」と述べた。毎度のことながら意味不明な意見である。一体誰が、どういった形で、敬意を払おうと思っている人の表現の自由を制限したというのだろう。ここでもまた雑な理解のまま「僕の精神」なるものを持ち出してくる。「僕の精神」はご自分のために大切にしてほしい、とは思うものの、僕の精神は、公の精神ではない。みんなの精神ではない。ここで足りない要素は「心のおにごっこ」。自分の乱れた感情を自分で直視せずにばら撒いてしまう。それが、社会にどういった作用をもたらす可能性があるのかを少しも精査しない。

今回のトリエンナーレには「情の時代」というテーマが設けられていた。コンセプトは芸術監督の津田大介名義でこのように記されている。

「われわれの『感情』は、日々さまざまな手段で入手する情報によって揺り動かされる。視聴率や部数を稼ぐために不安を煽り、正義感を焚きつけるマスメディアから、対立相手を攻撃するためであれば誤情報を拡散することも厭わないソーシャルメディアまで、多くの情報が人々を動揺させることを目的として発信されている。

複雑な社会課題を熟議によって合意形成していくのではなく、一つのわかりやすい解答を提示する政治家に支持が集まる状況も同じである。近年、選挙に勝つことだけを目的にしたデータ至上主義の政治が台頭したことで、かつての人文主義的な教養や技芸と深く結びついた統治技術（ars）はすっかり廃れてしまった」

「世界を対立軸で解釈することはたやすい。『わからない』ことは人を不安にさせる。理解できないことに人は耐えることができない。苦難が忍耐を、忍耐が練達を、練達が希望をもたらすことを知りつつ、その手段を取ることをハナから諦め、本来はグレーであるものをシロ・クロはっきり決めつけて処理した方が合理的だと考える人々が増えた」

偶然にも本連載で問いかけてきた議題がいくつも含まれている。個々人に差異があろうとも、それが合理的ではなかろうとも、連帯できるのが人間であるはず。それなのに「情報・感情・なさけ」が多くの問題を作っている。しかし、「情」が生んだ問題を解決するのも「情」なのだ、とする。いざ会場を訪れてこのコンセプトを知ると、河村市長の「僕の精神では考えられない」の強要は、当展示を問う上でもっともだらしがない考えであり、「心のおにごっこ」とした小学2年生は、もっとも展示の狙いを汲み取っていたことになる。

卯城竜太（Chim↑Pom）・松田修による『公の時代』（朝日出版社）には津田大介との鼎談が収録されており、『情の時代』をテーマにすれば、感情を喚起する作品も、情報をモチーフにした作品も、人間にとって大事な憐れみの感情を思い出させる作品も可能になる。みなが感情的になっていることに対して落ち着けとなだめる作品も、いや、感情的になるのは仕方ないという作品も、どっちもOK」と述べた津田に、卯城が「そこで実際、どれだけ本当に雑多な感情を抱えられるのかという部分が、『津田トリエンナーレ』の醍醐味ですね」と応じている。

居場所を与えられてはいけない言葉

河村市長はいつまでも雑多な感情を抱えなかった。抱えようとしなかった。不自由展が再開される前日に「ハフポスト」のインタビュー（2019年10月8日）に応えた河村市長は再開に反対し、「日本人の普通の人の気持ちをハイジャックして。暴力ですよ」「アートの定義がなんだか分かりませんけども、まあ一般的に言ったら一人でも感動したらアートかもしれませんよ、定義はありませんから。（でも）一般的にいう芸術ゆうものではないですわな、普通は」「普通の人が見て、どう思うかですよ」（傍点引用者）と、雑多な感情を抱えることもせずに、自分の感情＝社会の感情であり、一般の感情であり、普通の感情である、と決めつけることで、自身の怒りを正当化し続けた。翌日、会場の愛知芸術文化センターの前に、プラカードを手に約7分間の座り込みをした。権力を持たざる者たちが、権力の横暴に抵抗する手段として、大切に更新してきた座り込みという手法を、あろうことか権力者が真似る。このパフォーマンスが教えてくれたことは、たった7分間ほど座るだけで新聞各紙はそれを「座り込み」と表記する、ということくらいのもの。

こうして雑多な感情が漂うことを許容せず、いつだって自分の力でシンプルにしていく彼の手口が、今回のコンセプトにある『わからない』ことは人を不安にさせる。理解できないことに人は耐えることができない」の絶好のサンプルと化していったのが皮肉である。自身の直情的な感情を雑多な感情の一部とせずに、それを全体化させるために強引な手段に出る。再開された翌日に産経新聞が「主張」欄で「再開を支持する側は、日本が表現の自由を抑圧したり検閲をしたりしようとしていると言い募ることで、日本の評価をおとしめようとするつもりなのか。そう受け止めざるを得ない」

としたこともその一例になるだろうか。あまりに身勝手な受け止め方である。

視野を限定し、雑多であることを認めず、自分にわかりやすく見えているものだけが世界であるとする人たちが国を動かしているというのは、実に怖いことである。そういう社会にあるのに、ひとまず「『みんなちがって、みんないい』、新しい時代の日本に求められるのは、多様性であります。みんなちがって、みんなが横並び、画一的な社会システムの在り方を、根本から見直していく必要があります。多様性を認め合い、全ての人がその個性を活かすことができる」（安倍晋三首相・第200回臨時国会での所信表明演説）と言ってみる。みんなちがって、みんないい、ではなく、俺と違っているから、それはダメ、ばかりが示されている。

以前もエピソードを紹介した「ハライチ」の岩井勇気によるエッセイ『僕の人生には事件が起きない』（新潮社）に、「誰の人生にも事件は起きない。でも決して楽しめない訳ではない」と書いた上で、「平坦な道に見えても地面に頬を擦り付けてよく見てみると、いびつにぐにゃんぐにゃん曲がっていたりする。どんな日常でも楽しめる角度が確実にあるんじゃないかと思っている」と書いていたのが頭に残る。この思考法を常に用意しておく必要がある。これさえあれば、「日本の評価をおとしめようとするつもりなのか。そう受け止めざるを得ない」などという身勝手な主張は生まれない。自分がこう思った、という姿勢の他に、別の見え方もあるのではないか、と考える余地を残しておくのってそんなに難しいことなのだろうか。「あいちトリエンナーレ」の騒動が浮き彫りにしたのは、自分の考え以外にいくらでも異なる考えが存在することを頭の中に用意できる人とそうではない人の、残酷なまでの差異である。そして、用意できない人が公権力を持つ人たちの中に存在している事実だ。平坦な道を歩きながら、わざわざ地面に頬を擦り付けるのは面倒な行為である。でも、いかんせん、それを怠りすぎなのだ。

河村市長が座り込みをした日に、議員辞職をすると言い出したのが、「NHKから国民を守る党」党首の立花孝志である。参議院選挙の比例区で当選したため、辞職すれば、同党の次点候補者が繰り上げ当選となる。自身は参議院埼玉選挙区補欠選挙に臨むのだという。数々の発言が問題視されてきたが、自身のYouTubeでは、世界各国で起きている人口増加への対応について「あほみたいに子どもを産む民族はとりあえず虐殺しよう」と述べ、貧困地域で暮らす人たちを「人間と思えない」とし、「差別やいじめは神様が作った摂理」とまで述べた。彼の言動の特徴は、常にぶっちゃけること。皆さんは言えないかもしれないけれど、自分は言ってしまえる、という傍若無人さがウケている。

日本社会がこういったトリッキーな存在に寛容になってしまうのは、既存の社会システムに対する苛立ちが募っているからなのか。最近、口を開けば古参メディアを乱雑に批判し、ポップに溜飲を下げさせてくれる語り部が重宝される傾向が高まっているが、立花党首の局地的な人気はその産物にも見える。システムを〃ぶっ壊す〃わけではなく、抜け道を見つけて大声を張り上げる態度を痛快に感じ、強い言葉遣いを続ける安っぽさに踊らされた人たちがいる。いかなる文脈であろうとも、「あほみたいに子どもを産む民族はとりあえず虐殺しよう」というフレーズは、居場所を与えられてはいけない言葉だ。

「お前がおわってんだよｗｗｗ」

この人がなぜここまでウケるのかを受け止められずにいたら、議員辞職を発表した彼に対して、「頭良すぎてやばい」と述べたのが堀江貴文であったことで、理解への道が開ける。立花は「将来的には、堀江さんに党の代表になってもらいたいとお願いしているところです」とも明かしている。

こんな事案を知る。「キャリコネニュース」というサイトで、「12年勤務して手取14万円『日本終わってますよね？』に共感の声　『国から「死ね」と言われているみたい』『日本はもはや発展途上国』」という記事がアップされた（２０１９年10月６日）。いくら働いてもなかなか給料が上がらない会社に勤め続けていることへの愚痴を述べたものだが、これに対して、「日本がおわってんじゃなくて『お前』がおわってんだよｗ ｗｗ」とツイートしたのが堀江である。彼は、保育士の給料がなぜ低いのかを論じる記事についても「誰でもできる仕事だからです」とツイートしたことがあるが、見ず知らずの人間を傷めつける姿勢にも賛同が寄せられていく。

　あらゆる議題に立場を明確にすればするほど断絶が生まれるが、明確であることに対して、仲間が寄り集まってくる。断絶を欲しているのだろうか。仲間かどうかを確かめ合う方法が、敵が一致しているかどうかになる。そうだよね、そんなこと考えているヤツ、絶対に敵だよね。そこから前にも後にも横にも広がっていかない。位置が定まればそれでいいのか。5章でも触れたが、ネットで強い言葉を使う人たちが「論破」という言葉を好むのは、本来、「論」というのはぶつけてもぶつけても、なかなか「破」には至らずに、繰り返し議論していく体力を必要とするものだとの認識がないからである。議論を知らないからこそ、一言二言で「論破」できてしまう。自分の考えに絶対的な自信を持ち、そこから見える風景だけを肯定する。この国ではいまだに自己責任論が噴出するが、私ならばこんなことはしない、それなのにこんなことをするなんて、この人がどうかしているのではないか、と、思考がスムーズにつながってしまう。窮地に立たされている存在を見つけても、「お前がおわってんだよｗｗｗ」と投げ捨て、その捨て方に、うんうん、こういうヤツらに優しくしても無駄っすよね、と近づいていくご機嫌取りがいる。

他人の価値を、自分の中にある価値基準で査定する。少なからず、誰しもやってしまうことだ。そこには後ろめたさがある。後ろめたさを抱えたまま、それでも口に出してしまうことがあるし、結果として猛省する。思考が迷子になった状態を整理する時にもっとも簡単なのが、自分の考えていることを盲目的に信じてみること。自分の頭の中で最たるスペースを占めている意見を抽出し、自分は絶対にこう思っているんだ、これに違いない、それを信じれば絶対に真実が見つかると勢い込む。

昨今、跋扈（ばっこ）している暴力的な断定は、おおよそこの仕組みの中にある。自分の信じていることを、何があっても曲げられない人たちが、「だって、そう思ったんだもん」と駄々をこね、揺さぶられない確固たるオピニオンであるかのように流してくる。小学2年生の、心がおにごっこしているという自己分析は、何度振り返っても、誰よりも大人に思える。自分の考えていることとは異なることを考える人がいる。自分の考えていることですら人間は管理することができない。自分と考えが違うことを理由に怒るって軽薄である。残念なことに、それを行政レベルでやっているのが現在である。自分の考えが世の中の考えではないかもしれないことに対して、思い悩む様子が一切ない。これってなかなかすごいこと。『わからない』ことは人を不安にさせる」もの。理解できないことに、人は耐えなければいけない。今起きている諸問題を分析すると、その改善策として打ち出したくなるのが「ちゃんと人の意見を聞きましょうよ」とか

「自分の中にある迷いを認めませんか」とか「自分にとって快適なことでも誰かにとっては不快なものかもしれないので気をつけましょうよ」とか、あたかも道徳の授業のような内容になってしまう。小っ恥ずかしいが、致し方ない。

複雑化したとされる社会をシンプルに解決しようとするために、まずは大声を張り上げる。その大声に反応した面々を引っ張り出す。その面々と連帯する。オンラインサロンで稼いでいるインフルエンサーが「新宿御苑理論」なるものを提唱していた。新宿御苑には、入場料を払わなければ入ることができない。オンラインサロンもそれと一緒で、課金することによって、その中にいる人を絞り込むことができる。平和な空間が保たれる、などと言っていたが、要するに賛同者だけの空間になり、厄介な議論が生まれなくなるということ。厄介ではない議論＝生産的な議論とは限らないはずだが、ここでは大切なことが語られているという意識を高め合っていく。自分の中に迷いがなくなっていく。当然である。自分のまわりに、自分を迷わせる人がいなくなるのだから。新宿御苑ではなく、その周辺をうろついていれば、個人の心は乱れる、迷う、戸惑う。トリエンナーレの出品作を見ながら、芸術祭の主たる目的って、乱れる、迷う、戸惑うにあるのではないかと感じる。自分の意見と違うんで、それは違うと思います、って何も言っていないに等しい。この社会は今、そう気づけるラストチャンスを迎えているんじゃないかと思う。

いま思うこと

この章で、「日本がおわってんじゃなくて『お前』がおわってんだよwww」とツイートした人物は、安倍晋三元首相が銃撃され死亡した直後、犯人の素性や動機が明らかになる前の段階で、「反省すべきはネット上に無数にいたアベカー（ママ）達だよな。そいつらに犯人は洗脳されてたようなもんだ」とツイートしていた。結果、ちっともそんなことはなかったわけだが、その後、こういった断定的なツイートをしてしまったことについて、何かしらの言及をしたわけではない。何を言っても、自分の近くにいるたくさんのフォロワーたちが持ち上げてくれる。こういった人の無責任な言動に敏感でありたい。

23 みんなで考えすぎ

「結局は誰が悪者なのですか」

批評家・随筆家の若松英輔が、こんなツイートをしていた。

「『分からない』という経験が、『分かり始める』という現象の始まりであることを、若い人たちに伝えたいのだが、なかなかうまく行かない。世の中には『分かり得ない』ことで満ちているという、この厳粛な事実だけが、私たちが『分かる』ことかもしれないのだ」（２０１９年10月29日）

若松が「若い人たちに」と限定しているのは、自身が大学教授であり、日々、現場で体感しているからなのだろうが、なにも若い人たちに限定されることではない。むしろ、自らの考えをすっかり固めてしまった人が、自分以外の固まった考えを一切受け付けない姿というのが、これまで繰り返し触れてきた、「あいちトリエンナーレ2

019」に対する河村たかし名古屋市長らの言動なのであった。自分にはわからないものを差し出された時に、自分の頭に内蔵されている記憶や知識のみに基づき、「不正解」と定めてしまう。この動きを時の権力者が繰り返せば、その場で築き上げられる文化は収縮していく。そもそも、彼らはその収縮を願っている人たちなので、自分の考えをいつまでもどこまでも凝り固めていく。

オンラインサロンを運営する人々のいくらかが「新宿御苑理論」を大切にするのは、自分の目の前にわからない人や物事が登場する恐怖の裏返しでもある。でも、彼ら自身は恐怖とは言わない。面倒じゃん、意味ないじゃん、と言う。しかしながら、「すでに理解が済んでいる＝新宿御苑」の枠外で、理解できないことはすくすくと育まれていく。外部とのコミュニケーションを断絶し続けると、内部での「絆」は強まるものの、限定的な「わかる」の中で相互を褒め合うしかなくなる。毎年、新宿御苑にて首相主催で開かれている「桜を見る会」は、開催するごとに費用が膨らみ、2020年度予算の概算要求額では約5700万円。この会は「各界で功績、功労のあった方々を招いて開催している」（安倍首相答弁）にもかかわらず、首相の地元の後援会関係者が多数招待されており、そのことを野党議員が追及すると、首相は「地元には自治会やPTAなどの役員をしている方々もいるので、後援会の方々と重複することも当然ある」と逃げた。なるほど、新宿御苑的である。お友達だけを重宝し、そのくせ問題が生じれば切り捨て、「任命責任は私にある」と言いながら、弁明は本人がすればいい、と澄まし顔を続けるスタイル。

映画監督・作家の森達也が「安易に白黒をつけてはならない　ヘイトスピーチと表現の自由」（『Journalism』２０１９年11月号）にこんなエピソードを綴っている。「少し前に会った鴻上尚史（こうかみしょうじ）が、『最近の演劇の観客は昔とはずいぶん変わってきた』とぼやいていたことを思いだした。『どう変わったのか』と訊ねれば、『芝居が終わってから、結局は誰が悪者なのですか、って真顔で訊くんだよ』と鴻上は困ったようにつぶやいた」

正解を欲する。正解を共有できなければ怖くなる。「分からない」が「分かり始める」の入り口である可能性に気づかずに、自分はこいつが悪いと思ったんだけどホントにそれでいいのか、誰が悪者だったのか教えてほしい、と明示を求めてしまう。「おじいさんとおばあさんは幸せに暮らしましたとさ」で終わる「日本昔ばなし」のような、結果を確定する文言を欲する。結果が見えていることが、自ら動く条件になる。同意ばかりを重ね、狭い社会が形成される。一部の日本人が近隣諸国に対して信じがたいほど暴力的な言葉をぶつけるようになったのは、この同意の連鎖が自信になり、同意できないものへの嫌悪感をみんなで一緒に育んでいったからではないか。正直、対象などどうでもいいのだ。数年前まで「嫌中・嫌韓」に勤しんでいた雑誌は、今は「嫌韓」に特化するようになった。なぜかといえば、中国が著しい成長を続け、日本にとって見下すに見下せない相手になったからだ。同意だらけの社会は動揺を怖がる。芝居が終わってから「結局は誰が悪者なのですか」と作者に確かめにくるのって、とっても今っぽい。演劇でも映画でも音楽でも本でも、決まった正解などない。極端な話、誰かを怒鳴る人がいたとしても、もしかしたらその人は悪くないかもしれない。「いや、その人は悪くないっしょ」という危うい声を引き受けるか引き受けないかは個人の自由だが、「だって、みんな、その人が悪いって言っているからさ」を理由にするのも危ういのだ。

深いレベルで話す

新聞を斜め読みしていたら、「『間違った意見を言えない』空気が流れると、議論が盛り上がらなくなる」という文言を見かける。そうそう、そういう空気を作らないようにしなければいけない、誰かの意見は、いつだって他の誰かにとって間違った意見になりうるのだから、好きに言えばいい……という方向性かと思ったら真逆なのだった。間違ったことを言わないために、「本を読まずに参加できる読書会」を開催しているのだという。記事は日経ＭＪ（２０１９年11月8日）で、その紙面のタイトルには「読まない読書会　育てるヒット作」、見出しには「４００ページ超のビジネス書

1人10ページ→議論→丸わかり！」とある。本書の前半で、本の要約サービスについての懸念を記したが、誰かに要約してもらうのではなく、今度は、みんなで分担して読みながら「丸わかり！」するのだそうだ。事態はより深刻になっている。

読んでこなくていい読書会のスタイルを「アクティブ・ブック・ダイアローグ（ABD）」と呼ぶ。積極的に本と対話する、との意味だが、それっぽい横文字を使っているだけではないかとも思える。あれは中学3年生の頃だっただろうか、それぞれに振り分けられた英語の文を訳してくる宿題をサボってきたお調子者の岸田くんが、反省もせずに「みんなで考えようよ！」と笑いをとったところ、先生からその場で大目玉を食らっていた。あの感じに近いのだろうか。彼は確かにアクティブにダイアローグしていた。

ABDの具体的な取り組み方を記事で知る。所要時間は2〜3時間ほど。参加者は振り分けられた担当ページを読み、配布された紙（6枚以内）にまとめていく。そこまでの時間は長くて1時間ほど。その後、提出された紙を張り出し、順番に発表していく。冒頭から15ページまでが田中さん、そこから30ページまでが佐藤さんならば、田中さんが「私はここまでをこう読みました」、佐藤さんが「それに続いた箇所をこう読みました」と発表していくのだという。「全員で読むことが目的なので、他の人が発表しているときに自分の担当パートをまとめたりチェックしたりするのはNG。

全員で概要を作る」のだという。張り出された紙を眺めた上で、参加者と対話していく。

記事の中で、参加者のコメントとして引かれているのが、「分厚い本を短い時間で概観できてよかった」「本は持っていないが、概要を理解できたので実際に本を購入して読み直したい」である。要約ビジネスもこのＡＢＤも同じところを目指している。それは「概観」や「概要」のスムーズな提供である。本を購入して読み直したい、という優等生的な意見に代表されるように、あくまでも大雑把につかみとっただけなんで、という譲歩、あるいは、作者に対する謙遜が含まれている。しかし、前提として、個々人が限られたページだけを読み、その分析を組み合わせたものを、「概観」と呼んでしまっていいのだろうか。このＡＢＤを開発した竹ノ内壮太郎は、「１冊の本を分担して読んでまとめる、発表・共有化する、気づきを深める対話をするというプロセスを通して、著者の伝えようとすることを深く理解でき、能動的な気づきや学びが得られます。またグループでの読書と対話によって、一人一人の能動的な読書体験を掛け合わせることで学びはさらに深まり、新たな関係性が育まれてくる可能性も広がります」（アクティブ・ブック・ダイアローグ公式サイトより）と述べている。

申し訳ないけれど、細かく突っ込んでいく。まず、本を通読していない状態で、「著者の伝えようとすること」が理解できるのだろうか。通読する＝本を理解する、とは限らないが、あらかじめ、通読しなくていいですよと決められている状態は、著者の伝えようとすることを軽視している。映画の感想文を複数読んで、映画の本編を論じられるだろうか。冒頭の3曲だけでライブ会場を出て、終演後の感想を聞きながら、ライブの全体像を語れるだろうか。でも彼らは、いろいろな人と議論を交わすことで「能動的な読書体験」が生まれるという。読書とは、ひとまず受動的なものだ。受動の最中に、あるいは後になって、能動が生まれてくるところに面白みがある。金を払った者たちによる「新宿御苑」的議論の中で、「能動的」を規定されても困る。しかもそれを掛け合わせることで「学びはさらに深まり」とある。それぞれが手短に読んだ段階で、それなりに深い学びが得られていることになる。これはさすがに本の書き手を安く見積もりすぎではないか。学びではなく、結局、「新たな関係性が育まれてくる可能性」に期待しているだけなのではないか。そうやって、本を利用しているなら、本を利用しているんです、とはっきり言い切ってほしい。

ウェブサイトには「体験した方の声」が載っている。

「1冊の本をみんなで読んで、熱が冷めないうちにすぐに共有できるのがいいですね。本に出てくる言葉で話せるので、普段よりも深いレベルで話せました！」（30代女性）

「本の全貌が徐々にわかるのが、まるで推理小説みたいでした。一人で読むより、友達みんなでワイワイ読めたのが、何より楽しかったです！」（20代男性）

この両者が何を主張しているかといえば、「みんな」である。みんなで「深いレベルで話」してみる。みんなで「徐々にわか」っていく。自分の意見ではなく、共通の意見を発生させられる安心感。それは何よりも浅いレベルに思えるが、共感を感情の上位に置きがちな現在にあって、みんなで理解する、ということを「深い」と捉えてしまう。若松は、「『分からない』という経験が、『分かり始める』という現象の始まり」であるとした。そういった着眼がここにはない。本を読み、一体これはなんなのだろうかと不安になり、これはもしかしたらこういうことなのかもしれない、と見込みをつけ、それでもやっぱり違うっぽいな、と振り出しに戻り、読み進めていく中でアレとコレが繋がり、突然視界が開けるような、あの体験を見捨てている。劇が終わった後に、誰が悪者かを教えてほしいと作り手に質問する人がいることに驚くほうが少なくなり、正解を得て、それに皆で同意することが「深さ」と理解されてしまうのだろうか。

○サイクルとQサイクル

自分がよく、編集者との打ち合わせに使う喫茶店は、毎日のようにネットワークビジネスの勧誘が行われている。その勧誘に耳を傾ける。「善は急げっていうじゃない？」や「最終的には気持ちだから！」なんてフレーズには、日頃、そう簡単に出合えるものではない。この喫茶店では、幹部なのか、少し上のランクのスタッフが別席に待機しており、交渉がうまくいかないとそっちから人がやってきてフォローに入る。耳をそばだてれば、何がしかのデータが入っているUSBを購入し、それを友人たちに広めていくことで荒稼ぎができるのだという。その場でスマホを開き、「USB　ネットワークビジネス」と検索してみると、東京都の「東京くらしWEB」の消費者被害情報（2017年11月2日）が出てくる。

「高校時代の友人に『就職活動に役立つセミナーに行こう。』と誘われ出向いたところ、先物取引に関するネットワークビジネスの説明会だった。その場で、先物取引のノウハウが入ったUSBを50万円で購入するよう勧められ、かつ勧誘した人が会員になれば3万円の報酬があると言われた。お金がないと伝えたが学生ローンで借りるよう言われ、断りにくい雰囲気だったため、仕方なく50万円を借りて支払った。しかし、先物取引が就職活動に役立つとは思えないし、友人を勧誘したが断られた。借金の返済が困難なので解約したい」

うわっ、まさに目の前で起きていることだ。その日、勧誘されていた若い男性は、なんとかしてその場を「保留」で切り抜けたようだったが、その場で注がれていた言葉の純度に呆れてしまった。よく「詐欺って、日頃、自分は騙されないって思っているような人が騙されるもんなんだよね」との通説を聞くが、「自分は騙されない」と思っている自分は、改めて、こんなものには騙されないと誓える。なぜならそこでやりとりされる言葉がどこまでも安っぽいからだ。

喫茶店を出て、大きな書店に行き、ネットワークビジネスについての本を読んでみるかと検索機で調べると、なんと月刊誌が出ていることを知る。そのまんまの雑誌名『ネットワークビジネス』を手に取る。２０１９年12月号のメイン特集は「いますぐスタート！　超初心者のあなたに贈るビジネストレーニング」とある。その筋のプロが立て続けにレクチャーしてくれるのだが、真っ先に登場するのが、全国直販流通協会の野口悦子という女性。「Qサイクルトークで相手の枠組みを外してあげることがポイント」だという。Qサイクルってなんだ。「いままでの私たちは、普通の人生を送ってきた訳ですが、それを『Oサイクル』と表現しています。言うなれば堂々巡りの『Oサイクル』から抜け出して、『Qサイクル』へと飛び出していくイメージです」とのこと。現状から抜け出すために「未来とどんな約束をしているの？」と問いかけると、ほとんどの人は約束をしていないはずなので、「一緒に考えてみましょう」と言えば、相手も考えてくれるはず。これがOではないQ、いよいよ外へと抜け出していくサイクルなのだという。ちょっと笑っちゃうけれど、相当な実力の持ち主とされているからこそ、特集の冒頭から登場するのだろう。極めて脆弱（ぜいじゃく）に思える理論だが、先の、「読まない読書会」で交わされている議論を思い出すと、こういう脆弱な理論をそれなりの気づきとして受け止めてしまいかねない世の中なのかとも思う。

先の消費者被害情報と、このQサイクルは関係がないし、そもそも、個々の選択に介入する暇もないので、ネットワークでビジネスしていただいて大いに構わないのだが、「一緒に考えてみましょう」で持ち込まれるOからQへの変遷を、実に今っぽいと感じたのだ。「堂々巡りのOサイクル」と「現状から抜け出すQサイクル」が安直に善悪や優劣で比較されている。そこで思う。堂々とOでサイクルしてやろうじゃないか。そのOのサイクルを、自分で稼働させ続ける。相手の動向を探りながら、出口を探し、Qと化すことを急いではいけないのだ。「新宿御苑」的な、ある括りを設ければ、結論が導かれる。人に頼りながら「議論→丸わかり！」という単純な式が提示され、先に進んだと思わされる時、果たしてそれが「丸わかり！」と言えるのかどうかを疑わなければいけない。

まったく簡単なことを言うことになる。みんなで導いたとされる結果を振り返った時に、そう考えた自分は、どこにいるのか。みんなで考えたらこういうことになりましたって状態に加点をしすぎると、自分の頭の中が見えなくなる。Oサイクルのまま回転を続けていると、Oのサイクルに厚みが増してくる。今、その作業を怠りすぎである。「みんなはどう思っているのか」というプロセスをこれ以上、安堵のために使いたくない。それは自分のOサイクルの強化に使うべきだ。思考を自分で作り、自分で０を守る。Ｑを急ぐな。いい加減気づきたい。

いま思うこと

「闇バイト」という呼称は、犯罪行為をポップに表すかのようで抵抗があるのだが、若者たちを中心に社会問題化している。金の工面に困っている若者（だけではないが）をおびき寄せ、おびき寄せられた人は、また別の人を同じように誘い出す。人を誘い出す言葉の巧妙さ、あるいは安っぽさを執拗に睨みつける必要があるのではないか。

24 人はいつもぐちゃぐちゃ

置かれた場所で勝っているだけ

『わかりやすさの罪』というテーマで書いた動機といえば、「どっち？」との問いに「どっちでもねーよ！」と答えたくなる機会があまりにも多い日々を生きていることにあった。私たちはいつだって、どっちでもないはずなのだ。ある状況において、それは、今のところ、ただ、どっちかであるにすぎない。だからこそ、単純な選択肢をぶつけられている状況に置かれたら、その選択肢から疑い直すことが必要になる。

たとえば、ある少年がゆくゆく女性と結婚し、尚且つその女性が男子を産んでくれれば、今まで通り男系で継承することができる、いや、でも、もし女子しか産んでくれなかったら、色々と考えなきゃいけなくなる、なんて状況に置かれていたとする。私たちが考えなければいけないのは、そもそもこの少年が、異性を愛する大人になるのかどうか、結婚を望むのかどうか、結婚した時に両者が子どもを持つことを望むのかどうか、そんなことは当人しかわからないし、現時点では当人にもわからない、ということである。それなのに、現時点で「男と女、どっちになるかで問題がガラリと変わるな」と予測が済んでいるとしたらどうか。その問いかけがおかしいはず。

選択肢を疑わないと、たちまち暴力的になってしまうということを、繰り返し実感してきた。常識やルールを差し出されて、「ぶっ壊せ！」と叫ぶ人は、時代の寵児になりやすい。ビジネスマンをその気にさせるような本を出すインフルエンサーは、いつもそういうことばかり言っている。でも、そういう人はまず、常識やルールをぶっ壊している特別な自分であろうとする。逸脱していると見せるためのトレーニングの方法を教えてくれるが、実は、常識やルールの仕組みそのものを丁寧に問題視することはない。このご時世、そういう人たちの多くが、その時々の為政者に群がっているのは、パフォーマンスのために常識やルールを扱っているだけであって、その常識やルールが存在することによって、息が吸いにくくなっている人のことを考えようとはしないことからもわかる。ぶっ壊しているように見えて、ただただ置かれた場所で勝っているだけ、という事例がなかなか多い。つまり、彼らの打破とは、結局、現状追認なのである。現状追認が悪い、とは思わない。しかし、現状を打破しているような素振りで追認しているって、なかなか厄介である。儲かったもん勝ちというシンプルな争いを一旦複雑化させて、自分たちの力でわかりやすくしていく。もともとわかりやすかったくせに、と思う。

２０１９年5月に没した加藤典洋による、おそらく最後のエッセイ集『大きな字で書くこと』（岩波書店）の締めくくりの一編「もう一人の自分をもつこと」を読む。病気をして社会から隔離された状況で頭に浮かんでくるのは、「自分がキャッチボールをしているシーン」だった。「自分のなかに二つの場所をもつこと。二人の感情をもつこと」「どんづまりのなかでも、自分のなかの感情の対流、対話の場を生み、考えるということを可能にする」とある。この一編で加藤は、自分の文章には「わかりにくい」という評言がずっとつきまとったが、なぜそう言われたかといえば、たとえば政治的・社会的なことを論評しながらも、「人が生きることのなかにはもっと大切な事」があり、それにくらべれば、どうでもいいことであるという「見切り」の感覚があったからではないかと説く。大切なこととは、自分にとって身近なことではなく、窓の外に飛んでいるチョウチョであり、公園を歩いている親子であり、つまり、自分がその時点で把握することができないもの、という感覚だったそうだ。大切なことは思索の外にあり、キャッチボールをするように考え続けることが必要になる。

今、この姿勢を維持するのはなかなか難しいことだ。原稿やインタビューを頼んでくるほうが、思索の枠組みを決め込み、専門家としての発言を求めてくる。新聞のオピニオン欄で三人が同じテーマで語るとする。賛成する人と反対する人が出て、そのあとで、そもそもどうしてこうやって賛成と反対が分かれているんだろう、と言ってくれる人を揃える。自分などはこの三番目として活用されることが多い。こんなになってますけど、どうしてこんな感じなんですかね、という漠然とした問いに、いや、どっちが悪いっていうわけではなくて、でも、このままではいけないですよね、それぞれが適切に議論をする場所を用意することが必要で、そのために誰も舵を切ろうとしないことが心配ですね……といった回答をし向ける。それをやらないと気が済まないようなのだ。送られてきた紙面を読み、最初から決められた役割をこなしたことを反省する。どういう発言をするかという期待感ではなく、あらかじめ決められた態度でモノを言ってくれるという安心感を求められた依頼だったと気づく。そういう役割を受け付けすぎると自分の頭の可動域がみるみるうちに狭まってしまう。

爽快感とパンチ

そうならないようにしなければいけない。「わかりにくい」という意見をいくつかもらうくらいがちょうどいい。自分の頭の中の対流は、キャッチボールによって保たれているのだから、それが外から見た時にわかりにくくなるのは、わりかし無難なことなのである。この連載が始まった頃にはまだ文庫化されていなかった『紋切型社会』

（新潮文庫）のAmazonレビューを久々にチェックしてみると、星1つのレビューがあり、「爽快さに欠ける」（投稿者名・しゅん）とのタイトルでこのように書かれていた。

「テーマの着眼点は面白いです。ただ、各章における文章の展開が非常にまわりくどいと感じました。色々な事象を挙げてテーマに対する認識を掘り下げようとしているのでしょうが、上手く繫がっておらず、こちらから意味を汲み取る手間が非常にかかります。筆者の言いたい事は各章の最後の段落を読んで初めて分かるレベルです。何はともあれ、読んでる途中に苛立ち途中で放棄したのはこの本が初めてです」

よし、これでいいのだ。着眼点を評価してもらい、まわりくどさを感じながら戸惑わせ、意味を汲み取る手間をかけてもらう。最後の段落を読んでわかったりわからなかったりするレベル。読んでいる途中で放棄したはずなのに、各章の最後の段落を読んで初めてわかったというのは、なかなかミステリーだが、こちらは、わかってもらうために書いているわけではない。

そんな「しゅん」さんはこれまで5つの商品にレビューを書いており、エナジードリンク「モンスターエナジー355㎖×24本」に星5つをつけ、「なによりお得！」というタイトルで「1本160円ぐらいです。もともと200円で毎日買っていたのでかなり得しました。状態もとても良かったです。また頼もうと思います」と書いている。皮肉を述べるわけではなく、この両方のレビューは自分にとって励みになる。

モンスターエナジーの公式サイトの商品紹介には「誰もがハマる爽快感とパンチのあるテイスト」とあるが、思考するとは、そこから逆行することに他ならないからだ。「誰もがハマる爽快感とパンチのある文章」と「意味を汲み取る手間が非常にかかる文章」が並べられたら、「はい、私は後者です」と答え、土台を整えた上で、前者の養分を探りにいく。これでいいのだ。

どんな企業でも新商品発表や新規事業を始める時には、その事実をメディアで報じてもらいたがるもの。今では様々なPR会社が乱立しており、取り上げてもらうための方法も多くのバリエーションが生じているが、そういうモンスターエナジー的な方法、つまり、誰もがハマる爽快感とパンチのあるテイストを目指した文章がメディアに溢れすぎることで、受容するほうの思考力が削がれているのではないか。山見博康『ニュースリリース大全集』（日本能率協会マネジメントセンター）に、ニュースリリースのポイントとして5つのキーワードがあげられている。それが「簡・豊・短・薄・情」の5つ。簡潔・簡明を心がけ（簡）、必要な内容を網羅し（豊）、1文や1行を短くし（短）、全体を1〜3枚にまとめ（薄）、あとは情熱を持って書く（情）。そう、メディアはこういうテキストに溢れている。ほじくってもほじくっても、こういうテキストばかりが出てくる。爽快感とパンチはある。気分は上がる。だが、ある一定期間を経ると、体には何も残らない。むしろ、インスタントなテキストを浴びて徒労感が増すことさえある。PV数、拡散リツイート数、サイト内の順位など、数値が裏付ける情報の飛距離ばかりを気にする。時折、書いた原稿について、ハッシュタグをつけてSNSで拡散してくださいと発注側から要求されることがある。たいていの場合、その通り拡散することはしない。なぜって、広めることはこちらの仕事ではないからだ。自分で書いたものを自分で拡散する。それを他者から命じられることに抵抗感がある。広めるか広めないかを決める判断はこちらに握られていなければならない。

急行に乗れ

意味というのはあらゆる場面で抽象的であって、なかなか具体的にはならない様子をたくさんの角度から見つめながら、それぞれ目的の場所へと持ち運んでいくもの。漠然と漂わせ、もう一回、抽象概念として飼うことから始めなければいけない。京都大学デザイン学ユニット特定教授の川上浩司が「不便益」という言葉を提唱している。英語で「benefit of inconvenience」、不便で良かったことはないか、と問う。例示されている不便益が面白い。

・富士山の頂上に登るのは大変だろうと、富士山の頂上までエレベーターを作ったら、どうでしょう。よけいなお世話というより、山登りの本来の意味がなくなります。

・ヒットを打てるように練習するのは大変だろうと、だれでも必ずヒットの打てるバットを作ったら、どうでしょう。これも同じですね。

・私が子供の頃、遠足のおやつは300円以内でした。もし、自由に好きなだけおやつを持ってきても良かったとしたら、どうでしょう？　遠足前日に半日をつぶしてスーパーをうろつき、自分ならではの組み合わせを考え抜いたのは、今思えば楽しい思いでです。

といった感じ。不便が生じるところには必ず、その状態ならではの思考が浮上する。「わかりにくさ」もこれに似ている。わかりにくいものをわかりやすくすることは難しいことではない。切り刻んで、口にしやすいサイズにすることはおおよそ達成することができる。でも、それを繰り返していると、私たちの目の前には絞り出された選択肢ばかりが提示される。選択肢が削り取られる前の状態を知らされなくてもそのことに慣れてしまう。「便利」と「わかる」が一体化している。

この一冊を通して、おおよそ同じことを書き続けてきた実感がある。読まされたほうは、もっと早い段階でそう感じているかもしれない。しかし、こちらはその反復を好んでいる。意味を探し当てるまでの反復行為。反復による些細な変化が好きだ。ブートレッグまで集めるレコードコレクターの人々は、その時々の演奏の変化を興奮気味に語る。72年のニューヨーク公演はホントに名演で、でもそれを頂点に緊張感が減っていき、翌年のパリ公演なんてのは聴けたもんじゃない、と言う。もちろん、同じ曲に対してそう言う。反復することによって抽出される差異を、他の多くの人が理解していない時、人は自慢げになったり、あるいは動揺したりもする。皆が理解する同じ帰結よりも、その揺らぎはよほど魅力的に映る。

さて、「わかりやすさ」をめぐって議論してきた本書の結論とはなんだろうか。わかりやすい結論を用意することは可能なのだろうか。わかりやすい結論が出ているのに、それをわざわざぐらかしていくほうが似合っているのだろうか。告白する必要のないことを繰り返し告白すると、この一冊にあらかじめの構想はない。よく、視聴率が芳しくないドラマが、全一〇回の予定が八回か九回で終わることとなり、いろいろな辻褄を一気に合わせて終わることがある。その時に、隠せない強引さがこぼれてくる。伏線を回収しないのもいいが、あの強引さも好きなのである。整合性を急いで作りましたという申告が漏れている状態は実に人間味がある。世の中がモンスターエナジーを欲する。急いでどうにかする方法を自家調達してこいと迫る。どうしたら避けることができるのだろうか。

わからない状態を保つというのは、実は逃げ道にもなる。ワンフロア20畳の家では隠れんぼができないが、入り組んでいる家では逃げ道がいくつも生まれる。20畳よりも、8畳＋6畳＋6畳の家のほうが隠れんぼは楽しい。頭の中も同じである。複数の部屋を用意する。廊下を走る。物置に隠れる。角に小指をぶつける。畳がはがれ始めたところをごまかす。こっちから網戸を開けると外れるから、こっちからでお願い。寝室の電気が切れかけているけどまだ大丈夫。私たちの生活空間はこういった特に整理されていない状況によって動かされている。思考をそっちに合わせていきたいのだ。頭の中がワンフロア20畳だと、日々の暮らしと合わない。断捨離済みのミニマリストでも、家の外に出れば、どこであろうと煩雑だ。山奥の一軒家に住んでいても、テレビをつければ煩雑だ。テレビがない山小屋でも、役所から提出を強いられる書類は煩雑だ。人はいつもぐちゃぐちゃだ。「わかりやすさ」は人間の営みに反していると考えてきた。人間は複雑な環境の中を生きている。ならば、それに心情を合わせていくほうがいい。結論を出す、というのは、そんなに優れたことなのだろうか。そう簡単にゴール地点を探さないほうがいい。ゴールを急かす。ゆっくり鈍行に乗って終着駅まで揺られようとしていたのに、急行に乗れと言われる。急行を勧めてくる人の目がどんどん素直になっている。疑いがない。

わかりやすさ、というのも、この次元に突入している。だって、わかりやすいでしょう、が客を集める。そこに疑いがない。だから今回は、いちいち戸惑ってみた。戸惑いを表明しないと、このわかりやすさの中に巻き込まれていく。それを回避したい、と思ったのだ。

いま思うこと

ある一定の不便を、自分なりに管理できる状態で保っておく。そのためには戸惑いが必要である。どっちつかずの状態でいるための信念、言葉の意味としてはなんだか矛盾するかもしれないが、それなりに図太い信念だと思っている。

おわりに
コロナ禍の「わかりやすさ」の中で

国が丸ごと大変な状況に陥れば陥るほど、為政者の支持は高まる。不満よりも不安が大きくなった国民は、それを解消してくれる可能性を持つ権力者にすがり、次にどんな言葉が発せられるかを待つ。「リーダーシップ」という概念はいつだって曖昧なのに、ただ皆が窮地に陥ったとの状況下において、曖昧なリーダーシップがそれなりのものに見えてしまう。まったく錯覚なのだが、そのうち、もう錯覚でもいいから、と思い始め、やがて、錯覚であったことさえ忘れてしまう。このコロナ禍の中でよく聞いた言葉に「やってる感」がある。主に日本政府の対応が遅れていることを皮肉った言葉だ。「やってる感」って、つまり、「やってない」わけだが、この「やってる感」への批判が「やってる感」を支えた側面もある。なぜって、あなたたちは「感」をつけるかもしれないけど、ちゃんと「やってる」んで、と言い返すことができるから。

緊急経済対策について「空前絶後」や「世界最大級」と自画自賛した安倍晋三首相。

リーダーシップを演出しやすい最中だからこそ使える言葉だったが、結果として、政権の支持率は落ち込み、「やってる感」が「やってる」に切り替わることはなく、「やってない」という評価ばかりがぶつけられた。それでも、「いや、やってる」と言い続けた。「やってますよ」と限られた周囲が支え続けた。しかし、信頼は日に日に目減りしていった。

今、わたしはあなたたちに話しかけます、という姿勢を強調した各国のトップは軒並み評価されていったが、記者会見の場で、イタリア人記者から、対策がうまくいかなかったらどう責任を取るのかと問われ、「私が責任を取ればいいというものではありません」と答えた様子を前に、国民の不安と不満が掛け合わさって膨らんでいった。「感」といえば、「スピード感」という言葉も連呼され、それは一向に「スピード」が出ていない証左にもなった。「風を切りながら疾走しています」と「風を切るような勢いで疾走している感じ」では、天と地の差がある。なにせ、後者は疾走しちゃいないのだ。日本はこっちだった。「こんな会社、とっとと辞めて独立して、すぐさま天下とっちゃうもんね！」「マジか、オマエ、さすがだな！」と、会社の食堂で同僚とランチしているような「スピード感」。あらゆる生業（なりわい）が動きを止められ、止めたからには補償をせよと要請しても、「気持ちはわかります」という表明が繰り返された。自粛を要請する、という矛盾した指示が下り、それに従わない人たちを見つけると、どうして自粛しないのだと糾弾する自警団が現れた。どうして自ら率先して止めようとしないんですか、おかしくないですか……そんな問いかけのほうがおかしいに決まっている。

首相は不要不急の会見を繰り返したが、その中で何度も使われたのが「歯を食いしばって」というフレーズだった。具体的にはこんな感じ。並べてみよう。

「（中小・小規模事業者から）歯を食いしばって、この試練を耐え抜くよう頑張っていくという決意も伺うことができました」（3月28日）

「今、歯を食いしばって頑張っておられる皆さんこそ、日本の底力です」（4月7日）

「厳しい状況の中で歯を食いしばって頑張っておられる皆様へのこうした支援を一日も早くお届けし、事業や雇用を必ずや守り抜いていきたい」（4月30日）

「商売をやっておられる皆様は、売上げが激減するなど大変厳しい状況の下で、歯を食いしばって、頑張っておられます」（5月21日）

ずっとこの調子だ。自分が歯を食いしばっているのではなく、皆さんが歯を食いしばっていること、私は知っていますからね、という宣言。歯を食いしばりすぎて歯茎から滴る血を隠すために、長い時間をかけて布マスクが配られたのだろうか。一向に届かなかった布マスクは、当初は、感染拡大防止のためとされ、そのうちに、この布マスクによって市場の需給バランスが整い、高騰していたマスクの価格が抑えられた、という意味合いに変わり、最終的に、第二波への備えに切り替わった。届いていないのに、役割が二転三転したのだ。

各種申請も「わかりにくさ」が問題視され、一日でも早く支給しなければならないものが、一日でも早く欲しいなら諸々揃えてテキパキ申請してみな、という圧に切り替わった。無論、現場の職員たちがその圧をかけているわけではなく、むしろ、現場はてんてこまい。記者会見で「日本はなぜやることなすこと遅いのか」と聞かれた安倍首相は、「我々もなかなか時間がかかっているではないかという御批判を頂くたびに、現場の状況がどうなっているのだということを常に我々もやり取りをしているわけでございます。ただ、もちろん現場も一生懸命、急にこうした危機の中で、給付の対象が相当大きなものになるということの中で頑張ってもらっているということについては、私も感謝をしている」（5月25日）などと答えたのだが、別にこっちは現場を責めているのではなく、むしろ、貴方(あなた)を責めているのだが、この手のはぐらかしが相次いだ。

新型コロナという未知のウイルスを怖がる世の中で、人々が欲したのは「わかりやすさ」だった。そこまで危険ではないと主張するにしろ、これはもう危険すぎると主張するにしろ、持論を公論のようにわかりやすく伝える話者がメディアで重宝された。最大〇万人が死亡する可能性があると聞いて慄(おのの)き、諸外国はあんなに死んでいるのにそれと比べれば日本はこんなに少ないと聞いて安心する。為政者の「やってる感」や「スピード感」によって作り上げられてしまった濃霧の中、自分好みの持論や公論を探し歩いた。情報の交通整理が必要だったのは確かだが、「うちの交通整理がもっともわかりやすいです！」とアピールされる様子に個々人が翻弄されていた。「正しく怖がる」というフレーズに違和感を覚えた人も多かったが、多くの人々が求めたのは「正しさ」ではなく、「わかりやすさ」だったはず。コロナを怖がらない人はいない。そのコロナの全貌が見えている人はいない。となると、正しく怖がるなんてことはそもそも不可能なので、わかりやすく怖がろうとする。「やばい」方面でも「大丈夫」方面でも、同じようにわかりやすさが求められた。

この本を通じて書いてきたことは、万事は複雑であるのだし、自分の頭の中も複雑な作りをしているのだから、その複雑な状態を早々に手放すように促し、わかりやすく考えてみようよと強制してくる動きに搦め捕られないようにしよう、であった。私たちは複雑な状態に耐えなければならないし、考えなんて、考えないと出てこないのだから、考えるしかない。そうすることによって、「わかりやすさ」から逃れることができるはずなのだ。

コロナ禍という、極めてわかりにくい状況に置かれ、為政者に「わかりやすさ」を求めたら、その為政者とやらが、どんな組織よりもわかりにくいことを言い続けた。

わかりにくくないですか、と問うと、現場は頑張ってます、あと、皆さんが歯を食いしばっていることは理解していますと返ってくる。なかなか「空前絶後」な対応である。極めてわかりにくい情勢の中で、わかりやすさを求める態度が可視化された。よくわからないまま付き合うしかないのではないか、というわかりにくい意見を声高に発することは憚(はばか)られた。そもそも、これまでもずっと不確かな日々を生きてきたのに、コロナ禍の中で、早く確かな日々に戻してほしい、と懇願した。コロナ以前ってそんなにはっきりした日々だっただろうかと疑ったのだが、そんな疑いは「わかりにくいもの」として一括りにされた。わかりやすいものを探る動きの中でいくつもの対立が生じ、真偽よりも納得度が問われた。

本書は2018年初めから20年初めにかけて「一冊の本」で連載されたものをまとめた一冊だが、原稿を読み返しながら微調整していく作業はまさしくコロナ禍の中で行われたので、「わかりやすさ」を欲する社会を横目にしながらの作業となった。本書で書き連ねてきたあれこれと、今起きていることには類似性があった。納得したい、共感したい、その欲を満たす言葉を用意する。欲を満たさない言葉を不必要な言葉だと処理してしまう。この本は、朝日新聞出版の編集者・森鈴香さんから丁寧な手書きの手紙をいただいたことから始まった。2017年8月に書かれた長い手紙の一部にはこうあった。

「仮タイトルは『わかりやすさの罪』です。最近、日本語がどんどん『易しく』『わかりやすく』なってきているように感じられます。機微や行間のような部分は排除されて、受け取る側が想像する余地がない、ストレートで額面通りにキャッチできる伝え方が重宝されているような印象もあります。どちらが先かはわかりませんが、そういう言葉ばかりにふれていると、受け取る側も『わかりやすくない』ものを理解しようとしなくなり、感覚が損なわれていくような気がいたします」

なんと仮タイトルまで決まっていた。で、そのまま本タイトルになった。面白いことやりましょうよ、というような生ぬるい依頼ではなく、明確に目的が定まっていた依頼文を今になって読み返してみたら、あたかも完成した書籍の紹介文のような内容なのだった。つまり、依頼された時点で本のゴールは見えていたのに、これだけの文字を費やして、迂回に迂回を重ねたのである。ようやくたどり着いたゴールに、マラソンを走り終えた後のような爽快感があるかといえばそんなものはないし（そもそもマラソン走ったことないし）、スッキリさせるよりも、わだかまりを残したに違いない。しかし、スッキリさせる行為のおおよそが、本来残すべきわだかまりを無理やり排除しているのではないか、と疑うのがこの本の主旨というか手口でもあるのだから、わだかまりというか、もうちょっと下品な言葉でいえば残尿感があるのだとすれば本望である。こっちだって、何が言いたかったのかよくわかっちゃいないくせに、終わらなければいけないから、終わるだけだ。ただ、とにかく、提供される「わかりやすさ」から離れ、自分で考えることを徹底してみたのだ。

２０２０年６月８日　武田砂鉄

文庫版によせて
「うまく言葉にできない」社会で

「推し」の氾濫

宮崎駿監督の新作『君たちはどう生きるか』を観ていない。ジブリ映画を体系的に観てきたわけではないので、「観てもいいけど」くらいのテンションでいたら、「これは観なければ」という勢いが襲いかかってきたので、「そんな勢いは自分にはないな」とそのままにしている。

村上春樹の新作『街とその不確かな壁』を読んでいない。村上作品を体系的に読んできたわけではないので、「読んでもいいけど」くらいのテンションでいたら、「これは読まなければ」という勢いが襲いかかってきたので、「そんな勢いは自分にはないな」とそのままにしている。

こういった状態がいくつもある。その世界で決定的とされる作品が満を持して発表されると知らされると、まずはその「熱」が伝わる。テレビカメラが、熱を掴みにいく。摑むのは簡単だ。映画館に行けばいい。書店に行けばいい。そこには「自分、熱、ありますす」と振りかぶっている人がいるので、「熱、すごいですね？」と聞けば、「熱、すごいですよ！」と返ってくる。

本書の単行本が刊行されたのは2年半ほど前だが、この間に、より定着した言葉というか状態に「推す」がある。とにかく、推しは尊い、とされる。給料の大半を推しに費やしています。推しがあるから生きていけます。まさか推しがあんなことをするなんて。自分という存在を動かしているのが「推し」なのですというプレゼンテーション、あるいはプロモーションが積み重なっていく。その様子を少し離れたところから眺めつつ、「推し」の動力というか圧力について考え込む。

「推し活の実態について、Z世代を研究するZ総研とマイナビ転職の共同調査や、現役Z世代へのヒアリングを基に、Z総研分析担当が解説する」とイントロ文にある、「Z世代に「何推しか」を聞くのはNG？　細分化する「推し活」の実態」（日経クロストレンド）と題した記事を読む。当のZ世代からしてみれば、自分たちのことをとにかく分析したい大人たちのうざったさを感じ取るはずだが、このうざったさは、いつの時代も共通しているもの。Z世代に「推し」はいるかと尋ねたところ、「はい」と答えた人が「93・7％」だったそう。ほぼ全員、と言える高確率だが、でも、これって、「本当に推しがいるかどうか」ではなく、「推しがいるってことにすれば話が早い」という考え方も潜んでいるのではないか。
調査結果によって浮かび上がってきた「推しの定義」が2つあり、それが、「そのジャンルの中で1番好きなもの」と「自分ごと化できる存在」というもの。気になるのは2つめだ。「自分ごと化できる」とはどういう意味なのだろう。吉永小百合好きの人は吉永小百合ではないし、ディフェンダーをかわしながらゴールを決めた三笘薫選手に興奮しているファンは三笘選手ではない。特定の存在に圧倒的に憧れるというのは、到底手が届かない位置にいると知りつつ、その存在に焦がれるということ。では、「自分ごと化」ってなんだ。私は吉永小百合、俺は三笘薫選手ってことなのか。いくつかの意見が並んでいる。
「時間を割いて見たり、会いに行ったりしたくなったら推し」（社会人2年目・男性）
「自分のお金や時間を割いても惜しくないものが推し。スマホでそのキャラのことを調べたりすることが煩わしく感じないのも推しなのかもしれない」（大学2年生・男性）
といった感じ。その感想を知ると、さほど「自分ごと化」しているわけではない。限られた時間やお金を費やす相手としてふさわしい相手を、「推し」とする。「吉永小百合が好きなので、正直、演技がちょっと一本調子かなと思いつつも、吉永小百合主演の最新作を観に行く中高年」と特に変わりはなさそうだ。
「推される」側よりも「推す」側の姿勢が持て囃される傾向が「推し」という言葉の

氾濫によって強まった。○○の良さ、ではなく、○○を推しているのはどうしてなのか、と問う。限られた時間を割くのはどうしてなのか。単に、聞き方が変化しただけなのだろうか。１９９０年代の日本社会を振り返るドキュメンタリー番組を見ていたら、カリスマ視されていたミュージシャンが亡くなった一報を受けて、発狂（としか形容しようがない）する光景が流されていた。あの時の「熱」と今の「熱」は比較できるのだろうか。あの時の「熱」がピュアで、今の「熱」はマーケティングに踊らされた「熱」なのだろうか。

「特に言葉なんていらない」でいいのか

宮崎駿の最新作『君たちはどう生きるか』は、大々的なプロモーションをせずに、観た人がそれぞれネタバレにならない程度の感想を述べ、その感想に触発されるように劇場へ向かう、という流れが生まれた。公開初日、7月14日のNHKニュースの模様が「宮崎駿監督「君たちはどう生きるか」謎に包まれた新作が公開」と題して「NHK　NEWS　WEB」で記事化されている。こう書かれている。

「観客にまっさらな気持ちで見てもらいたいと、公開まで映画の内容に関する情報を明らかにしない異例の対応が取られました」

この手の紹介があちこちに溢れた。とりわけ邦画の大作映画となれば、出演者や監督がテレビ・ウェブ・雑誌などの媒体の取材を受けまくり、それらの記事や映像にいくつも接し、映画を観てもいないのに、公開前からおおよそ観た気にさせられる。公開初日舞台挨拶の模様を伝えるワイドショーを観ながら、「まだやってなかったのかよ！」と突っ込んでしまうこともしばしば。そういった宣伝の嵐によって、私たちは作品に対して「まっさらな気持ち」で臨めなくなっているらしい。だからこそ今回のようなやりかたは「異例の対応」なのだ。「プロデューサーを務めた鈴木敏夫さんにインタビューをした記者が率直な感想を伝えます」と続く文章の後ろには「(ネタバレなしです)」の断り書きがついている。この記事は、みなさんの「まっさらな気持ち」を守ります、「異例の対応」に従います、と繰り返し丁寧に宣言してくる。「ネタバレなし」と宣言された後に続く、初回上映に来た20代の男性のコメントはこうだ。

「事前に内容を明かしていなかったので、きょうはとてもワクワクした気持ちで見に来ました。宮﨑駿監督のアニメは人物の何気ない描写がとてもこまやかで、今回はどんな作品になっているのか楽しみです」

そして、観た後にも同じ男性にコメントを求める。

「作品を見て、宮﨑監督は怪物なんだなと思いました。まだこういう作品を作りたいという熱意を感じました」

20代男性のコメント自体、観る前も観た後も、特筆すべき内容ではない。これは、「ネタバレなしです」という断り書きを保証するような位置付けなのだろうか。このように続く。

「午前11時前には、さっそく映画を見たと思われる人たちが次々と感想を投稿していました。

「すげぇ、なんか」「かわいい」「1回では咀嚼しきれない」「うまく言葉にできない」「感想めっちゃ言いたいけど言えない」ただ、これから映画を見ようという人に配慮してか、内容を明かさないよう気遣った投稿が目立ちました。中には、「何も情報入れずに映画を見るのが新鮮だった。新しい体験だった」と振り返る投稿もありました」

（改行引用者にて調整／傍点引用者）

ここに並んだ感想は「気遣った」のだろうか。「感想めっちゃ言いたいけど言えない」は気遣っている。そして、「かわいい」は立派な感想である。ものすごく大げさにいえば「ネタバレ」である。だって、この投稿によって、殺戮が繰り返されるホラー映画ではないことがバレてしまっている。では、その他はどうか。それらは、気遣っているのではなく、ただ、自分の感想を持てていないだけではないのか。じっくり考えるのを後回しにしていたり、正直、何の感想も抱かなかったりした場合でも、それが「ネタバレ」回避の文脈で用いられているのではないか。もっとざっくり言えば、感想を言えないのを「ネタバレ」で誤魔化しているのではないか。

ある日、ラジオを聴いていたら、特定の小説作品について、「好き！」とだけ言っているパーソナリティがいた。「もう好き！　超好き！　たまらなく好きでした！」。いや、好きなのはわかるけれど、どのように好きなのかを聞きたい。でも、それを求めすぎてはいけないのだろう。その人の感動に説明を強要してはいけない。でも、この「好き！」で終わらせすぎると、「特に言葉なんていらない」という状態が物事を伝えるのに絶対的で最上のものになってしまい、分析や議論が野暮なものに押し込まれてしまう。「うまく言葉にできない」という感想は、ただただ、言葉にする能力が欠けているってことなのかもしれないのに、そういう即物的な反応が何より素晴らしいとされてしまう。

5分後の感情

最近、書店で「5分後」シリーズが目立つようになった。これを読めば、5分後にこういった気分になれるというショートストーリーが詰まっている。様々な出版社が刊行しており、ネット書店で「5分後」と検索した結果をそのまま並べてみると、『5分後に意外な結末』『5分後に最凶のラスト』『5分後にゾッとするラスト』『5分後に超ハッピーエンド』『5分後に思わず涙。』『5分後に笑えるどんでん返し』『5分後に世界が変わる』『5分後に絆のラスト』『5分後に恋の結末』といった具合。

共通するのは、あらかじめ、劇的な展開がやってきますという告知が済まされていて、しかもそれがたったの5分でやってくるんです、と案内されている点。羅列したように、どんな感情であっても、とにかく5分後にやってくる。

かつて、「ラスト5ページであなたは涙する」的なオビ文は、玄人には嘲笑される一方で、多くの読者を呼び寄せていたが、もう、隠すことなんてないのだ。5分で感情を動かします、でいいのだ。これらのシリーズは小中学生を中心に親しまれているそうで、時間と感情が約束されている安心感を読書のスタートラインに設定するのはやめてほしいなと思いつつ、こうした外野の意見で覆せるような問題ではないのだろう。特定の感情に導いてくれる確認作業のために本を読むのならば5分でさえもったいないと感じるが、「5分後に意外な結末」と言われて「意外だった〜」と安心するのだ。それぞれの本についてのレビューをクリックして読んでみると、多くの人が、そのタイトルの告知通りの感情に至らせてくれたことへ感謝を綴(つづ)っているのだった。

ベストセラーとなった稲田豊史『映画を早送りで観る人たち　ファスト映画・ネタバレ　コンテンツ消費の現在形』などで注目された「タイムパフォーマンス」を求める動きは確かに問題だが、手短に済ませたい欲求と同時に、感情を決めてもらう安心感が強まっていることのほうに危機感を覚える。もうちょっと言えば、嫌悪感を覚える。宮﨑駿や村上春樹は、そういう流れに呑み込まれない大御所ではあるのだが、逆にいえば、そこまでの存在でなければ、手短な明示が求められてしまう。あえて事前に情報を流さない戦略を組んだ『君たちはどう生きるか』が、「すげぇ、なんか」「うまく言葉にできない」という言葉によって消費され、それが「ネタバレ」にならないための感想として扱われたのはいかにも現代的だった。

「5分後」は比較的若年層に向けられたシリーズだが、では、大人に向けられた本の中で話題になっているキーワードは何か。それが「100冊をまとめてみた」である。『「お金の増やし方のベストセラー100冊」のポイントを1冊にまとめてみた。』『「文章術のベストセラー100冊」のポイントを1冊にまとめてみた。』『「話し方のベストセラー100冊」のポイントを1冊にまとめてみた。』『「勉強法のベストセラー100冊」のポイントを1冊にまとめてみた。』、これらがシリーズ累計で数十万部の売り上げを記録している。著者はすべて同じ。オビ文に共通して使われているのが「みんなが認めた」である。

著者2人のインタビューを読むと、本を選び、読み、体系化していくのに膨大な時間がかかると述べている。確かに大変な作業だ。その作業を終えた本なので、スムーズに読めるとアピールする。「みんなが認めた」100冊を「まとめてみました」本を読んでみる。切り分けたスイカの先っちょの甘い部分だけを食べて、残りを捨ててしまうような感触を味わったが、甘い部分を食べているだけではスイカの全体像は味わえない。私は、味が薄くなってきたところの味を味わいたいのである。映画を2倍速で見るなんて信じられない、いや、自分は結構観ますよ、という話があちこちで飛び交う。どっちでもいいよ、と思う。1倍速でもいいし、2倍速でもいい。でも、2倍速で観るときに、「これによって見落とすものがあるのだろうな」という感覚を残しておきたい。主人公が川沿いをゆったり歩いている時間が20秒あったとする。特に誰かと接触があったり、セリフがあるわけではないが、これを倍速で観てしまうことで、「ちゃんと伝わっていないんだぞ」と自覚するのを忘れたくない。後ろめたさを持ちたい。「いらないっしょ」の目が出ないようにしたい。100冊をまとめてもらっても、その100冊のことはわからない。なんというか、もっと慎重にいきたい。慎重に受け止めたい。慎重に受け止める時間がないのなら、「慎重に受け止めるべきところをそうではない状態で受け止めてしまっている」という自覚を保ちたい。

推す行為にはためらいがいらない。逡巡がない。推せばいい。だから楽しい。「自分のお金や時間を割いても惜しくないものが推し」とのコメントがあったように、これってどういうことなの、という悩みがいらない。推せる、もう最高、次は何、もっと欲しい、となる。いくらでも費やせる。ハッキリしている、気持ちがいい。5分後の感情。100冊をまとめる。

やっぱり、自分は、このわかりやすさに呑み込まれずに暮らしたい。改めて本書を読み直しながら、「ホント、もういいよ、わかりやすさは」という愚痴が改めてドバドバ出てきた。わかりやすさの罪、というか、わかりやすさへの慣れが、わかりやすさを前提にする社会の流れをますます強めている。「うまく言葉にできない」を率先して保ちたい。

解説

最後の砂鉄

TaiTan

罪の告白からはじめたい。

かつて、「わかりやすさ」で稼いでいたことがある。

高校3年生の頃だ。私は巷で知られたYahoo!知恵袋の回答マスターだった。

突然何の話だ、と思うだろう。私とてこんなことをカミングアウトするのは苦々しい。ラッパーのブランディング的にも厳しいものがある。だが、この話をしないことには本書の解説など務まらないので、説明を続ける。

当時の私は、ひとりで勉学に励む模範的受験生だった。同級生たちは皆、予備校に通っていたりしたらしいが、私の実家の家計にそんな余裕はなかった。それに、今まで放課後につるんでいた悪友達をも次々と呑みこんでゆく予備校という存在自体をやっかむ気持ちもあり、あんなものに関わるくらいなら独学を貫いてやらあと息巻いていたようにも思う。あるいは、「今でしょ！」だなんてこちらに指差してくる男が台頭してきたのもこの時期で、その手の誘導を学生なりに過剰に警戒していたのもあったかもしれない。

そんな私が、独学のお供にしていたのがYahoo!知恵袋なのである。今はどうか知らないが、当時の知恵袋の学問カテゴリーにはたくさんのプロフェッショナルが滞在していて、大学受験勉強程度の質問なら割とまともな回答をよこしてくれた。それに参考書とちがってピンポイントで痒(かゆ)いところに手が届く回答が期待できるのだから、使わない手はなかった。

だが、回答者はChatGPTではない。生身の人間である。つまり、無償では済まない。回答をお願いするには知恵コインと呼ばれる知恵袋内でのみ流通する独自通貨を払わなければいけなかった。特にカテゴリーマスターと呼ばれる、品質保証済みのアカウントからの回答を得るにはより高額の知恵コインを必要とした。

サービス利用当初は、はじめに無条件で付与される知恵コインを切り崩して、カテゴリーマスターに質問を投げかけていたのだが、無論その度に貯金は目減りしてゆく。ところが、その頃にはすっかり質問狂と化していた私を止められる者はもはや誰もいなかった。ほとんど物欲中毒者のそれと同じである。そして、とうとう。とうとうその時はやってくる。初夏、受験の天王山を前に、私の知恵コインは底を突いた。知恵袋資本主義社会とてユートピアではない。原資を持たない者には容赦ない。私はその日限りで、質問の権利を失った。あれほど親しかったカテゴリーマスターたちが自分以外の誰かに優しくしている。それを遠くで眺めるしかなかった私の額に伝う汗を、夏の陽はよく照りつけた。私は、恋より先に嫉妬の感情をYahoo! 知恵袋から教わっていた。

原資を集めるしかない。今までは使うばかりだった知恵コインを稼ぐにはどうしたらいいか。答えは明白だ。自分が回答者側にまわれば良いのだった。そうと決まれば話は早い。私は自分が答え得るカルチャージャンルや俗っぽいジャンルの質問を見つけては片っ端から回答していった。「次売れるバンドは?」「なぜプロ野球選手は女子アナと結婚するの?」「2ちゃんをみてる人についてどう思いますか?」。知恵袋内で量産される、玉石混淆のクソほどにくだらない質問を、資金のためと言い聞かせながら、感情を殺して次々と倒していった。どう考えても、その時間で勉学に励んだほうがいいのだが、私の愚かさは底抜けだった。なんせ、そんなゲーム感覚の討伐を繰り返すうちに、件のカテゴリーマスターになってしまっていたのだから。愚か、というかその空虚さがむしろいじらしい。

そして、私はその回答行脚の過程で、ある傾向をつかんでいた。

断定は売れる。

とりわけ、論理を明示した断定はよく売れる。論理の妥当性如何を問わず、とにかくこの世界では強い言い切りに値段がつく。私はそれを理解しながら、知恵コインを稼ぎ続けていた。つまり、私は「わかりやすさ」の価値を齢17歳にして肌で覚えた人間なのである。

ここまで書けばもうお分かりだろう。

なぜ私がこんなに長々と罪の告白をしなければいけなかったのか。そう、私は本書『わかりやすさの罪』の解説の大役など務めるにふさわしくない人間なのである。「わかりやすさ」を糾弾するどころか、供給していたわけなのだから。もちろん、（自分の名誉のために付記するが）先述の知恵袋内討伐ＲＰＧは受験期限りですっかり飽きて辞めてるわけだが、そういう「わかりやすい」断定言葉だったりを無闇に放流していたこととの記憶は消えないから、いずれにしても腹が据わらない。

「わかりやすさ」そのものに罪はない。だが、その効果を自覚しながら他人の感情の誘導灯として使ったり、物事の複雑さを無効化させるまやかしとして使うなら、罪とまでいわずとも邪（よこしま）だよねくらいの言葉は与えられてしかるべきだろう。いやはや、青春の愚行に時効はあるのだろうか。

その意味で、私にとって本書を読む時間は、すなわち自らの痛みと向き合わざるを得ない時間でもあった。そして、勝手に巻き込むわけではないが、多かれ少なかれそう感じている読者は多いのではないかとも推察する。なぜか。

本書の論旨は、「わかりやすさ」偏重社会に対する長い長い違和感の表明に尽きるだろう。今日のメディアのスタンスから、政治家の発言、タレントの胡散臭さにいたるまで私たちが無意識に感じている「なんかいやな感じ」を武田氏は見事な嗅覚でとらえ、曖昧になかったことにされてきた霊的なものの存在に、言葉によって輪郭を与えてしまう。我々読者は、その瞬間に、いずれもの違和感に心当たりを覚える。あたかも「それ私も言おうと思ってた」だなんて訳知り顔をしながら。

ところが、武田氏の真の凄み、と同時に恐ろしさはその先に待っている。本書を読み進めるうち、我々は社会に潜む違和感に対する解像度を加速度的にあげてゆく。それまではいい。楽しく知的な読書体験だ。自分を抑圧してきた不可視なものへの強気な姿勢も整ってくるだろう。NewsPicksにだって小粋なコメントを寄せてみたくなるかもしれない。が、ある閾値(いきち)を超えた時、その威勢の良さに暗い影が差す。

あれ、これ、私のことじゃね?

そう、武田氏が様々な角度から指摘する様々な欺瞞を、今度は自分自身のなかに感じ始めるのだ。これが先ほど私が述べた、自らの痛みと向き合わざるを得ない時間、の本意である。

例えば、本書の概要説明にはこんな一文が登場する。

「「どっち」?との問いに「どっちでもねーよ!」と答えたくなる機会があまりにも

多い日々」
　わかる。とてもよくわかる。私の場合はその活動柄、「ラッパーなの？　ポッドキャスターなの？」との問いにやたら遭遇するわけだが、「いや、どっちもだろ」としか言いようがなくて回答に窮す。なぜ人はわざわざ区分したがるのだろうか。その度に不思議でならない。が、不思議だと毎回思っているくせに、別のシチュエーションになれば、今度は私が音楽活動をしている友人に「で、結局来年は何をやりたいの？」だなんて無邪気に問いただしていたりもするわけだから、ひとりの人間の倫理意識などまったく信用ならない。

　あるいは、こんな一文も。
「注目され始めた物事に対して、すぐに意味を過剰に投与して現象化させようとする人への警戒心が足りないように思う」（19章「偶然は自分のもの」より）
　その通りだ。かつて、私の生き方に興味をもったという編集者から〝スラッシャー〟特集への出演をオファーされた時のこと。興味を持っていただけるうちが華とは思うが、その妙に浮わついた新概念で十把一絡(ひとから)げにされるのは耐え難く、丁重にお断りをしたのを思い出す。生き方を見せるだけで持ち上げてもらえるなら、肩書を増やせば増やした者勝ちになる、そんな風潮にも賛同し難かった。余談だが、その特集で私と並んで出る予定だった〝スラッシャー〟著名人は、現在〝パラレルキャリアワーカー〟を名乗るインフルエンサーとなっているようである。嗚呼、スラッシャーよ、どこへ。

ことほど左様に、新しい現象をすぐにでっちあげようとする人への警戒心は強めた方がいい。それは自分の経験上疑いようがない。だが、では今度は、そんな私の、最新のTBSラジオ出演時の発言を引用してみる。

以下、2023年を賑わせたYouTuberによる私人逮捕問題をうけての私自身の発言。「いやあ、でもこれはさ、〝ジャスティスポルノ〟っていう現象だと思うんだよね。フードポルノ、感動ポルノ、エモポルノとかと並ぶ新しい概念〝ジャスティスポルノ〟だよ！」。よほど気に入った語呂なのだろう、執拗に新概念の提示を試みている。さらに、氏はこう続ける。「この〝ジャスティスポルノ〟ってのはさ、極めて今日的な問題だと思うんだよね、だからさ、これを流行語大賞にしちゃえばいいんですよ！」。これ、マジですよ？どう考えても、武田氏の指摘する警戒すべき人間は私自身なのである。

納得と懺悔の交互浴。本書は、我々にそんな読書態度を要求する。いや正確には、武田氏は要求などしていないのだろうが、我々の心が勝手に応答してしまう。だから、本書を通して「わかりやすさ」偏重社会に対する憤りの溜飲を下げているだけだとしたら、その従順さこそが最も危うい。「4回泣けます」の誘導に対して「4回泣」いてしまう観賞者よろしく、武田語録に「わかるわかる」と納得するだけの読者は歓迎されていない。社会はわかりやすさ支持派とわかりにくさ支持派に二分されているわけではなく、状況や気分でそんなものはすぐに混ざり合う。池上彰のわかりやすい解説は好きだが、林修のソレはしたり顔で鼻につく、なんて感想はいくらでもあり得るのだ。重要なのは、そのこじれた心の内訳を自分の頭で考え続けることだろう。「私たちは複雑な状態に耐えなければならない」（「おわりに」より）と武田氏は結んでいるが、私はそこに、以上のような含意をみる。

本稿執筆にあたり、コロナ禍以来の再読となった。当時と比べても、「わかりやすさ」は今、ものすごいスピードで社会の隅々に侵食してきているという所感をもった。論破が遊びの道具に変わり、わかりやすい喧嘩の構図が定番フォーマットになり、映画はネタバレを読んでから観る若者が4割を超えたという。これだけ切羽詰まった時代だ。ぬるい道徳や美意識よりも実利や即効性が優先されることを、私は他人事とは思わないし、正面から批判もできない。私だってBreaking Downは熱心に観ている。だが、同時にそうした巨大な「わかりやすさ」の磁石のようなものに自動的に群がってしまう自分や他人にがっかりしているのも事実だ。私たちの頭の中はかくも、ややこしい。だが、そのややこしさから逃げるな、本書はそう繰り返す。長い長い紙幅を使って、無数の角度から自力の思考を促してくる。当然気持ちのいいだけの読書では済まない。ところが、本書は増刷を繰り返し文庫本にまでなったという。それを、ややこしさに耐えたい民意の現れと読むのは楽観的すぎるだろうか。いや、そのくらいは信じてみたい。「わかりやすさ」の磁力は強い。多分、これからもっと強くなる。だからこそ、そんな磁力から遠く離れた場所で踏ん張りたい。巨大な磁力に抗う、最後の砂鉄になりたい。そのささやかなたくましさを諦めないでいたい。そんな風に思う。

（タイタン／ラッパー）

わかりやすさの罪（つみ）　朝日文庫

2024年1月30日　第1刷発行
2024年2月20日　第2刷発行

著　者　武田砂鉄（たけださてつ）

発行者　宇都宮健太朗
発行所　朝日新聞出版
〒104-8011　東京都中央区築地5-3-2
電話　03-5541-8832（編集）
　　　03-5540-7793（販売）
印刷製本　大日本印刷株式会社

Published in Japan by Asahi Shimbun Publications Inc.
定価はカバーに表示してあります

ISBN978-4-02-262087-3

小林　信彦
アメリカと戦いながら日本映画を観た
戦時下を少年がどのように過ごし、感じ、そして敗戦を迎えたかを、当時の映画と共に克明につづる私的ドキュメント。《解説・芝山幹郎》

ベアテ・シロタ・ゴードン／構成・文　平岡　磨紀子
1945年のクリスマス
日本国憲法に「男女平等」を書いた女性の自伝
日本国憲法GHQ草案に男女平等を書いたのは、弱冠二三歳の女性だった。改憲派も護憲派も必読、憲法案作成九日間のドキュメント！

重松　清
エイジ
《山本周五郎賞受賞作》
連続通り魔は同級生だった。事件を機に友情、家族、淡い恋、そして「キレる」感情の狭間で揺れるエイジ一四歳、中学二年生。《解説・斎藤美奈子》

沢木　耕太郎
銀の森へ
『グリーンマイル』『メゾン・ド・ヒミコ』『父親たちの星条旗』などの映画評から始まるエッセイ集・前編。《解説・石飛徳樹》

高橋　源一郎
間違いだらけの文章教室
明治の農婦が残した遺書、ジョブズのプレゼンなど、心ゆさぶる文章を通して考える「伝わるのはなぜか」。文庫化に際して「補講」を追加。

エヴァ・シュロス著／吉田　寿美訳
エヴァの震える朝
15歳の少女が生き抜いたアウシュヴィッツ
アンネ・フランクの義姉が告白する、『アンネの日記』の続きの物語。一五歳の少女が辿った絶滅収容所の苛烈と解放の足音と。《解説・猪瀬美樹》

朝日文庫

ナンシー関著／武田　砂鉄編
ナンシー関の耳大全77
ザ・ベスト・オブ「小耳にはさもう」1993-2002

テレビの中に漂う違和感に答え続けてくれるナンシー関のコラムから厳選したベスト・オブ・ベスト。賞味期限なしの面白さ！《解説・武田砂鉄》

早川　タダノリ
「日本スゴイ」のディストピア
戦時下自画自賛の系譜

現代も氾濫する「日本スゴイ」言説。そのご先祖様とも言える、戦前戦中の書物から見えてくる世界とは。日本って何がそんなに「スゴイ」の？

鷲田　清一
素手のふるまい
芸術で社会をひらく

人間の生きる技術としての芸術は、教育やケアの領域も横断する。芸術が開く新たな社会性についての注目の評論。《解説・港　千尋》

保阪　正康
『きけわだつみのこえ』の戦後史

「国民的遺産」は政治的プロパガンダの道具にされた。削られた言葉から我々が読み取るべきものとは？《解説・松本健一／片山杜秀》

安田　浩一
沖縄の新聞は本当に「偏向」しているのか

米軍基地をめぐる沖縄の理不尽な現実、それを報じる地方紙の役割とは。「つぶさなあかん」と言われた記者たちの実像を追う。《解説・望月衣塑子》

中村　文則
その先の道に消える

アパートの一室で発見されたある〝緊縛師〟の死体。参考人の桐田麻衣子は、刑事・富樫が惹かれていた女性だった――。中村文学の到達点。

朝日文庫

村田　沙耶香
となりの脳世界

デビューから今までの日常と想像のあれこれを書き綴ったエッセイ集の決定版。一五本を追加収録。読み終えると世界が広がる。《解説・矢部太郎》

金原　ひとみ
fishy

生きづらさを抱えながらも〝いま〟を愉しむ女たち。不倫の代償、夫の裏切り、虚ろな生活——。女性たちの幻想を塗り替える物語。《解説・王谷　晶》

重松　清
ひこばえ　下

父の知人から拾い集めた記憶と自分の内から甦る記憶。父の足跡を巡る旅は自身のこれまでの、そして、これからの人生と向きあう旅でもあった。

重松　清
ひこばえ　上

小学校二年生の時に別れたきりの父が亡くなった。報せを受けた長谷川洋一郎は、四八年間の空白を胸に、父の人生に向き合おうとする。

信田　さよ子
共依存
苦しいけれど、離れられない　新装版

依存症、DV、母親問題など家族関係に悩む人々を「共依存」という日常に潜む支配をキーワードに解決に導く。《新装版解説・田房永子》

森　まゆみ
暗い時代の人々

太平洋戦争終結に至るまでの暗い時代に、精神の自由を掲げ希望の灯りを点した人々——山川菊栄、吉野作造らの人生を描く。《解説・加藤陽子》